PORCIONES
DE
FELICIDAD

Si tienes un club de lectura o quieres organizar uno, en nuestra web encontrarás guías de lectura de algunos de nuestros libros. **www.maeva.es/guias-lectura**

ANNE OSTBY

PORCIONES DE FELICIDAD

Traducción:
Mar Vidal

MAEVA

© Anne Ostby, 2016
© Font Forlag, 2016, Noruega
© de la traducción: Mar Vidal, 2017
Traducido de la versión inglesa *Pieces of Happiness*
© de la traducción inglesa: Marie Ostby
© MAEVA EDICIONES, 2017
  Benito Castro, 6
  28028 MADRID
  emaeva@maeva.es
  www.maeva.es

La publicación de esta traducción ha recibido la ayuda financiera de NORLA, literatura noruega en el extranjero.

ISBN: 978-84-16690-93-0
Depósito legal: M-11.192-2017

Diseño e imagen de cubierta: Elsa Suárez
Fotografía de la autora: Pica Cordoba
Preimpresión: MT Color & Diseño, S.L.
Impresión y encuadernación: CPI
BLACK PRINT
Impreso en España / Printed in Spain

«No debemos definirnos por la pequeñez de nuestras islas,
sino por la grandeza de nuestros océanos.»
—Epeli Hau'ofa

«¡Hay tantas islas!
Tantas islas como estrellas en la noche
en ese árbol con ramas del cual caen meteoros
como fruta madura alrededor de la goleta *Flight*.
Pero las cosas deben caer, y así fue siempre.
Por un lado Venus, por el otro Marte;
caen, y son una, igual que esta tierra es una
isla en archipiélagos de estrellas.»
—Derek Walcott

Una invitación y un reto

Korototoka, Fiyi, 25 de julio de 2012

Mi querida amiga:
¿Todavía te puedo llamar así?
Los sellos de la carta te habrán despertado curiosidad, estoy segura, pero probablemente ya has adivinado quién soy. Unos sellos con imágenes de iguanas y peces loro solo pueden ser de Kat. Una voz que proviene de hace muchos años, de la hermandad que nos unió. ¿Crees que la podríamos llegar a recuperar?

Gracias por los abrazos y por tus palabras cariñosas cuando más las necesitaba; sé que no te fue posible dejarlo todo y cruzar medio mundo para asistir al funeral. Desde donde estás, debe de ser difícil imaginarse a alguien acompañado hacia la eternidad por un coro fiyiano de cuatro componentes mientras los dolientes se acercan llevando estores tejidos, curiosamente. ¿Cuántos estores de paja necesita quien se marcha?, te preguntarás. Y yo debería responderte, como me explicó Ateca: «Tantos como hagan falta para honrar la vida de Míster Niklas». De modo que extendí los estores por todo el porche. Frondas de palma seca tejidas formando una cuadrícula en la que se representaba un ancla para el cuerpo y unos cimientos firmes para los pensamientos, que, aquí en Korototoka, a menudo se hunden en los anocheceres ardientes junto a los murciélagos.

Por las noches aparece la añoranza, la intensa y dolorosa nostalgia de Niklas y de la vida que vivimos juntos. Una maratón de miseria global, podrías decir. ¿Una carrera de fondo contra una pandemia global, o una crisis medioambiental en cada estación de agua? Sí, eso también. Pero no cambiaría nada. Los brotes de malaria, la falta de agua, las

7

noches de picaduras de pulga que escocían…, todo eso me enseñó a conformarme con lo que hay. Ya sea vivir sin dinero, sin papel higiénico, sin champú, o sin una buena pensión de jubilación. O sea que aquí estoy, sentada en un punto diminuto en medio del océano Pacífico, sin pareja, pero no por ello indefensa.

Y tampoco sin amigos, espero. Tengo seis hectáreas de árboles de cacao y una casa muy espaciosa. Tengo el cuerpo lleno de pequeños dolores y molestias, pero planté los pies en tierra fiyiana y tengo la intención de permanecer aquí hasta mi último anochecer. ¿Por qué no vienes? ¡Deja atrás todo aquello que no ha funcionado! ¡Llévate todo lo que todavía importa y múdate a una habitación de Vale nei Kat, la casa de Kat! Este puede ser el lugar de nuestro reencuentro, y si no hay nada por encontrar, ¡crearemos algo nuevo!

No he sido la mejor manteniendo el contacto; sé que no tuviste muchas noticias mías desde Nepal, Afganistán o Mauricio. Pero te he echado de menos, he echado de menos a todo nuestro viejo grupo. Leí tus cartas y tus correos electrónicos, he visto las fotos de tus hijos y de tus nietos. Y ahora me pregunto, ¿sería posible volver a reunirnos de nuevo, después de un paréntesis de más de cuarenta años? ¿Te gustaría que volviéramos a encontrarnos y poder recorrer juntas el último tramo? ¿Para intentar ayudarnos si alguna se cae y otra cojea, para sumergir nuestras rodillas doloridas en estas olas cálidas y saladas y enterrar nuestros pies en la arena blanca?

No busco mano de obra gratis; la plantación está en buenas manos. Korototoka es un pueblo dedicado al cultivo del cacao, y Mosese, el capataz, se ocupa de cultivar, fermentar y secar los granos. Pero ¿tal vez podríamos montar algo nuevo aquí, probar suerte juntas? Podríamos hacer chocolate o una loción corporal con delicioso olor a cacao… ¿Qué te parece?

Seguro que entenderás por qué no podía mandar esto por correo electrónico. Una carta puede tardar días y semanas en su recorrido de un mundo al otro, y ese camino ayuda a las palabras a adquirir la profundidad y la gravedad adecuadas. Ahora, cuando se posan en tus manos, han tenido tiempo de madurar y de suavizarse y de haber sido acunadas por la curvatura del papel, listas para atraerte hacia aquí. ¿Puedes percibir el sabor de la papaya y del coco? ¿Puedes oír el viento silbando a través de las palmeras de la playa? ¿Puedes ver el arco del horizonte, donde el Pacífico se funde con el cielo?

Por supuesto, si la rasqueta del hielo, el radiador del motor y la factura de la electricidad te resultan más tentadores, te ruego que dejes esta carta en un cajón para no volver a leerla nunca más. Una carta puede desaparecer fácilmente en su camino a través de los océanos, y el servicio postal que cruza el Pacífico es menos de fiar que un ciclón tropical o un ministerio de Fiyi. En ese caso, nunca la recibiste y no habrá preguntas.

Ahora voy a echarla al correo, y acariciaré los sellos otra vez para atraer la suerte, con la esperanza de que el viento te acercará a mí. Tal vez Vale nei Kat pueda ser un hogar para todas nosotras, una casa de mujeres en la que podamos soñar, tener esperanzas, beber, reír, luchar y llorar juntas. Hasta que los vientos se nos lleven por encima de las olas y sean nuestras esteras las que acaben ascendiendo por las escaleras y tendidas a lo ancho del porche.

Lolomas,
Kat

1

Sina

—¡Estoy arruinada, lo siento!

Llevan varias décadas sin verse y lo primero que a Sina se le ocurre soltarle a Kat es el deprimente estado de sus finanzas... ¡Por Dios! Se muerde el labio con fuerza, tratando de controlar el temblor, y le abre los brazos a la mujer alta y sonriente que la recibe con unas gafas de sol en la cabeza.

—Yo... ¡Oh, Kat! ¡Me alegro tanto de verte! ¡Estás espléndida!

En el vestíbulo de llegadas del aeropuerto de Nadi, rasgueando una melodía alegre de bienvenida, una banda de ukeleles recibe al grupo de turistas ataviados con *shorts*. El cantante, con una camisa de estampado vistoso y una flor detrás de la oreja, le hace un guiño a Sina, que rápidamente se aproxima más a Kat.

—*¡Bula!* —exclama Kat, y el ceño preocupado de Sina se pierde en el cálido abrazo de su amiga—. *¡Bula vinaka!* Ya estás aquí, eso es lo que importa. Una cosa tras otra, todo irá bien. ¡Deja que te vea! —Kat aparta un poco a Sina mientras le dedica una sonrisa ancha y luminosa, y todo vuelve a ser como en los viejos tiempos. Luego le da otro abrazo—. ¡No puedo creer que estés aquí!

—¡Ni yo!

Sina ahoga unas cuantas lágrimas. Tiembla de agotamiento después de un periplo que le ha llevado casi cuarenta y ocho horas, y se sobresalta con una nueva apertura del trío de ukeleles. Un par de anchas caderas envueltas en un estampado de flores anaranjadas se le acercan contoneándose.

—*Bula,* madam. ¡Bienvenida a Fiyi! —La mujer, con una sonrisa brillante de dientes blancos y luminosos, le coloca una guirnalda de flores alrededor del cuello. Sina empuja el carrito con su equipaje y avanza tambaleándose detrás de Kat mientras se adentran a la noche oscura, calurosa y húmeda de octubre. Korototoka queda a dos horas en coche de allí.

La oscuridad aquí es más densa que en casa. Tan pronto como dejan atrás las brillantes luces del aeropuerto, es como si se encontraran en un túnel sin paredes, tan cerrado y a la vez tan abierto que a Sina le marea.

—Mira las estrellas —la anima Kat, y Sina mira hacia fuera y levanta los ojos a través de la ventanilla bajada.

El cielo nocturno es un laberinto de puntos brillantes, una explosión helada de fuegos artificiales. Vuelve a inclinar la cabeza, siente la necesidad de volver a centrar la mirada en el interior del coche. Kat la mira y le sonríe.

—Espectacular, ¿eh?

De pronto pisa el freno bruscamente. Sina sale disparada hacia delante, pero el cinturón de seguridad la frena; vislumbra apenas un caballo escuálido que se precipita a un lado de la carretera. Kat mueve la cabeza y sigue adelante, ahora un poco más despacio.

—De noche, cruzar estos pueblecitos puede resultar peligroso. Los animales se pasean sueltos, y nunca sabes si se te aparecerá una vaca en medio del camino.

Tienen el océano a un lado, los árboles al otro, dunas de arena, campos con unas plantas que no reconoce.

—Caña de azúcar —le explica Kat—. Aquí, el azúcar y el maíz son los dos cultivos más importantes.

La oscuridad se interrumpe de vez en cuando por núcleos de casas; la luz de una bombilla brilla aquí y allá. Sina entrecierra los ojos para intentar ver la forma de las edificaciones, se da cuenta de que algunas de las que están junto a la carretera son pequeñas cabañas hechas de metal ondulado. ¿Es así como van a vivir? Ella ha sido la primera en llegar a Fiyi; Ingrid y Lisbeth lo harán en las próximas semanas. Y finalmente, también Maya; al parecer, ha tenido que resolver algunos problemas de salud con sus médicos. A Sina la invade cierta agitación: ¿habrá sitio para todas? Espera que no acaben apiñadas las unas sobre las otras.

Pero *Vale nei Kat* no es ninguna cabaña de metal ondulado. A medida que se acercan a Korototoka, pasan por un sendero con casas a ambos lados.

—Este es el camino principal —le explica Kat. Serpentean hacia la playa, y al final de la calle, Kat dobla hacia un patio—. ¡Y ya hemos llegado!

Aparca frente a una casa grande de una sola planta, con un techo que sobresale como un sombrero, puntiagudo en el centro. Un porche amplio con voladizo envuelve la fachada. El techo que cubre el porche está sostenido por tres columnas envueltas en gruesas cuerdas. Hay un par de cabañitas a ambos lados del patio, y un sendero marcado con cantos redondos que desaparece hacia la parte trasera de la casa. En el porche, iluminado por la luz de unas antorchas al pie de las escaleras, se ven unas sillas de mimbre y una hamaca.

Mientras Sina sale a trompicones del coche, una puerta con mosquitera se abre con un chirrido, y una figura bajita y robusta, con una mata de pelo encrespado, aparece como un halo a la luz de la lámpara.

—*Bula vinaka,* madam. ¡Bienvenida!

Kat le ha advertido que el ama de llaves probablemente las estaría esperando, a pesar de lo tarde que es.

—Ven a saludar a Ateca —le dice, mientras arrastra la maleta de Sina escaleras arriba—. ¡Está muy ilusionada con tu llegada!

Sina le tiende la mano.

—Me alegro de conocerla.

Pero en lugar de tenderle a su vez su mano regordeta, Ateca se tapa la boca, lo cual no impide que la risa se le escape por entre los dedos. Todo el cuerpo le tiembla con espasmos de alegría mientras se apresura a tomar la maleta de las manos de Kat.

—La llevaré adentro para Madam.

Sina no sabe qué le sorprende más, si la risa inesperada o que la llamen «Madam» por primera vez en su vida. Pero se olvida tan pronto como Kat le hace un gesto con la mano para que se acerque a la barandilla del porche.

—Ahora no puedes ver las vistas, pero puedes oírlas, ¿no?

Sí, Sina puede oír. Con el rostro vuelto hacia el océano, puede oír como Fiyi le da la bienvenida. El rumor de la brisa contra la arena, el ritmo del agua y la luz de la luna, y las promesas que no es capaz de descodificar. Siente la brisa cálida sobre la piel húmeda, una ráfaga de algo dulce y placentero, una gota de miel en la lengua. Entre la casa y la playa, hay una hilera de troncos altos y delgados, que se ven oscuros delante de la luna pálida.

—¿Son estos los árboles de cacao de los que me hablabas? —pregunta Sina, pero Kat niega con la cabeza.

—No, no. La plantación está un poco más lejos, al otro lado del pueblo. Esto son cocoteros, aquí crecen por todos lados. —Rodea a Sina por los hombros y le da un abrazo—. Esto te encantará, Sina —le dice—. Todo irá bien.

Sina asiente con la cabeza. Se lo repite para ella misma, como un eco que quiere que devenga realidad. Todo irá bien.

Pero eso no cambia el hecho de que está arruinada. Sin un céntimo a su nombre. Sina todavía no puede creer que lo haya hecho realmente. Cerró la puerta y lo dejó todo atrás: la casa, la filtración alrededor de la chimenea y el coche que necesita neumáticos de invierno. Aquí está, en una cama extraña en una tierra extraña, sin un céntimo. Como Armand. Sina se revuelve, se da la vuelta y lanza un suspiro profundo. Pero ¿cuándo no ha estado arruinado Armand? Arruinado podría ser su apellido, piensa, y visualiza la cara de su hijo en su pasaporte con

«Armand B. Guttormsen» impreso debajo. Tiene el pasaporte lleno de sellos.

De Argentina, donde él se quedó cuando zarpó el petrolero. «No era mi intención, mamá —le explicó—. ¡Me dieron la información equivocada sobre cuándo tenía que marcharme!» En Rusia fueron los casinos lo que lo atrajo. «¡Es una cosa absolutamente segura, hay un montón de dinero en metálico con el que no saben qué hacer!» Luego, el tema inmobiliario en el Caribe. «Me enseñaron las propiedades, con sus vistas impecables, justo en la playa. ¿Cómo iba a imaginarme que las escrituras eran falsas?» Una fuente de riqueza secreta y emocionante relacionada con el petróleo en Canadá, una urbanización de lujo en la costa oriental de Malasia. «Una oportunidad única en la vida, ¡no te lo puedes ni imaginar! ¡Unos cuantos turistas forrados y será una mina de oro!»

Pero ha habido muy poco oro, y la mina siempre ha tenido que ser ella, piensa Sina, mientras se tapa con la sábana fina. Una mina que ha sido vaciada, o mejor, expoliada de todo lo que brillaba y un poco más. Se tumba de costado mientras el viento llena la oscuridad, al otro lado de las ventanas con mosquiteras, de sonidos extranjeros: los crujidos de las hojas secas de palma, el estruendo continuo del océano que subyace a todo. No se puede creer que esté allí. Sina Guttormsen, sesenta y seis años, jubilada, nueva residente de una casa, o no, de una *bure*, así es como lo llaman allí, en Fiyi. *¡Fiyi!* Ni siquiera sabía dónde estaba: sacó un mapa del Pacífico Sur y escudriñó los puntos diminutos al norte de Nueva Zelanda; eran como miguitas arrancadas de la costa este de Australia y esparcidas descuidadamente por el océano entre Vanuatu y Tonga. ¡El Pacífico! Siente el latido seco y duro de su corazón dentro del pecho. Su corazón, por encima del rumor eterno y paciente de ahí fuera.

La cocina en el 19C Rugdeveien, tres meses antes. Otro mísero día de verano llegaba a su fin, otro atardecer con tazas de café que se quedaban tibias, a medio terminar. Había intentado ver la tele, leer una revista, había probado suerte con el juego de la loto, con sus habituales cinco aciertos de siete, y en la página web de *Encuentra el amor después de los 60,* sin caras nuevas. Seis colillas apagadas en el cenicero y el silencio en la cocina, que se posaba como polvo en la boca. Y el reloj de pared con su carcasa de plástico rojo se tragaba el tiempo a grandes bocanadas. ¿Y ahora qué? ¿Lo harás? ¿Por qué no? La carta de Kat sobre la mesa delante de ella:

Sina, probablemente habrás abierto el sobre apresuradamente, con un nudo de preocupación en el estómago. ¿Qué pasa ahora? ¿Quién es, desde el otro lado del planeta, quién viene a pedirme algo?

No hay nada de qué preocuparse. Nadie quiere engañarte ni estafarte. Es una invitación. Hacia vientos cálidos y noches suaves, a una silla de mimbre en un porche con vistas al océano Pacífico. ¿Lo quieres? ¿Te atreverías a venir?

Se levantó de un salto cuando oyó el timbre del teléfono. El teléfono de casa en el pasillo, un gemido largo y agudo, una reliquia del pasado de baquelita gris. Una llamada de alguien que sigue teniendo su número fijo apuntado en su libreta de direcciones.

—¿Diga?

Una breve vacilación y estuvo a punto de repetirse, con la voz un poco más impaciente. Solo impaciente, no asustada; Armand nunca llama al teléfono de casa. Siempre quiere sorprenderla cuando está más desprevenida.

—¿Sina?

—¿Sí?

—Hola..., soy Lisbeth.

Lisbeth. Exactamente la misma voz, ronca y lenta. El último párrafo de la carta de Kat pareció brillar en la mente de Sina: «En ese caso, nunca la recibiste y no habrá preguntas».

Podía haberse hecho la tonta, negarlo todo cuando su vieja amiga del instituto le preguntara si también ella había recibido una carta del Pacífico Sur. Una carta tonta con una propuesta ridícula, una suposición arrogante de que ellas, las pobres bobas que se habían quedado en casa, no tenían nada mejor que hacer en sus vidas absurdas que dejarlo todo de inmediato y subir a bordo de un avión para reunirse con Katrine Vale.

—Hola.

Sina supo que ya se había desenmascarado. Al no actuar sorprendida ni adoptar un tono despectivo, ya se había rendido. Había revelado que aquel jueves del mes de julio, en la mesa de su cocina había también una carta idéntica con sellos de iguanas y pájaros. Descartada la opción de hacerse la loca.

—¿Tú también..., tú también has recibido una carta?

—Sí. Hoy mismo.

—Tú también. De Kat.

Sina podía visualizar la boca de Lisbeth, con los labios de tono rosa mate, mientras hacía esta afirmación con un suspiro.

—Pues...

¿Qué iba a decir? ¿Qué había pensado después de haber leído aquella hoja de papel escrita a mano, de haberla arrugado, vuelto a alisar y releerla?

—No ha cambiado nada.

—No.

La risita sorprendida de Lisbeth, como de animalito que se asomara por encima de una trampa.

Más vacilación. Sina dejó que transcurrieran los segundos hasta que no pudo soportarlo más.

—Bueno, un viaje al Pacífico Sur... ¡Qué demonios, no estaría nada mal! Si te lo puedes permitir, claro.

Le fue tan fácil como siempre. Tan fácil descolocar a Lisbeth como siempre le había resultado. Sina lo supo tan pronto como pronunció las palabras; la más mínima referencia a su fortuna adquirida por matrimonio abriría una brecha en la seguridad de Lisbeth, provocaría que su inseguridad y sus dudas asomaran por entre las capas de su maquillaje. Le harían alisarse el pelo nerviosamente con los dedos. Sina llevaba años sin ver aquel movimiento rápido de sus manos, pero sospechaba que sus rizos castaño oscuro seguían teniendo el volumen de siempre, rígidos por la laca. Lo lamentó tan pronto el dardo venenoso salió disparado de su boca. ¡Oh, cállate, Sina, basta! Déjala en paz. Hasta Lisbeth se ha hecho mayor. ¿Lo dijo demasiado alto? Hasta Lisbeth debía de haberse hecho mayor, y vulnerable, de una manera totalmente nueva. De esa manera que empieza a surcarte el rostro alrededor de los ojos a partir de los treinta, que agarra las comisuras de tus labios y tira de ellas hacia abajo hacia los cuarenta, que se lleva el color de tu pelo y que dispara las facturas del dentista.

—Sí.

La voz de Lisbeth seguía sonando evasiva, floja como el apretón de manos entre dos personas que saben que no volverán a verse nunca más. Pero la pausa que siguió a ese último monosílabo fue demasiado larga, demasiado exploratoria. Como si buscara a alguien que dirigiera la expedición, o tal vez solo a alguien con quien pasar el tiempo.

Y ahora ahí está Sina, con *jet-lag* y las fosas nasales irritadas por el resfriado que ha pillado en el avión, asombrada ante el hecho de que hayan tenido que ir hasta una isla del Pacífico Sur para reunirse de nuevo. No solo para una reunión extrema de exalumnas, sino para vivir realmente juntas. En una *bure* con esteras de paja en el porche y con solo Kat para mantenerlas juntas. ¡Una comunidad de ancianas! La imagen asoma como un monstruo detrás de sus párpados. ¿Qué ha hecho? ¿Cómo ha acabado allí? Con cuatro paredes —tan delgadas que oye el sonido del agua del retrete circulando como un riachuelo primaveral por la casa— alrededor de una simple cama individual, y con las promesas de la luz de la luna sobre una playa de arena blanca. ¿Se ha vendido? ¿Ella, Sina, la cautelosa y precavida? Intenta calmarse. Serénate, solo has alquilado el piso, no lo has vendido, puedes volver a casa cuando quieras.

Pero, por supuesto, no puede. No puede aceptar el dinero que Kat ha dicho que le prestará encantada para pagarse el billete de vuelta si decide marcharse. ¿Cómo podría devolvérselo? Con todos los gastos de Armand, más el alquiler y la alimentación. Ella nunca compra comida cara, y su pequeño coche gasta muy poca gasolina. Además, casi nunca conduce; prefiere usar la bicicleta. Pero, aun así, el problema siempre es el dinero; siempre ha sido el dinero. El día antes de que Armand cumpliera doce años, cuando solo le quedaban treinta coronas en la cartera. Intentó explicarle que no podrían celebrar la fiesta el día del cumpleaños, tal vez más tarde, cuando cobrara su paga... Él la miró sin decir nada, dio media vuelta y se marchó, dándole la espalda en un gesto de desprecio. Le preparó unos espaguetis con albóndigas con una vela clavada en medio del plato, y le cantó el *Cumpleaños feliz* mientras se los llevaba a la mesa. El chico ni siquiera sonrió.

No sabe muy bien lo que pensaba cuando decidió marcharse. ¿Ella, Sina, irse a vivir a una pequeña comuna de locas en Fiyi? Sina Guttormsen, cajera de una tienda, lectora de biblioteca, ciclista comedida, siempre en el carril derecho. Con síntomas de una artritis incipiente en las manos y unos michelines que le sobresalen por encima de la cinturilla del pantalón. La madre soltera Sina Guttormsen, cuya tímida existencia cabía en un apartamento de uno de los edificios más viejos de Reitvik, con un ojo siempre clavado en su hijo y el otro en su cartera. Y aun así, conocía bien esa vida, era capaz de gestionarla y conformarse con ella. Pero ¿y esto otro? Se vuelve sobre la espalda y respira con la boca abierta, inspirando el aire cálido y húmedo que le llega a los pulmones, como si tragara el vapor de una sauna. La fina línea de hormigas diminutas que cruzan la mesa. El olor casi irresistible de los franchipanes. Las manos de Kat, tan felices envolviendo las de ella.

—¡No puedo creer que estés realmente aquí!

En el bolso que cuelga de la silla junto a la ventana está su pasaporte, una tarjeta de embarque manchada de café y las llaves de su piso del 19C Rugdeveien. Una bolsita transparente con su pintalabios, una botellita de gel bactericida y un tubo pequeño de crema de manos. Y un móvil sin una SIM que funcione.

Sina se incorpora y utiliza la sábana para secarse el sudor de la nuca. Encuentra la botellita de plástico en el suelo, junto a la cama, da un trago de agua tibia. *Vale nei Kat.* La casa de Kat. Pero la comida también cuesta dinero en casa de Kat. Repartir los gastos significa que todas tienen que contribuir; la electricidad, el jabón y el papel higiénico tienen un precio vivas donde vivas. Se pregunta fugazmente, «¿aquí deben de usar también papel higiénico, no?» antes de recordar que sí, que ha visto un rollo colgando de un bucle de cuerda trenzada en la pared.

¿Cómo se ha hecho tan rica Kat? La mente de Sina salta directamente del asunto del papel higiénico al de la riqueza de su amiga. ¿Cómo puede ser propietaria de una finca de cacao? Una casa y veintidós acres de tierra, con un capataz que se ocupa del día a día y mano de obra adicional contratada para las cosechas. ¿No es eso lo que le ha contado en el coche? Kat, que no tiene más estudios que ellas, que simplemente se marchó el verano después de graduarse y se subió a un avión con un sueco de pelo largo y rizado. Y acabó con una vida digna de un libro de aventuras. Tres años aquí, cuatro allá, seis en no sé dónde... Construyendo un colegio para niñas en Afganistán, llevando paneles solares a la India rural, montando una finca de café de comercio justo en Guatemala. Con fiebre tifoidea después de un retiro de meditación en Nepal, una infección en la sangre causada por el coral después de hacer submarinismo entre las ballenas de Tonga. Su pasaporte debe de parecerse mucho al de Armand, un mosaico de sellos, visados y permisos especiales. Pero, a diferencia de Armand, ella lo ha hecho todo de verdad, piensa Sina mientras vuelve a tumbarse, tratando de esquivar la zona humedecida de su almohada. Kat ha conseguido cosas. Ha salido adelante, llevando el tifus y la malaria como cicatrices de guerra, como condecoraciones, como pruebas de lo que ella y Niklas lograron: la ayuda que habían llevado a los indígenas, los pozos que cavaron, el curso de higiene que les dieron a las comadronas del poblado y que consiguió rebajar las tasas de mortalidad infantil el veinte por ciento.

Los parásitos estomacales de Armand no tienen la misma aura de logro. Los sellos de su pasaporte están apagados y descoloridos, como recordatorios de fiascos que lo hacen parecer más pequeño y patético cada vez que se presenta a su puerta con una nueva excusa. Las inversiones que no funcionaron, las promesas rotas y los socios poco fiables, los idiotas locales incapaces de identificar una buena oportunidad cuando les caía en las manos. Y ahí es donde ella abría la puerta y vaciaba su cuenta de los escasos ahorros que había conseguido juntar desde la última vez que se vieron. Es su hijo, ¿qué otra cosa podía hacer?

Se las arregló para no preguntarle a Lisbeth cuánto tiene disponible para pagarse el viaje. ¿Cuánto más debe de costar viajar en primera? ¿En *business?* Sina no lo ha hecho nunca. Sina se pregunta cómo debe de ser no tener nunca que preguntar cuánto cuesta algo. No sabe mucho del estado de las finanzas de Maya o de Ingrid, pero al menos ellas se han pasado la vida trabajando. En buenos trabajos, por lo que sabe. Ingrid como contable del County Bus Service, o ejecutiva de cuentas como ha oído que ahora lo llaman. Sus buenas notas en lengua y en aritmética les abrían un montón de oportunidades a las chicas listas como ella. Las que no gastaban más de lo que tenían y cuidaban de su reputación. Sin duda, Ingrid tiene un buen pellizco ahorrado, más que suficiente para pagarse un billete de avión a las Fiyi.

Maya estudió ciencias de la educación y se puso a trabajar como profesora en el instituto. Se casó con Steinar, que, como cabía esperar, acabó siendo administrador; había algo en su nariz, las aletas abiertas o las gafas que se apoyaban en ella, que recordaba a un halcón. Una pareja de maestros puede que nunca llegue a ser rica, piensa Sina, pero Maya debe de tener ahorrado lo bastante como para llegar a Fiyi. Ella y Steinar solo tuvieron un hijo, una niña, ahora casada con un extranjero. Un artista que pinta paisajes; Sina lo ha visto varias veces en el periódico. A ella no le hubiera importado que Armand se casara con una extranjera, aunque eso hubiera significado que se marchara a vivir fuera. Ningún problema. Ojalá se hubiera establecido con alguien, hubiera encontrado algo, cualquier cosa, que le hubiera dado alguna estabilidad. Las imágenes parpadean en su agotada mente: Armand con una mujer de pelo oscuro, un nieto, con facciones orientales reminiscentes de la pareja vietnamita que vive en la primera planta de su edificio. El eterno deseo, la plegaria que cuelga suspendida en el aire como un hilo fino entre sus labios y un dios con el que no tiene ninguna relación: ¡ojalá Armand fuera capaz de hacer algo, lo que fuera! Tengo sesenta y seis años, piensa Sina, mientras se frota los ojos con los puños cerrados. Sesenta y seis años y estoy huyendo de mi hijo.

En el umbral de su primer sueño inquieto bajo la constelación de la Cruz del Sur, Sina se vuelve a cruzar con Kat.

—Estoy arruinada —le dice—. No puedo permitirme estar aquí.

—En el mar hay peces —le dice Kat—. No hay necesidad de pasar hambre.

—Sé hacer pan —le responde Sina.

—Cinco barras de pan —añade Kat—. Con eso basta.

2

Ateca

Querido Dios:

Sé lo que Madam Kat y Míster Niklas han hecho por mí. Te doy las gracias a menudo por que me dieran este trabajo. Sabes lo difícil que fue todo para mí después del accidente de autobús que me dejó viuda, el miedo que tuve de que Vilivo y yo no saliéramos adelante. Trabajé duro, y tú me ayudaste, Señor. Hiciste que crecieran el maíz y las habas en el jardín para que pudiera venderlos junto a la carretera, e hiciste que mis gallinas pusieran huevos todos los días. Y una tarde, cuando el *doi* floreció, llevaste las ruedas del coche de Míster Niklas a pararse frente a mi casa. Pusiste las palabras en sus labios cuando preguntó si conocía a alguien que pudiera ayudarles a él y a su esposa en la casa, y cuando me dijo el sueldo, supe que habías sido tú quien lo había llevado hasta mi vida. Cuando comprendí que pagarían la matrícula de Vilivo, que se graduaría de Form Six*, supe que habías sido tú quien me había llenado de bendiciones.

Me mandaste a Míster Niklas para que me ayudara cuando me encontraba sola. Ahora es Madam Kat quien está sola, y está llenando la casa con sus hermanas. Me doy cuenta de cómo las necesita, Señor, y ellas también la necesitan. Ninguna parece tener a un hombre a su lado, y sus hijos ya no viven

---

* Estudios equivalentes al bachillerato. *(N. de la T.)*

23

con ellas. O sea que es mejor que vivan aquí. Las hermanas no siempre han nacido de la misma madre.

Madam Kat me ha contado historias de su país, que está a muchos océanos de aquí. Me ha dicho que personas de un mismo pueblo no viven con su propia familia. Eso me parece triste, y poco seguro. Madam Kat lleva aquí mucho tiempo, conoce Korototoka, pero ¿y las otras madams que han venido, Señor? Vivirán aquí, envejecerán aquí, y yo voy a tener que cuidarlas. Ten misericordia y enséñame cómo hacerlo.

Madam Lisbeth, por un lado. Casi nunca parece feliz. Me di cuenta el primer día que llegó por su manera de dudar cuando alguien le habla. Como si nunca estuviera segura de cuál es la respuesta correcta. ¿Y por qué se queda delante del espejo mirando por encima del hombro? ¿Por qué se cambia de ropa constantemente sin que se haya ensuciado la que lleva?

Madam Sina tiene una mirada aguda como el águila de las marismas. Fuma cigarrillos en el porche con Madam Lisbeth, pero tampoco parece feliz. Sus preocupaciones le han dibujado unas gruesas líneas alrededor de la boca, y tiene una voz grave y amarga. ¿Hay algo que le da miedo, Señor?

Madam Ingrid es la más grande de todas. Tiene los brazos largos y fuertes y quiere ayudar allá donde va. El día que llegó, quiso ir a la plantación con Mosese y saberlo todo sobre el cacao. ¿Cómo puedo explicarle que a veces es mejor guardar silencio y limitarse a mirar y aprender?

Y dentro de poco llegará otra madam, una de la que no sé nada. Espero que sea fuerte y saludable, con un corazón feliz.

Madam Kat confía en mí, Señor. A menudo me dice: «Ateca, ¿qué haría yo sin ti?». Tengo que protegerla, igual que ella me protege a mí. Ayúdame a cuidar de ella y de sus hermanas para que ningún demonio proyecte su sombra sobre ellas.

Y a Vilivo, Señor. Protege también a mi hijo de las sombras. Ayúdale y permítele encontrar trabajo para que pueda mantenerse, hacerse mayor y fundar una familia.

En el nombre sagrado de Jesús. *Emeni*.

3

Ingrid

Se mira en el espejito de encima del lavabo y la mujer que le devuelve el reflejo parece sorprendida. La mirada de una recién nacida, rodeada de patas de gallo, como grietas blancas en un glaseado de bronce. Ingrid solo ha tardado unas semanas en consolidar su bronceado, como si el pigmento hubiera estado reposando todos esos años a la espera, reticente a dejarse ver. Kat las ha advertido sobre el sol: «Aseguraros de ir tapadas y no escatiméis en protección solar. Os juro que al cabo de un tiempo os importará muy poco si estáis morenas». Ella misma sigue teniendo la piel sorprendentemente pálida, a pesar de los años que lleva bajo los cielos del trópico.

Ingrid todavía no está ahí. Desde que llegó a Korototoka piensa cada día en el exceso de días de su vida que ha pasado encerrada: del trabajo a casa, de casa al trabajo. Dentro del piso, dentro del despacho, dentro del coche. Durante años, su hermano trató de convencerla de que adoptara un perro. «Sería una manera de obligarte a hacer ejercicio, ¡y te haría compañía!» Su esposa había apoyado la sugerencia: «Sí, ¿no sería fantástico que tuvieras un poco de compañía?». Pero Ingrid sospechaba que el entusiasmo de Gro, su cuñada, hacia el setter irlandés de la familia se debía más al hecho de que se marchaba con Kjell cada otoño a la semana de caza. Ingrid nunca ha tenido ganas de tener un perro, ni ningún tipo de animal.

Tampoco había formado parte del grupo de mujeres del trabajo que cada verano iba de excursión a Jotunheimen, con

26

sus colchonetas y sus termos, que también les servían para calentarse las manos. Aunque, secretamente, estuvo tentada. De vez en cuando salía a pasear a la naturaleza, el domingo por la mañana, pero nunca demasiado lejos y siempre sin cansarse demasiado.

Se lo pasaba mejor con Simon y Petter, los nietos de Kjell y Gro. Los chicos tenían una relación más estrecha con ella que con sus abuelos, de eso estaba bastante segura. Cuando Simon tuvo dificultades para aprender a leer, fue la tía Ingrid quien tuvo la paciencia de sentarse a su lado y practicar con las letras y las tarjetas de palabras. Cuando iba a su casa, Petter podía merendar en el sofá o acoger a un gato vagabundo. Por supuesto, entendía que cuidar de los hijos y trabajar a tiempo completo debía de resultar agotador, por supuesto que no le importaba que los chicos se quedaran a dormir en su casa cuando su madre tenía que viajar por asuntos laborales o le tocaba el turno de noche. Se llevan bien, los chicos y ella, es simplemente eso. No parece inmutarse mucho cuando llegan, pero le gusta cocinar para ellos: tacos, pizza, alitas de pollo, nada sofisticado. ¿Es por lo jóvenes que son por lo que resulta tan fácil estar con ellos? No espera que deban tener algo en común: las dos cabecitas de pelo moreno en el sofá, inclinadas sobre sus teléfonos móviles o sus juegos de cartas. Simon y Petter. Lo mejor que hay en su vida.

Cuando llegó la carta de Kat, Ingrid se preparó una taza de café antes de sentarse a leerla. Curiosamente, no se sintió sorprendida al recibir la invitación... ¿Podía llamarlo así? ¿Reto? ¿Convocatoria? Tal vez siempre había sabido que, tras la blusa remilgada con el cuello vuelto y las gafas colgadas del cuello con una cadenita, un día llegaría el turno de Wildrid. Wildrid, su alma gemela secreta. La que se había quedado en casa cuando Kat se largó hace ya tantos años, pero que, en silencio, asintió y comprendió. Cuyos dedos ansiosos temblaban mientras leía las líneas del texto manuscrito de Kat:

Ingrid, apuesto a que te has quedado un rato de pie con la carta en la mano antes de abrirla. Tal vez la has dejado reposar un rato mientras te preparabas una taza de café. Di la verdad, ¿no te lo esperabas? Nos visitaste en varios de los lugares en los que vivimos, ya sabes que nuestra vida no estaba dedicada a tomar cócteles junto a la piscina ni a divertirnos bajo el sol. Sabes que hemos vivido cortes de electricidad y escasez de agua, mosquitos y malaria. Pero creo que sigues siendo lo bastante fuerte. Lo bastante fuerte como para plantarte contra la soledad y las cenas precocinadas ante el televisor, contra la artritis y las noches vacías. Vestida con un vestido bula de flores y bebiendo kava de un bilo.

Ingrid tuvo que dejar la taza de café sobre la mesita al sentir un estremecimiento que empezaba en su pecho y se le extendía por todo el cuerpo; una sensación que finalmente logró identificar: sentía nostalgia, nostalgia de un lugar en el que nunca había estado. Desde sus manos que sujetaban la hoja de papel hasta los labios, que se abrían en una sonrisa inquieta, añoraba Fiyi. Añoraba a Kat, el pájaro cuyas alas solo había visto desde abajo cuando las extendió, planeando muy alto.

Recuerda con exactitud el momento en que el pájaro alzó el vuelo. Desde una mesa a la sombra, en la terraza del Nilsens Café de Reitvik, un día de agosto de 1965. El silencio se había impuesto, denso y desconcertante, alrededor de la mesa. Como de costumbre, Kat no parecía darse cuenta de la tensión que la rodeaba. Su melena, oscura y brillante, le caía sobre los hombros y las atraía hacia ella, como un círculo susurrante de lunas admiradoras orbitando alrededor del sol. ¿Qué era aquello que les acababa de contar? ¿Se marchaba al día siguiente? ¿A la India? ¿Goa? ¿Tal vez Nepal o Sri Lanka?

Ingrid había mirado alrededor en busca de ayuda... ¿Había alguien que entendiera lo que estaba pasando?

Pero Sina había permanecido en silencio, encorvada, con la mirada vacía y sin mostrar interés, en su propio mundo. ¡Kat podía haber dicho que se marchaba a Marte o a Júpiter! Lisbeth arrugó la nariz, como si ya pudiera oler las especias exóticas y

28

saborear la comida de un país lejano. La expresión de incredulidad de Maya se había mezclado con algún ingrediente más... ¿Tal vez se le escapaba una sonrisita? Había algo autocomplaciente y mojigato que sacaba del bolsillo de su rígida falda marrón. Las mariposas que Ingrid sentía en el estómago, que le habían estado haciendo cosquillas desde que Kat las llamó al principio de la tarde para convocarlas en el café, se habían convertido en murciélagos agitados y susurrantes. ¿De dónde sacaba Maya aquel aire de superioridad?, si simplemente había sido aceptada en una absurda universidad donde se prepararía para ser maestra. Ingrid también podía haber conseguido una plaza, ¡y Kat también, si hubiera querido!

«Niklas ya ha estado en la India antes.» La voz de Kat resonaba desde algún lugar lejano. «Allí el coste de la vida es muy bajo, y no es difícil conseguir un trabajo para unos cuantos días o semanas. Conoce a alguien en un *ashram* en Madhya Pradesh, que...»

Mientras Kat hablaba, las palabras se habían ido encaramando por la cabeza de Ingrid, formando cenefas sin sentido: *ashram,* meditación, *yogi.* Bajó la vista hacia la mesa mientras con un dedo acariciaba distraídamente el borde de la taza. El curso de contabilidad que estaba a punto de empezar le aseguraría un trabajo, sin duda. El dinero suficiente para vivir de manera autónoma, con el tiempo; la seguridad suficiente para pedir un préstamo o embarcarse en la hipoteca de un apartamento al cabo de unos años. Cerca del parque, imaginó. En el centro, para no necesitar coche.

«Un billete de ida», decía Kat. «Interrail por Europa, y después viajaremos en autostop, si hace falta.»

El silencio alrededor de la mesa había continuado. Lisbeth paseaba un cigarrillo entre sus uñas pintadas de rosa. Sina tenía los brazos cruzados, se abrazaba a sí misma y se balanceaba hacia delante y hacia atrás dentro de su cazadora, demasiado ancha y demasiado gruesa para aquella tarde cálida de verano.

«¡Oh, vamos! ¡Alegraos un poco por mí!» La sonrisa de Kat era cálida, ancha, acogedora. Como siempre, se las había metido en el bolsillo antes de que ni siquiera fueran conscientes de sus dudas. «¡El mundo es mucho más que Reitvik! ¡Quiero ver muchas más cosas!»

Algo en Ingrid la mantenía distante. Su entusiasmo se había quedado en un nudo que quería salir por su garganta y volar a través de sus labios como un globo desatado: «¡Claro! ¡Qué maravilla!». Pero, en vez de eso, no era capaz de quitarse de la cabeza la imagen de Niklas. Su pelo, más largo que el de Kat, las arruguitas alrededor de los ojos al reírse, que revelaban que se había graduado en el mundo adulto hacía ya un tiempo. Había viajado por América del Sur sin un céntimo y había visto más mundo del que ellas podían haber leído en toda su biblioteca. Mientras ellas habían estado haciendo sus pequeños planes, ese chico sueco, ¡ese *hombre*, que las sacaba casi diez años!, había trabajado recogiendo fruta en Nueva Zelanda y como monitor de esquí en Canadá. Así que eso era lo que Kat quería. Había hablado alguna vez de «trabajar un año antes de decidirme a ingresar en la universidad», pero nunca había comentado ningún plan concreto, por lo que Ingrid sabía. No hasta que apareció Niklas al principio del verano a ofrecer sus servicios como pintor y encargado de mantenimiento de la casa. «Tiene previsto viajar a Nordkapp», les había explicado Kat, y desde luego, Niklas desapareció unas cuantas semanas, pero luego volvió. Y ahí estaba Kat, describiendo su siguiente acto de desaparición, en el que seguramente ella también participaría. «Mis padres os van a preguntar —les dijo, mirándolas una a una—, o sea que les podéis decir la verdad, que no sé exactamente adónde vamos a ir.»

Su risa se escapó como perlas que tintinearan por encima de las tazas vacías y las servilletas arrugadas y provocó que el helado se fundiera y se derramara por el borde de los cucuruchos. «No pongas esa cara de pena, Ingrid», le dijo, posando la mano encima de la de su amiga. «¡Solo imagina todas las historias que os contaré cuando vuelva!»

Todas asintieron con la cabeza; Maya incluso expresó un «¡Qué emocionante!». Pero Ingrid solo pensaba una cosa: esto,

30

aquí, es donde ocurre. Aquí es donde nos separamos. Maya se irá a estudiar ciencias de la educación a Hamar. Lisbeth se casará, aquí en Reitvik. Sina, Dios sabe lo que ocurre tras esa cara taciturna; si encuentra un trabajo, probablemente también se quede aquí. Pero Kat se marcha. El viento aminora. Nuestras velas cuelgan flojas y sin rumbo. El centro se disuelve en un millón de diminutas partículas de polvo y se transforma en un vacío interminable y monótono. Aquí y ahora es donde nos separamos.

—Qué tontería —fue todo lo que dijo Kjell cuando le contó lo de Fiyi—. ¿De qué me estás hablando? ¿Te has vuelto loca? Eres demasiado...

Se detuvo a tiempo, pero Ingrid oyó la palabra mientras se detenía dentro de sus labios. *Vieja*. Eres demasiado vieja. Su hermano, solo cuatro años menor que ella, al parecer se sentía cualificado para decidir qué tipo de oportunidades habían caducado para ella. Mudarse al Pacífico Sur era, obviamente, una de ellas.

Ella acabó la frase:

—¿Demasiado vieja, Kjell? ¿Demasiado vieja para hacer cualquier cosa que no sea quedarme en casa a esperar que me paguen la pensión? ¿Para ver concursos de la tele y quizá ir de vez en cuando de crucero hasta Dinamarca?

—¿Qué dices? Hay un montón de cosas que...

—¿Como qué? ¿Viajar en autocar hasta Tallin? ¿Ir a Suecia un par de veces al año contigo, a comprar embutidos baratos? ¿O quizá estar lo bastante loca para aceptar un salto en parapente con un monitor como regalo de mi setenta cumpleaños?

—De acuerdo, pero... ¡El Pacífico Sur, Ingrid! ¿Qué sabes de ese lugar? Y no has vuelto a ver a Kat desde... ¡hace no sé cuántos años!

¿Y qué sabes tú del Pacífico Sur?, quiso preguntarle, pero no lo hizo. Kjell sabía muy poco de nada, esa era la verdad. Excepto de perros de caza. Y de ruedas de coche. Como jefe de compras de una empresa de neumáticos, apenas se le escapaba ningún detalle sobre vulcanización, profundidad del dibujo y equilibrio de la dirección.

En realidad, ella sabía muchas más cosas que él sobre Fiyi. La misma noche en la que recibió la carta estuvo investigando por internet. Consultó la cifra de población del país (menos de un millón), el número de islas (treinta y pico habitadas, más de trescientas en total), el historial étnico de la población (cerca del cuarenta por ciento de origen indio; el resto, descendientes de melanesios), su religión (cristianos, casi todos metodistas; hindúes y algunos musulmanes), las principales actividades económicas (turismo, producción de azúcar y de copra). «Sé bastante», pudo haberle respondido a su hermano. Pero él no esperó la respuesta.

—¡Tú no eres así, Ingrid! Tirar toda tu vida por la ventana es totalmente... ¡irresponsable!

¿Podía oírse hablar? ¿De quién demonios creía que ella era responsable, aparte de sí misma? Las palabras de Kat parpadeaban delante de sus ojos. «¡Deja atrás todo aquello que no ha funcionado! ¡Llévate todo lo que todavía importa!»

—Siempre he cuidado de mí misma, Kjell, y tengo intención de seguir haciéndolo. He pagado mi hipoteca y tengo dinero suficiente en el banco para comprarme un billete de vuelta cuando me dé la gana. ¿Por qué te enfadas tanto? ¿No puedes alegrarte por mí? ¿No crees que me merezco un poco de chocolate negro y un poco de coco? ¿No he comido ya suficientes patatas con arenque en mi vida?

La mirada gélida de su hermano le demostraba que no entendía nada: ¿patatas con arenque? ¿De qué le estaba hablando? Se pasó la mano por el pelo cada vez más escaso y probó con otro enfoque:

—Bueno, ¿y qué hay de nosotros? ¡Los chicos, Simon y Petter, te echarán mucho de menos! Y Arve también —añadió apresuradamente, como un furgón de cola que se añadiera al tren en marcha en el último minuto—. ¡Pensará que te has vuelto loca!

A Ingrid le costaba imaginarse que su despistado hermano menor pudiera tener una opinión sobre su cordura. Arve tenía mucha experiencia en ser juzgado por los demás. En su cabeza se le apareció una imagen cariñosa de él, con su gorra de béisbol, los pantalones vaqueros y la cazadora marrón de cremallera. El apartamento cerca de la universidad, con la nevera vacía y las estanterías llenas, donde uno podía encontrar siempre un par de jarras de cerveza en el congelador y un bocadillo de dos semanas junto a la pantalla del ordenador.

—Arve ya tiene bastante ocupándose de sí mismo —dijo Ingrid, y observó la vena que se hinchaba por debajo de la piel fina y pecosa de la frente de Kjell.

—Pero ¿qué seguridad tendrás para el futuro? ¿Lo has pensado? ¿Y si te pones enferma? ¿Y si...?

—¿Me muero allí? —Lo miró con calma, sin permitir que su actitud la alterara, y siguió con su tono de voz tranquilo—. Entonces me cantarán y me llevarán esteras de paja a casa.

No es difícil crearse una rutina cuando empiezas de cero. Ingrid no ha vivido nunca en una finca de cacao, pero tampoco ninguna de las otras, lo cual significa que, técnicamente, todos los papeles están disponibles. Kat y Niklas adquirieron la finca hace tan solo seis años, y apenas empezaban a familiarizarse con su funcionamiento antes del terrible accidente de Niklas. Kat habla muy poco de lo ocurrido, Ingrid no conoce los detalles. ¿Tal vez la herida es todavía demasiado reciente y sigue abierta? Lo único que Ingrid sabe es que Kat no estaba presente cuando ocurrió.

Mosese, que dirige la plantación, supervisa las operaciones diarias, como lo hacía con el propietario anterior. «Niklas siempre lo seguía de cerca. Todo lo que sabía del cacao lo aprendió de Mosese», ha explicado Kat.

Ella no parece compartir el interés tan vivo que Niklas tenía por la plantación, piensa Ingrid para sus adentros. Pero ¿no fue ella quien escribió con tanto entusiasmo en su carta sobre atreverse a probar algo nuevo? ¿Empezar a elaborar chocolate?

Cuando Mosese viene un par de veces a la semana a informar sobre los progresos del cultivo, Kat raramente sale a saludarlo por iniciativa propia. Y el capataz, ya mayor, nunca sube los cuatro peldaños hasta la puerta principal sin que lo inviten a hacerlo; espera al pie del porche hasta que sale alguien. A veces sale Ateca, el ama de llaves; otras veces, ella lo ve desde la ventana y grita: «¡Madam Kat! ¡Mosese está aquí!». A eso le sigue un repentino estallido de risas al que Ingrid todavía no se ha acostumbrado: una risa que surge aparentemente sin motivo y que puede durar varios minutos. La ha oído también en otras ocasiones: entre las mujeres que venden las raíces marrones y puntiagudas de *tavioka* junto a la carretera, entre las hijas de Mosese cuando se sientan de noche frente a la casa. O en un grupo de niños que pasan por ahí; su risa puede estallar de pronto y transformarse en unos ronquidos fuertes que los dejan jadeando, manos que golpean muslos y cuerpecitos que caen de rodillas extasiados.

La risa de Ateca no se dirige al público, por lo que Ingrid cree, y estalla de forma espontánea sin que nadie le haya hecho cosquillas ni contado un chiste. Tal vez, sencillamente, Ateca tenga una cantidad de risa almacenada en el cuerpo que ha de soltar a diario, como hay quien debe soltar el gas de su estómago. ¿O quizá sea algún tipo de tic que es incapaz de controlar? Ingrid añade «averiguar de qué se ríe tanto Ateca» a su lista de cosas que no sabe de Fiyi.

Puesto que Kat solo muestra un interés mínimo por las explicaciones de Mosese sobre infecciones por hongos, ataques de roedores y coste de los fertilizantes, Ingrid pronto se convierte en la que conversa con él cuando va a verlas. A veces acompaña a ese hombre fibroso y de piernas arqueadas hasta la plantación para inspeccionar un grupo especialmente prometedor de vainas amarillentas de cacao, o para suspirar de inquietud cuando le muestra el ataque de unas larvas. No puede aportar nada más que su mero interés, pero cada paseo al atardecer por el bosque verde y húmedo de cacao la llena de unas gotas dulces de felicidad que recorren sus venas y le ayudan a eliminar el café repugnante de la oficina que se ha tomado durante tantos años.

Otra cosa que Ingrid obtiene en sus primeros días en Fiyi es un nuevo aprecio por sus pies. Grandes y sólidos, siempre han cumplido su deber principal: mantenerla en equilibrio y recta dentro de sus zapatos del 42, a través de tormentas de otoño y otras inclemencias climáticas. Siempre han sido de fiar, pero a ella nunca le gustó demasiado su aspecto venoso y grande. El tamaño de los pies de Ingrid siempre ha hecho que los especialistas en pedicura se plantearan aumentar sus tarifas, y ella no ha logrado convencer nunca a R. Lundes Shoes & Sons para que hicieran un modelo de su talla con una hebilla dorada o con una cinta elegante en el tobillo.

Junto a la puerta principal de *Vale nei Kat* hay una pila de chancletas de goma. De interior y de exterior, con y sin tira entre los dedos. Ingrid se ha comprado tres pares: el primero modesto, negro y sencillo; el segundo naranja y con un estampado de hibiscos en la suela, y el tercero, más elegante, se lo compró la última vez que fueron a Rakiraki. Tienen unas rayas anchas plateadas a ambos lados y, en el empeine, entre los dedos, un centro de joyas de plástico.

Los pies de Ingrid se han propuesto vivir una existencia más feliz, eso está claro. Sus dedos desnudos se estiran alegremente, con la planta del pie bien acomodada en su suela de goma, indiferentes a las miradas de burla por su tamaño. El pie se extiende en todas direcciones, ocupando el espacio que le corresponde sin avergonzarse. ¡Y recibe cumplidos!

—Tiene usted unos bonitos pies, Madam Ingrid —le dice Ateca una tarde que están en el porche.

Su sonrisa siempre incita a responderle con otra sonrisa; a Ateca le falta una muela; el pequeño hueco negro es como un guiño entre la hilera de dientes blancos. Se sienta con el rayador de coco, una pequeña herramienta con cuatro patas, con una hoja en forma de media luna delante que se usa para rayar la carne del coco una vez rota la cáscara. Las tiras de carne blanca y tierna caen en un cuenco que sujeta entre los pies.

Ingrid se sorprende.

—¿Bonitos?

Ateca asiente.

—Anchos. Podría sujetar este cuenco con ellos, pruébelo.

La visión de sus pies sujetando el cuenco de metal lleno de trozos blancos y lechosos de coco llena a Ingrid de perdón. Perdona a sus pies por su incapacidad de bajar unas escaleras de puntillas, por haberla condenado a que la llamaran Goofy en la escuela primaria, y por haber sido incapaz de aprender a bailar. De pronto ve sus dos robustas anclas con una luz más generosa, bañadas en leche de coco y totalmente capaces de aprender a hacer cosas nuevas. Le sonríe a Ateca, y se siente al mismo tiempo prevenida y sorprendida cuando llega el estallido de risa. Durante más de un minuto —casi dos, piensa Ingrid más tarde–, Ateca se ríe de los bonitos pies de Ingrid. Y así de fácil, la jefa de contabilidad jubilada del County Bus Service se convierte en la rayadora de coco habitual de *Vale nei Kat*.

Aparte de sus deberes como contable, claro. Dar un buen uso a sus conocimientos de contabilidad es lo mínimo que puede hacer, y Kat's Cocoa no es una operación especialmente complicada. El dinero suele moverse en una dirección: hacia fuera. Pero todavía quedan unos meses para la cosecha, y tanto Kat como Mosese le aseguran que los granos de cacao amargo valdrán su peso en oro cuando estén totalmente secos. ¿Cuánto deberían invertir, se pregunta, para producir chocolate aquí, en vez de limitarse a vender las semillas?

Sentada a la mesa de despacho en un rincón del salón, con las carpetas de anillas abiertas delante de ella, Ingrid se ve por unos instantes como una mezcla de Karen Blixen y Ellen

O'Hara. Qué tonta, piensa mientras mueve la cabeza, si no está al frente de una gran plantación, y todavía no ha visto ni rastro de Denys Finch Hatton. Aun así, esto tiene algo vagamente romántico; la electricidad que falla durante horas, a veces durante días, las lámparas de keroseno siempre listas, la sensación de que el viento y la lluvia tienen el destino de las cosechas, y por tanto de las mujeres, en sus manos. Ingrid sabe que no es en las carpetas de contabilidad, sino en las sombras verdosas de los árboles, con sus troncos llenos de hormigas y arañas, donde reside la realidad.

No seas dramática, se dice en esos momentos, no eres la propietaria de la finca. Esta operación es de Kat, y si alguien ha de preocuparse por los hongos o por los escarabajos del cacao, es ella. O tal vez Sina. Ingrid sabe que fue muchos años parte activa del club de jardinería de Reitvik. Seguro que sabe mucho más que Ingrid sobre el moho y los parásitos. Pero parece que haya algo que frene a Sina. Saluda a Mosese con mucha educación, pero luego no entabla conversación con él, y por lo que Ingrid sabe, no ha dado ni un solo paseo por la plantación. Hay algo en Sina que le da un aire de recién llegada, cuando hace semanas que está allí. Una actitud dubitativa, una decisión que no parece capaz de tomar. No la conozco, piensa, y la absurdidad de todo esto la inunda: ¿cómo pude haber pensado que esto funcionaría? Ni Sina ni Lisbeth, ni Maya cuando llegue, son las mismas que fueron en la clase de inglés en la que coincidían hace cuarenta y siete años. Ni ella, ni tampoco Kat.

—Y es por esto que hemos tenido que venir hasta aquí, se dice Ingrid en voz alta—. Para descubrir lo que necesitamos. Que podría ser algo totalmente distinto de lo que creemos que deseamos.

—No estaba segura de que fueras a hacerlo, Ingrid.

La voz de Kat suena en el rincón más oscuro del porche. El rumor de las olas que se arrastran hacia delante y hacia atrás entre los bancos de arena se acompasa con el balanceo de la hamaca de lona de algodón. Las antorchas *tiki,* unos simples soportes de bambú coronados con botes de combustible, titilan, y su humareda negra deja un rastro de leña de hogar y recuerdos de niñas *scouts* en la lengua.

—¿Hacer, qué?

Ingrid mantiene un tono de voz ligero; ese anochecer en el porche invita a la conversación frívola, no a la reflexión profunda.

Kat se levanta un poco en la hamaca y se apoya en un codo.

—Soltarte.

—¿Qué quieres decir?

Ingrid no sabe si se siente dolida o avergonzada. ¿Por qué iba a ser tan sorprendente que ella actúe de manera caprichosa? ¿Por qué tiene que ser siempre la estable y la convencional? ¿Es realmente tan difícil para Kat —curiosamente para *Kat*— reconocer a Wildrid?

—Oh, ya sabes a lo que me refiero. No es tan fácil soltar amarras. Dejar atrás las rutinas, los hábitos, todo aquello a lo que estás acostumbrada. La familia.

De pronto, a Ingrid le escuecen los ojos. ¿Y tú qué sabes de eso?, quiere decir... Tú soltaste amarras hace casi cincuenta años, antes de que nada hubiera crecido del todo ni hubiera echado raíces bajo tu piel. Para ti, soltar amarras significa hacer una maleta, aprender a cocinar un plato nuevo. No poner toda tu vida en un trastero antes de saltar por la borda, con la llave bien apretada en el puño.

No lo dice. Ingrid Hagen hace lo que mejor sabe hacer: se guarda las cosas para ella. Pero Kat espera una respuesta, y sus ojos brillan juguetonamente desde las profundidades de la hamaca, e Ingrid quiere distraerla, hacerla reír.

—Tal vez no sea un animal tan de costumbres como te piensas —dice—. ¿Y si he dejado atrás a dos amantes y estoy en la bancarrota? ¿Y si huí por los pelos de la mafia rusa, que me perseguía para cobrarse el dinero que pedí prestado para mis extravagantes especulaciones con diamantes?

Pero Kat no se ríe. La mira a los ojos, con una sonrisa que Ingrid conoce bien, aunque ahora se muestre un poco torcida, más paciente.

—No te enfades, Ingrid. No quería decir eso. Ya sabes lo contenta que estoy de que hayas venido. Simplemente quiero decir que siempre se paga un precio.

Kat intenta hacerse a un lado de la hamaca para dejarle sitio a Ingrid. Es un ejercicio arriesgado de equilibrio y la hamaca está a punto de volcar. Finalmente renuncia a ello y se limita a tenderle la mano.

—Escucha...

Ingrid toma la mano y le estrecha los dedos, firmes y cálidos.

—No estoy molesta —dice.

4

Ateca

Querido Dios:
¿Qué debo hacer con Madam Ingrid y Mosese? Madam Ingrid es la hermana de Madam Kat, y mi trabajo es ayudarle. Pero Litia es mi amiga, y a ella no le sienta bien. ¿A quién podría gustarle que una mujer *kaivalagi* desaparezca horas y horas por la plantación con su marido? Tú ves todo lo que hacen, Dios. Conversan. Pero es que pasan mucho tiempo fuera, y luego vuelven con las manos vacías. ¡Tú nos das alimentos para llenar nuestros estómagos, no para que conversemos sobre ellos!

También para Mosese es difícil. Él sabe bien lo que hace que el cacao se ponga dorado en el momento oportuno, lee el color de las hojas y siente el aroma de las vainas cuando las frota entre sus dedos. Pero nunca ha oído hablar de los libros que Madam Ingrid recomienda, ni tampoco sabe cómo usar un ordenador. ¿Viste lo difícil que le resultó esta tarde, Señor, cuando Madam Ingrid insistió en que entrara en casa para poder enseñarle algo en el ordenador? Se me rompía el corazón al verlo allí, de pie, mientras ella le señalaba las imágenes y las palabras que aparecían en la pantalla. Él tenía los dedos de los pies vueltos hacia el suelo; yo notaba sus ganas de salir corriendo. Y, Dios mío, ¿qué se supone que tenía que decirle cuando ella me preguntó si había hecho algo malo? «¿Por qué se reía, Ateca? ¿Le he dicho algo descortés?» Sus manos expresaban tanto temor, aferradas a las gafas que cuelgan de la cadenita. «Oh, no, Madam Ingrid —le dije—, es solo que Mosese no sabe leer muy bien. En especial en la pantalla del ordenador. Con esas letras tan pequeñas.»

No lo entienden, Dios. Cuando nosotros nos reímos es para evitar que ellos se sientan avergonzados.

Dime qué debo hacer, Dios. Cómo puedo ayudar a Mosese y a Madam Ingrid. Y a Litia, también.

En el nombre sagrado de Jesús. *Emeni.*

5

Maya

De: kat@connect.com.fj
A: evyforgad@gmail.com
Re: Estado de salud de Maya

Querida Evy:

Gracias por tu mensaje, y por ser tan sincera respecto de la salud de tu madre. Maya y yo no hemos estado en contacto durante estos últimos años y no sabía nada del tema, de modo que aprecio mucho la confianza que me has demostrado. Imagino que la situación no debe de ser fácil para ti; de Reitvik a Trondheim hay un buen rato en coche, y entre tu trabajo y tu propia familia ya debes de tener bastante. Recuerdo la última vez que te vi, cuando eras un duendecillo rubio de ocho o nueve años: ¡cuesta imaginar que ahora tengas una hija! Estoy segura de que Maya adora a su nieta, y sé que ahora que tu padre ya no está, vosotras debéis ser mucho más importantes que nunca para ella.

En cuanto a la información que has compartido conmigo, entiendo que la idea de que tu madre viaje a Fiyi te inquiete, y no creo que la hayas traicionado en absoluto al ponerte en contacto conmigo. Era necesario que yo estuviera al tanto de la situación. Pero déjame decirte de entrada que la invitación sigue en pie, y que por lo que a mí respecta, lo que me has dicho no cambia nada. El grupo de viejas amigas de Maya somos un equipo muy sólido e ingenioso, y la idea fundamental que hay detrás de nuestro trato es que nos cuidemos las unas a las otras y vigilemos que no nos ocurra nada.

Entiendo lo que dices sobre su propia «negación» de lo que le ocurre; diría que se trata de una reacción bastante habitual entre las personas que reciben ese tipo de noticia. Si la propia Maya no lo ve como un problema real o no quiere hablar del tema, siento que no es mi papel presionarla. Haré todo lo que pueda para asegurarme de que hace sus revisiones periódicas, pero tal y como yo lo veo, lo más importante que puedo hacer es ser su amiga, y apoyarla y ayudarle, dentro de los parámetros que ella decida establecer.

Por desgracia, puedo confirmarte que aquí, en Fiyi, no hay demasiados especialistas en ese tema. Además, vivimos en un pueblo pequeño, y la clínica más cercana está a más de media hora en coche. Allí, los médicos tratan la mayoría de males con antibióticos, medicamentos para la presión arterial y sonrisas alentadoras. Pero, como bien dices, tampoco en Noruega hay manera de curar a Maya o de frenar el avance de su enfermedad.

Tendremos ocasión de seguir hablando cuando acompañes a tu madre hasta aquí. También conocerás a sus otras amigas; seguro que las recordarás de cuando eras niña. Creo que es mejor que no nos centremos en su enfermedad cuando vengáis; es importante que Maya se encuentre con las demás en igualdad de condiciones, por así decirlo, puesto que entramos juntas en esta fase de nuestras vidas. Y, si te he entendido bien, su problema no será evidente a simple vista.

Me doy cuenta de que quieres que Maya tenga esta experiencia en el Pacífico Sur, como yo, y pienso que debemos hacerla posible, si es lo que ella desea.

¡Sed bienvenidas las dos a Korototoka!

Lolomas,
Kat

6

Lisbeth

Vuelve la cabeza, mira hacia atrás por encima del hombro e intenta evaluar lo feo de la situación. Los pantalones blancos no son lo peor; abrazan un poco las nalgas e impiden que parezcan unos bultos aplastados. De todos modos, la imagen le resulta deprimente. Así de simple.

A Lisbeth no le preocupa tanto el pecho caído como el culo flácido. Ese culito respingón que Harald no podía evitar tocar cada vez que se le presentaba la ocasión, el que ella siempre había lucido eligiendo cuidadosamente los tejidos y cortes más favorecedores, ya no es lo que era. En absoluto. Como si tener sesenta y seis años no fuera ya lo bastante, con aquel cuello de pavo, los brazos fofos y los pechos como calcetines. Pero ahora, que el culo le haya empezado a caer sin piedad, centímetro a centímetro, de manera cruel, le resulta casi insoportable.

Harald bromeó sobre el tema justo antes de que ella cumpliera cincuenta: «Creo que debería comprarte un culo nuevo, como regalo de cumpleaños. ¡Un culo recauchutado! ¡Ja ja ja!».

Aquella risita satisfecha le confirmaba que lo pensaba realmente. Y mentiría si dijera que la idea no se le había pasado por la cabeza alguna vez.

Lisbeth gira tanto la cabeza que oye cómo le crujen las cervicales; aprieta todo lo que encuentra de su medio olvidado músculo del glúteo y ve una leve ondulación. Es obvio que la dieta y el ejercicio no hacen milagros. En la recta final, ya solo sirve el bisturí. Pero ha esperado demasiado, debería precipitarse con desenfreno hasta la meta, y ahora ya ni siquiera tiene a nadie que le pague la cuota de inscripción en la carrera.

Lisbeth sigue en estado de *shock*. ¡No puede creer que lo haya hecho! Vendió el coche —a un concesionario; no se atrevió a anunciarlo como particular—, se compró un billete de avión y dejó el BMW en el último minuto, de camino al aeropuerto. Le dijo a Harald que se iba unos días a visitar a Amanda; no está segura de si él siquiera procesó sus palabras. Sabía que el riesgo de que el secreto saliera en una conversación entre padre e hija era mínimo; Harald y Amanda se comunican, como mucho, a través de algún mensaje de texto esporádico.

Y luego, por supuesto, al final hubo un gran lío, un montón de llamadas de ida y de vuelta, y ella no está muy segura de cómo Harald descubrió dónde estaba. Dónde está. Estará. Permanecerá. ¿Lo hará? Amanda le había gritado al teléfono: «¡Mamá, no hablas en serio, ¿verdad? ¿Te has vuelto totalmente loca? ¿Quién es esa gente con la que vives? ¿Qué se supone que tengo que contarle a Fredrik?».

Para su sorpresa, a Lisbeth se le antoja que no le importa en absoluto lo que piensen. Noruega, Harald, su hija con bronceado de bote que trabaja en un gimnasio...; todos ellos quedan lejos del blando almohadón de neblina que la envuelve desde que llegó aquí. También están su hijo Joachim y su familia, su esposa y sus gemelas. Lisbeth casi no conoce a sus nietas, y no solo por la distancia que los separa de Gotemburgo. Sabe que las gemelas practican la equitación; les manda dinero para que sus padres puedan comprarles regalos y accesorios, ¡ella sabe tan poco de estas cosas! Cuando Joachim decidió no involucrarse en el negocio familiar y dedicarse a la enfermería —¡enfermería!—, Harald no mostró más que desdén hacia su hijo: «Bueno, ¡si eso es lo que quiere hacer con su vida!». Y cuando Birgitta, la muchacha sueca a la que conoció en la escuela de enfermería y con la que se casó, decidió continuar sus estudios y estudiar medicina, el tema quedó zanjado para siempre: Joachim, que había decidido quedarse en casa con las pequeñas, era un bobo y un perdedor, según Harald, a quien le resultaba humillante, en vez de impresionante, tener una nuera especialista en medicina interna. Se ven muy de vez en cuando; Lisbeth apenas conoce a las gemelas; no tiene ningún contacto con su día a día.

Con Amanda es distinto, al menos Lisbeth entiende su manera de pensar. Sabe lo que le importa. Amanda sigue siendo una buena chica de treinta y cinco años, y su cuerpo y su cara aparentan diez años menos. Ha hecho algunos trabajos de modelo aquí y allá; hace unos años se sacó un título de marketing. Ha tenido unos cuantos novios, hasta ha llegado a convivir con un par de ellos. «¡Yo qué sé! —respondió a la pregunta agitada de su hija—. Estoy segura de que se te ocurrirá algo.»

Lisbeth se vuelve de nuevo hacia la cama y observa la ropa esparcida por encima de la colcha de algodón. Vestidos con tirantes finos, cinturones que realzan su todavía delgada cintura... Dos hileras de zapatos en el suelo del armario, bailarinas de colores neutros, sandalias abiertas atadas al tobillo... Tal vez ha huido al Pacífico Sur, pero no tiene ninguna intención de descuidar su aspecto. No se obtiene nada bueno de abandonarse. No tiene idea de cómo va a ser allí la vida, pero nadie la verá llevando vaqueros con rodilleras, ni —¡por Dios!— uno de esos enormes vestidos floreados tipo tienda de campaña que todas las mujeres que han superado la edad de llevar *shorts* sacan de paseo. Y hablando de la edad de llevar *shorts,* Kat va todo el día con sus vaqueros cortados. Es algo digno de ver. Lisbeth no sabe si reír o llorar. ¿No se ha codeado durante años con diplomáticos y embajadores? ¿Y aún no ha aprendido cómo hay que vestir? Ni se maquillaba en el instituto ni se maquilla ahora. ¿No lo ha hecho nunca, en todos esos años?

Lisbeth elige una camiseta rosa de tirantes para combinar con su pantalón blanco. Se mira de un perfil y del otro para verse desde ángulos distintos, se encarama a un taburete... Por Dios, ¿tan difícil es encontrar un espejo de cuerpo entero en este lugar?

—Bueno, ¡qué estilosa!

El cumplido de Kat suena sincero, y por un momento a Lisbeth la invade la alegría, un momento de reconocimiento.

—Oh, son cosas viejas, lo primero que he encontrado.

—Tienes un aspecto espléndido, como siempre. ¡Espera un segundo! —Kat baja los cuatro peldaños del porche y desaparece en la oscuridad. Luego vuelve con una flor roja y se la pone a Lisbeth detrás de la oreja—. ¡Perfecta!

Se inclina hacia ella y añade, confidencialmente:

—Asegúrate de llevarla en el lado izquierdo. Significa que estás soltera y dispuesta a vivir nuevas aventuras. El izquierdo es para las que se lucen, el derecho, para las que cocinan.

Lisbeth se ríe, casi se sonroja. Se lleva la mano a la cabeza con expresión reflexiva. Ha visto a mujeres en la calle con flores en las orejas, junto a la carretera, en las tiendas, volviendo a casa de los campos cargadas con cestos de cassava, la raíz amarillo pálido que utilizan en todas las comidas. Ha visto los hibiscos rojos, las grandes flores del jengibre, los franchipanes de aroma embriagador que llevan también los hombres, pero no estaba al tanto de ese código secreto del cortejo.

—¿En serio? —Suelta la pregunta sin pensar.

—Desde luego.

Kat se ríe. Lisbeth reconoce su risa, que se concentra ruidosamente en su boca, como si acumulara volumen antes de que los labios se separen para soltarla en estallidos breves y potentes.

—Tendrás que ponerte la tuya a la derecha cuando salgas, porque si no, no te dejarán en paz.

—Oh, sí, segurísimo...

Se ríe con todas las demás y sabe que está haciendo el tonto, pero recuerda la sensación de antaño y empieza a ruborizarse.

47

Las miradas acompañadas de leves silbidos. Los ojos escrutándola por detrás, examinándola entera. Miradas celosas y nerviosas de las otras mujeres que percibe de reojo, nada preocupante. Confiada de que sus zapatos combinan con su ropa. Protegida por la consciencia de que lleva el peinado y el maquillaje impecables.

—¡Oh, no, no! —exclama, y se sienta en un almohadón de suelo con espejitos incrustados, uno de los muchos elementos decorativos peculiares que le gustan a Kat—. Esos tiempos forman parte del pasado, eso está claro.

—¿Estás segura?

Quien lo pregunta es Sina, no Kat. A Lisbeth le sorprende tanto la pregunta directa como la persona que la ha hecho. Se enciende un cigarrillo para evitar la mirada de confrontación, siente una leve satisfacción cuando se mira las uñas tan bien cuidadas.

—¿Qué quieres decir?

Percibe su propia pregunta como plana y carente de interés; una pregunta que no requiere respuesta. Sus ojos no buscan los de Sina, sino que se distraen mirando las volutas de humo que se curvan en la oscuridad.

Eso parece bastarle a Sina, que no insiste en el tema. Se encoge de hombros y desvía la mirada, como si buscara un océano que nadie puede ver, pero que todas oyen.

Ateca abre la mosquitera y asoma la cabeza.

—Me marcho, Madam Kat. Hasta mañana.

—Buenas noches, Ateca.

Se va a casa con su hijo. Lisbeth lo ha visto unas cuantas veces; un hombretón de diecisiete o dieciocho años, con gruesas patillas y unos gemelos musculosos llenos de tatuajes. Ateca lleva una fiambrera debajo del brazo; parece ser norma de la casa que se lleve los restos de la cena. Estoy segura de que el chico los devora, piensa Lisbeth, debe de tener un apetito insaciable. Según Kat, sueña con ser jugador profesional de rugby, como la mayoría de chicos de por allí. De pronto piensa en Joachim, en el rostro estrecho y delicado de su hijo, con el pelo que ya empieza a clarear. ¿Cuándo fue la última vez que habló con él?

Lisbeth permanece sentada, se mira los pies. Pálidos, un poco huesudos, pero con las uñas pintadas de la misma capa de rojo que ha llevado todos esos años, sin que se le ocurriera ningún motivo para cambiarlo. Sus talones se han beneficiado de décadas de pedicuras regulares, siguen siendo redondeados y sin rastro de callosidades. Cruza las piernas por costumbre, para ocultar el evidente juanete que tiene en el pie derecho. *Hallux valgus,* el horrible bulto hinchado que con los años ha crecido hasta alcanzar el tamaño de una ciruela. Le duele, se lo frota con cuidado. Es un pequeño precio que ha pagado por todos los años de llevar zapatos de punta estrecha, lo sabe, pero ¡Dios mío, cómo duele! Cierra los ojos y respira hondo.

—¡Dilo! —le suelta Kat.

—¿Qué? —Lisbeth mira la cara enmarcada en pelo oscuro que la reta desde el sofá de ratán.

—Di lo que estabas pensando justo ahora.

Kat suelta su risa de trompeta.

—Dinos de qué te estabas quejando ahora mismo por dentro. Te he visto. El dolor de pies es infernal. Empezaré yo: ¡El dolor de pies es infernal!

Sina mira, desde lo alto de las escaleras, a Lisbeth, que vacila un segundo antes de abrir la boca y decidirse:

—Lo estaba pensando... ¡Qué demonios!

La risa de Sina es burlesca, pero no inmisericorde, y se suma a ellas:

—¡Malditas varices!

—¡Jodidas arañas vasculares! —se anima Ingrid.

—¡Uñas encarnadas de mierda! —añade Kat.

Las risas circulan entre las llamas rojas de las antorchas y las sombras que titilan y se ocultan.

—¡Puñeteros crujidos en las rodillas!

—¡Maldita flacidez en los muslos!

Lisbeth estira el pie derecho; el bulto blancuzco debajo del dedo gordo brilla. Repulsivo, ridículo. Se alisa las arrugas en la pernera del pantalón con las dos manos y se traga el nudo de la garganta para dejar que la risa fluya.

No recuerda a Harald haciendo comentarios sobre la protuberancia de su pie, pero sí asegurándose de comentar todo lo otro que se ha desvanecido, caído o vuelto flácido con los años. Le hace bromas divertidas cuando la ve ante el espejo poniéndose maquillaje: «No vale la pena que intentes deslumbrar, mejor que saques la plancha directamente». Ella es consciente, sus arrugas son cada vez más profundas, y las cremas antiedad cada vez más caras. Las visitas a la peluquería, cada vez más frecuentes. Como una carrera de fondo de la que ha desaparecido la línea de meta; se trata solo de aguantar, vuelta tras vuelta, mientras las piernas se vuelven cada vez más pesadas. Pero ella se las sigue depilando, y ocultando las arañas de venitas con una loción especial, y embutiendo sus delicados pies en zapatos puntiagudos. Sus vestidos ya no son tan cortos como los que solía llevar, pero al menos aún tiene las rodillas presentables. Y todavía puede lucir escote con el sujetador adecuado, aunque disimular los michelines se ha convertido en todo un reto. La pérdida de su antes respingón culito es solo un elemento más de su lista.

¿Cuándo dejó él de bajarle la cremallera, en vez de subírsela? Había sido un juego entre ellos, cuando ella lo llamaba a la habitación para que le ayudara a subirse la cremallera de la espalda del vestido, cuando se preparaban para salir, él se la bajaba, le deslizaba el vestido por los hombros, le acariciaba los pechos y le susurraba en la nuca un ansioso «tenemos tiempo para un revolcón rápido». Con su aliento cálido en el oído de ella. Hace tanto tiempo. Ella dejó de llamarlo. Él dejó de acudir.

Y por supuesto que él busca en otras partes; siempre lo ha hecho. En viajes de compras, convenciones, con las chicas que trabajan en la tienda en verano. Lisbeth no recuerda cuándo dejó de importarle, aunque el último verano pasó a un nivel superior de humillación cuando él respondió a una llamada mientras estaba sentado a su lado en el coche, sin ni siquiera molestarse en disimular. Cuando se quedó allí y accedió a quedar con ella, fuera quien fuera esa vez, en Dinamarca, la semana siguiente.

«Una reunión de adquisiciones —dijo al colgar—. Tengo que ir unos días a Copenhague.» Se volvió hacia ella y le sonrió, y ella esperó sentir el latigazo de la náusea y la desesperación, pero no sintió nada. Solo una sensación vacía de vergüenza e indiferencia. Un estanque helado dentro de ella, con la escarcha cubriendo la superficie. Una lámina blanca que esperaba que ella impulsara sus patines hacia delante y dejara atrás, con las hojas de acero, marcas profundas en el hielo. Yo estuve aquí. Yo fui alguien. Pero no ha aprendido a patinar; solo a correr, largas distancias, año tras año, vuelta tras vuelta, delante del espejo.

Sin acercarse nunca a su meta.

Y cuando llegó a casa, la carta de Kat la esperaba en el buzón. Aquel mismo día.

Me pregunto, Lisbeth, si todo ha salido como querías. El príncipe y medio reino. Felices para siempre. ¿O es mi carta eso que estoy oyendo, crujiendo entre tus manos temblorosas? De vez en cuando, Ingrid me manda noticias del viejo grupo. Tú y yo sabemos que no es ninguna bocazas, pero he deducido que las rosas que crecen en Toppåsen también tienen espinas. Los príncipes no siempre se convierten en los reyes que prometían.

De modo que aquí tienes mi oferta, si te ha llegado el momento de hacer cambios. ¿Podrías cambiar tus tres salones con vistas panorámicas por una habitación pequeña bajo un techo de paja? ¿O tienes demasiado que perder?

Lisbeth mira alrededor y ve a Ingrid secándose las lágrimas de risa. Lleva el pelo gris y tupido, bastante corto, una imagen sencilla que combina bien con las gafas que lleva colgadas del cuello con una cadenita. La sólida y sosa Ingrid de siempre, pero con algo nuevo en ella: un gesto dinámico de la cabeza, un brillo especial en sus ojos marrones. Ingrid, la que parece haber contemplado su vida desde lejos. La que siempre lo ha sabido todo de las aventuras de Harald y ha oído los rumores que circulaban por la ciudad, mientras ella ha cerrado los ojos y se ha tapado los oídos durante años. Se los ha contado a Kat, y ese es el motivo por el que Lisbeth está ahora mismo ahí, sentada con una flor en el pelo mientras el sol rojizo se posa tranquilamente sobre el Pacífico. Tiene un nudo cálido en la garganta y se agacha a buscar su pitillera. ¿Felices para siempre? ¿Existe eso en alguna parte?

La silla de mimbre junto a la hamaca cruje cuando Kat esconde las piernas bajo su cuerpo. La feliz, alegre Kat, con su expresión abierta que no sabe nada de artimañas. Si pudiera decirse que Lisbeth había tenido alguna competidora en Reitvik High, habría sido ella. Kat, con su extraña sonrisa, su boca ancha, de alguna manera los tenía a todos embrujados; los había cautivado. Sin jamás aprovecharse de ello. Kat simplemente se había reído, había anhelado, deseado, sin avergonzarse de nada, y había soñado cosas que Lisbeth sabía que nunca serían para ella. Siempre se había quedado sin aliento después de estar con Kat, encantada y desalentada a partes iguales. Pero ella tuvo otros objetivos, con los que partía desde cero, sin perderlos nunca de vista. Sabía en qué armas podía confiar y qué premios se iba a llevar a casa. Y, aun así, que Kat se fugara con Niklas supuso un alivio para ella, un giro inesperado de los acontecimientos que dejó atrás solo a los que seguían bailando al son de la vieja melodía de siempre. Y Lisbeth era la reina indiscutible de aquel baile, en el que se deslizaba con elegancia hacia la parte más alta del podio, donde el trofeo se llamaba Harald Høie. Seguido de «Junior»; y finalmente precedido por «Director». Tercera generación de la empresa familiar de materiales de construcción, sólida, próspera y segura. Primer premio.

Lisbeth desvía la mirada hacia Sina, y cuando sus miradas se cruzan, se sobresalta un instante. Sina no desvía la mirada, es Lisbeth quien lo hace, invadida por una sensación que conoce bien: la sensación de desafío desde un ángulo desconocido, innombrable. Una relación en la que la cuerda tensa siempre tiembla. Entonces y ahora. ¿Fueron las mejores amigas? Sí, supone que lo fueron. Tan distintas como el azúcar y la sal, pero nos necesitábamos, piensa Lisbeth. Es tan incapaz de explicar por qué como lo era entonces. Sina, siempre con su herpes en el labio superior. Con el abrigo siempre desabrochado; no era de extrañar que siempre tuviera aquel aspecto gélido. De hombros redondeados y pecho plano, ni siquiera era capaz del viejo truco de rellenarse el sujetador con bolas de algodón. Lisbeth aún lo recuerda con frustración; ¿por qué no podía, al menos, probarlo? Sentarse recta, sonreír un poco más, arreglarse el pelo. Sina no era tonta, solo... ¡débil de carácter!

Y lo otro, lo que sigue sin tener un nombre, que Lisbeth lleva años sin sentir o sin pensar en ello, no era algo que Sina hubiera dicho. O hecho. Pero siempre había estado ahí, insinuado en la sonrisa de su rostro mientras Lisbeth se reía con ganas ante las bromas más tontas de los chicos. En la mirada que la seguía lentamente por el espejo del baño de mujeres, que se quedaba allí parada, aguantando el abrigo y la bufanda de Lisbeth mientras ella se cepillaba el pelo con fuerza y se quejaba por su melena imposible. Una mirada de desaprobación. No, de rechazo. No, tal vez de desprecio.

Lisbeth deja salir el humo por las fosas nasales mientras busca la palabra precisa. ¿Crítica? ¿Burla? Esta vez tampoco la encuentra. Solo sabe que sigue estando ahí. Una especie de poder oculto detrás de esos hombros caídos y esas respuestas hurañas.

Silenciosa y pasiva, era lo único que los demás veían en Sina. Por eso la sorpresa fue mayor aquel otoño, después de la graduación, cuando empezó a ser evidente que Sina ya no podía abrocharse el abrigo. Nunca quedó claro quién era el padre; Lisbeth no cree que lo sepa nadie. Kat se había marchado, Ingrid estaba trabajando y viviendo su vida tranquila y pequeña, Maya y su Steinar se habían ido a estudiar ciencias de la educación, y la propia Lisbeth llevaba un resplandeciente anillo en el dedo y estaba preparando su boda. Le pareció imposible no preocuparse, no hacer nada, cualquier cosa, por Sina, con quien había compartido pupitre durante tres años. Sina, quien había mencionado vagamente algo sobre estudiar enfermería, quizá, pero que no había empezado a hacer nada..., hasta aquello. Oh, Lisbeth se quedó consternada, hasta se enfadó. Pero también le dio pena, y se sintió en cierto modo responsable. Acabó hablándole a Harald de ella: ¿no podía conseguirle un trabajo de media jornada, aunque solo fueran unas horas a la semana? En el almacén, para que no tuviera que escuchar comentarios (y para que la gente tampoco la viera; sí, eso también lo había dicho). La madre de Sina, viuda y de salud frágil, no tenía demasiados recursos para echarle una mano... ¿no podían ellos hacer algo? Cuando Harald accedió a hablar con Harald Senior sobre el asunto y ella pudo anunciárselo a Sina, Lisbeth creyó saborear su nueva vida en la punta de la lengua. De pronto tenía algo que ofrecer. Una nueva mirada para enfrentarse a la de Sina.

Jamás se le olvidará. En el Nilsens Café, una mesa junto a la pared, justo detrás del mostrador de pastas saladas.

—¡Lo ha dicho el mismísimo Harald Senior! Puedes ayudar en el almacén, poniendo etiquetas con los precios y haciendo algunas otras tareas. No sé lo que te pagarán, exactamente, pero al menos tendrás algo, ¿no?

Lisbeth sintió la calidez que le daba su abrigo, deslumbrada por la idea de su exceso de riqueza. Una sensación de poder dulce y siniestra.

Y entonces, recuerda los nubarrones negros que se concentraron en los ojos de Sina. Su garganta, que se aclaró con fuerza; su mandíbula, de pronto levantada hacia delante.

—¿Tener algo? ¿Crees que ahora no tengo nada? —Su cuello estirado por encima de la mesa; su aliento, caliente y furioso—. Tengo mucho más que tú, Lisbeth, ¡de modo que

54

no te creas que tú y Harald Høie me estáis haciendo ningún favor!

Se quedó paralizada. Sintió que los dedos empezaban a temblarle alrededor del cigarrillo, que se le helaba la sonrisa.

—¿Qué quieres decir? Yo solo quería...

—Sabes perfectamente lo que quiero decir. ¿Te crees que no sé cómo funciona tu mente? ¡Pobrecita Sina! —Tenía el ceño fruncido, torcido, feo y duro—. ¡Pobrecita Sina, mira cómo ha acabado! Pues te diré una cosa, maldita sea: ¡eres tú la que da pena, Lisbeth! Eres tú, la incapaz de darte la vuelta sin preocuparte del aspecto que tiene tu culo. Eres tú la que practica delante del espejo cómo hay que reírse. ¿De verdad crees que quiero ser como tú? ¿Alguien que no tiene nada que mostrar, excepto su apariencia? ¡Soy yo la que *tiene* algo, Lisbeth, no tú!

Sina se apoyó en la silla y se terminó el café antes de proseguir, con un tono de indiferencia totalmente nuevo.

—Aceptaré el trabajo, claro. De alguna manera tendré que ganarme la vida. Saluda a Harald de mi parte y dile que muchas gracias.

Ahora, al volver la vista atrás, no sabe cómo consiguió gestionarlo. ¡Cómo volvió a hablar con Harald y le dijo que Sina estaba tan feliz y agradecida y que le daba las gracias! Casi podía llegar a convencerse de que la había entendido mal. Pues claro que Sina estaba molesta; se encontraba en una situación terriblemente difícil. Claro que estaba alterada. ¡No sabía lo que decía! Y al menos su gratitud por el trabajo fue genuina; se quedó en el almacén durante todos esos años.

Era natural que se hubieran distanciado. Sina tenía al niño y el trabajo. Su vida pequeñita en su pequeño apartamento de dos habitaciones. Lisbeth tuvo mucho más. Lo tuvo todo. La casa en Toppåsen, los niños. Primero a Joachim, heredero al trono de Høie Building Supplies. Luego a Amanda, la princesa. Y todo había ido bien, ¿no? ¿Atareada, pero feliz? Y se había mantenido en forma, delgada, conservó a Harald lo mejor que pudo. Formaban «un buen equipo», como ahora suele decirse. ¿Habían sido realmente Harald y ella un buen equipo? No está segura de lo que eso significa. ¿No es simplemente que los días vayan pasando sin demasiados conflictos, sin problemas importantes? ¿Saber desviar la vista cuando lo que ves no te gusta? Las habitaciones vacías, todas esas horas de soledad... ¿eran realmente tan malas?

La vida pudo haber sido mucho peor, decide Lisbeth mientras mira a las mujeres que la rodean, una a una. Sina, que se ha pasado toda la vida sufriendo por la escasez de dinero, con un hijo que es un inútil y un capullo; Ingrid, una mujer fuerte y segura, pero que solo Dios sabe si se ha divertido alguna vez. ¿La han calentado alguna vez las manos de un hombre, la han hecho disfrutar? Y Kat..., ¿quién entiende a Kat? Kat, que pudo haber tenido a quien hubiera querido, pero que optó por los vaqueros cortados y por vivir sin un domicilio permanente. Kat, que ha perdido a su marido, pero que nunca habla de él... Un poco raro, ¿no? Y Maya. Maya, que todavía no ha llegado, pero que pronto se instalará en la última y más pequeña de las habitaciones de *Vale nei Kat;* menudo nombre, si lo piensas bien: la casa de Kat. A Lisbeth le gustaría ponerle otro nombre. No puede quedarse allí el resto de su vida, en la casa de Kat, como una invitada. De pronto, visualiza las habitaciones de su casa, salones en silencio, dormitorios vacíos. Y se le ocurre una idea: allí soy también una invitada. Todo está decorado con un gusto impecable, pero en la casa no hay nadie. Ya hace años que no es el hogar de nadie.

7

Ateca

Querido Dios:
Tienes que ayudarme a protegerlas. ¡Las hermanas de Madam
Kat están tan indefensas! Tienen un montón de dinero y más
comida de la que pueden comerse, pero son muchas las cosas
que no entienden.

Sé que está todo en tus manos, Señor. Pero yo tengo que
enseñarles cosas. Madam Sina debería ponerse aceite de coco
en su escaso pelo. Madam Lisbeth tiene que dejar de taparse
la cara con cremas, para que su piel respire mejor. Y Madam
Ingrid quiere aprenderlo todo, pero también quiere tomar
decisiones, quiere ser un pequeño *bosso*. Ha decidido que los
restos orgánicos de basura hay que guardarlos amontonados
en el patio de atrás. Los mezcla con restos, hojas secas y mon-
das de fruta y lo junta todo con una pala. «Ayudará a que las
calabazas crezcan mejor», dice. Y yo asiento con una sonrisa.
Ya se dará cuenta en su momento de que las pieles de pescado darán mal sabor a los boniatos. ¿Y has oído lo que me
ha preguntado hoy? ¡Que por qué las mujeres no se reúnen
alrededor de un cuenco de grog por las noches como hacen
los hombres!

Y pronto llegará otra madam más. Yo las vigilo todo lo que
puedo, Señor, aunque no es fácil comprenderlas. Su lenguaje
es agitado y su ropa, apagada. Hacen preguntas muy raras. Son
buenas personas, pero son *kaivalagi,* piensan de manera distinta.

Dices que debemos comunicarte nuestras preocupaciones, de modo que dejo a las madams a tu cuidado. Gracias por tenderles la mano y protegerlas.

En el nombre sagrado de Jesús. *Emeni.*

8

Kat

Espero que no consideren todo esto como un experimento. Algo que primero puedan descubrir si les gusta o no y luego abandonen cuando empiecen a verlo como un reto. No soy ingenua, Dios sabe que he visto muchos sueños y buenas intenciones aplastados por el martillo de la realidad un montón de veces. Pero deseo con todas mis fuerzas que esto funcione, y ellas deberían estar preparadas para cierta dosis de sudor y lágrimas, ¡todas y cada una de ellas!

¿Podemos conseguir que funcione? Recrear la hermandad que tuvimos, sin ponerle un nombre... La pregunta gira y revolotea por mi cabeza: ¿tuvimos alguna vez esa especie de fraternidad? ¿O estoy totalmente equivocada? Tal vez me dejo llevar por lo que me gustaría y por mi reinterpretación de la historia, en cuyo caso, probablemente, nos haya embarcado hacia la destrucción mutua.

Nunca pensé que necesitaría nada de esto; Niklas siempre me bastó. Su entusiasmo, ese optimismo sediento que me atraía hacia él y dentro de él y me llevaba a estar a su lado. Y jamás he lamentado el recorrido, ¡ni un segundo!, por lugares de los que nunca había oído hablar, que no sabía que anhelaba conocer. Gentes, sonrisas, voces. Lágrimas, terror, desesperación sin fondo. A veces pudimos ayudar, pero no siempre. A veces el dolor era mayor al marcharnos que cuando habíamos llegado. Pero siempre estábamos nosotros dos, siempre Niklas y yo. No necesitaba a nadie más. Era tan fácil seguir avanzando juntos, siempre hacia delante.

Los pocos viajes que hicimos de vuelta a casa en todos esos años fueron para asistir a funerales. La lluvia gris y los atuendos negros, hamburguesas de buey con un panecillo en un frío centro cívico. Ningún motivo para quedarnos en Reitvik, no cuando el programa de formación para enfermeras en Paquistán estaba casi a punto de empezar a rodar. Tan pronto como nos habíamos ocupado de las formalidades, nos volvíamos a encontrar a bordo del siguiente avión al Congo, Malawi o Bután. Después de la muerte de mi padre, la propuesta de mi hermano de vender la casa de nuestra infancia me pareció razonable. Fue un alivio poder dejar toda la operación en sus manos, lo reconozco. A falta de todo lo demás, supone una especie de seguridad saber que tengo una cantidad de dinero en el Reitvik Savings Bank en una cuenta a mi nombre.

Los hijos fueron lo único en lo que hubo desacuerdo entre Niklas y yo. Bueno, desacuerdo... Más bien era una discusión que nunca llegaba a ninguna conclusión. Tal vez nunca empezó realmente. Un ejemplo clásico de que nunca era el momento ideal. Siempre había algún lugar en el que nos necesitaban con más urgencia: «¿No crees que deberíamos esperar a ver cómo va la financiación del proyecto, Kat?» O los progresos. O los resultados, o la evaluación de los resultados. Y siempre había un proyecto nuevo, siempre uno más importante, más urgente. Las inundaciones que habían contaminado el agua potable de una aldea. Los rebeldes que habían desplazado a una población entera, que precisaba desesperadamente de un campamento con tiendas y alimentos. La unión de nuestras células seguida de una gestación de nueve meses no fue nunca el proyecto prioritario. La ocasión no llegó a presentarse. Niklas era y siguió siendo el sol de mi sistema solar, el centro de mi universo. Era su brújula moral la que nos guiaba, su intuición de la necesidad humana la que nos mostraba el camino. La rectitud de la espina dorsal de Niklas imponía rectitud en la mía, su capacidad infalible por encontrar nuevas escenas de sufrimiento y otros seres humanos que necesitaban nuestra ayuda. Un bebé no podía competir en este escenario, de modo que nunca lo pedí. No podía ser yo quien cambiara el curso de su periplo de bondad. Parecía un deseo egoísta y ensimismado que no tenía derecho a expresar en voz alta. Un deseo avaricioso del que avergonzarme. Éramos responsables de tantos niños que ya habían nacido... Tantos niños, de tantos lugares...

Ninguno de los dos teníamos demasiada formación. Niklas empezó antropología pero no acabó los estudios, y lo único que yo podía enseñar era mi diploma de bachillerato. Aun así, cuarenta años sobre el terreno nos brindó experiencia en el campo, en la selva, en barcos y hasta en las copas de los árboles: en el sur de China desarrollamos un proyecto piloto de construcción de casas elevadas en una zona que se inundaba a menudo. Sin embargo, a pesar de nuestras buenas intenciones, la iniciativa acabó archivada; resultó que las nuevas casas de los árboles ahuyentaban a los minás crestados que protegían los cultivos de patata de las plagas, y la población prefería tener patatas que viviendas a prueba de inundaciones.

De modo que el reto de montar una finca de cacao no nos asustó. De hecho, lo buscamos: la finca a las afueras de Rakiraki de la que Niklas oyó hablar por primera vez una noche alrededor del *tanoa*, en un pueblo de la costa de Coral de Fiyi, se adaptaba perfectamente a nuestro sueño de retiro que no habíamos sido conscientes de tener. Después de diez, tal vez quince, *bilos* de *kava,* uno de los hombres reunidos alrededor del gran cuenco de madera empezó a contar una larga historia sobre el tío de su cuñado, que muchos años atrás había cometido el error de dejar una parte de su propiedad a un *kaivalagi*, un extranjero, un «extraño del cielo azul claro». La tierra se había trabajado correctamente mientras el tío del cuñado fue su propietario: una robusta hilera tras otra hilera de *dalo,* el denso cultivo de raíz que constituye la base de la cocina fiyiana. El enorme primo del colinabo no es santo de mi devoción; lo sirven hervido, insípido, con la consistencia de una mantequilla endurecida. El *kaivalagi* —a Niklas le pareció entender que era australiano— insistió en sustituirlo por el cultivo de cacao, y mira lo que pasó: no solo un vecino furioso lo mató a machetazos después de una disputa por el préstamo de unos cuantos dólares, sino que su esposa y su hijo acabaron saliéndose de la carretera cuando tomaron un taxi hacia Rakiraki para ponerse a salvo. «Malnacidos», dijo el hombre antes de vaciar otro medio coco de un trago y de murmurar el obligatorio *bula* y de dar tres palmadas solemnes con las manos.

—¿Y qué fue de la finca? —preguntó Niklas—. ¿También acabó arruinada?

El fiyiano lo miró fijamente con los ojos inyectados en sangre y negó con la cabeza:

—Las plantas crecen espléndidas y las bayas son doradas como sacas de dinero. Pero ¿de qué te sirve eso cuando estás muerto?

La semana siguiente conseguimos localizar a los parientes del propietario a través de Mosese, el capataz de la finca.

—Él seguirá ocupándose de ella hasta que se cierre la venta —explicó Niklas, con los ojos brillantes de entusiasmo—, y luego también, si queremos. ¿Te lo imaginas, Kat? ¡Una plantación de cacao!

Me amaba. A veces me duele tanto que no puedo respirar. Tengo que cerrar los ojos, agarrarme a algo, y tomar aire lentamente por la nariz, exhalarlo por la boca. Me amaba; ¡deseaba darme cosas bellas! La ilusión en su voz, «podemos aprender, Kat, ¡no nos costará!». El fervor que siempre encendía una llama en mi interior. «Nuestro propio proyecto; podemos hacer que funcione, y podremos ayudar todavía a más personas. ¡Hacer formación vocacional local! ¡Microfinanciación! ¡Trabajos de temporada!»

El entusiasmo en sus palabras, pero, por encima de todo, lo que veía en él era que aquello lo hacía por mí. Me amaba. El dulce e intenso placer que lleva meses de cultivo, un proceso largo y laborioso: el amor puesto en los brillantes, gruesos, marrones granos del cacao. Es todo por mí.

Y ahora el futuro se ha convertido en pasado. Hacia delante ahora significa algo que queda atrás. Es la época de después de Niklas. Pero él mantuvo el principio, respetó la promesa: el desarrollo sostenible. Esta era la regla de oro de todo lo que hacíamos: dale un pescado a una persona y podrá comer un día, enséñale a pescar y podrá comer toda la vida. La sostenibilidad fue siempre nuestro mantra: ayuda a largo plazo, durable. Niklas lo organizaba todo para que durara. Se ocupaba de todo, lo ponía todo a punto. Solo que ahora ya no sería para los dos, solo para mí.

Y por eso no me desespero. No estoy indefensa, aunque esté aquí sin él. Sin mi compañero, mi auténtico compañero, aquí estoy totalmente sola.

¿Lo he pensado bien? Probablemente no. La planificación y la previsión nunca han sido mis puntos fuertes. Siempre me he dejado llevar por la intuición, he dejado que el corazón me guiara y lo he seguido también con la cabeza solo si me quedaba espacio en la maleta. Cuando doblamos las esteras y las guardamos, y las habitaciones quedaron tan vacías como los ecos de los cantos, vi la preocupación tendida como un chal por encima de los hombros de Ateca.

—Necesita a su familia, Madam Kat.

Me esforcé por sonreírle.

—No tengo familia, Ateca. Mi familia eres tú.

—¡Isa! —La sorpresa y la compasión se unieron en su expresión mientras proseguía—. Sí, Madam Kat, es usted mi hermana. Pero usted necesita a familiares de su país. Necesita a sus hermanas de allí.

Mis hermanas de allí. Negué con la cabeza; ¿qué podía decirle? Necesito a mis hermanas. ¿Qué significa *necesitar*?

Niklas y yo estábamos siempre ocupados pensando en lo que necesitaban los demás; identificar la necesidad era siempre lo primero. Y aunque era Ateca quien decía aquellas palabras, en aquel preciso instante, allí mismo, supe que la demanda coincidía con la oferta, como un pájaro que finalmente se posa sobre el árbol indicado.

—Tal vez sus hermanas también la necesitan, Madam Kat.

De modo que no me costó mucho escribir esa carta. Una simple invitación, sin ningún compromiso. Si más adelante cambiaban de opinión, para ellas habrían sido unas vacaciones en el paraíso, con todos los gastos pagados. Hasta prometí pagarles el viaje de vuelta si la cosa iba mal. No soy asquerosamente rica, pero el dinero dura mucho aquí, donde Mosese trae frutipán al porche cada tarde y las gallinas ponen huevos de pura alegría y fertilizan los melones con igual regocijo.

Claro que estoy nerviosa; es una locura total en muchos aspectos. ¿Seré capaz de gestionar todo el equipaje que acarrean? Hace más de media vida que no he visto a casi ninguna, ¿qué sé yo de los problemas que carga cada una?

La que menos me preocupa es Ingrid. Si alguna vez tuve una amiga del alma, fue ella. Tal vez no sea muy distinto de un amante: te atrae lo que te falta. Lo que no llevas de nacimiento y te ves obligada a acumular. La capacidad de permanecer, la convicción serena de que las cosas buenas llegan a los que saben esperar, que si trabajas duro al final recibirás tu recompensa. Ingrid se ha aferrado a la vida con las uñas bien cortadas, con ella puedes dar por seguro que las cosas saldrán como estaban planeadas. Sin necesidad de improvisar, sin tener que estar apretando el botón de encendido y apagado todo el tiempo. La paciencia en su mirada, como la de un fiel labrador, con los ojos que derrochan devoción. El altruismo que puede llegar a ser una carga, una expectativa no correspondida. No, no, soy injusta, ¡ella no es así! Ingrid es la única con quien me las he arreglado para permanecer más o menos en contacto; incluso vino a visitarnos varias veces. Pasó unas Navidades con nosotros cuando vivíamos en Mauricio, trabajando en un proyecto de energía solar. Nos acompañó en un viaje por la provincia de Khorasan, en Irán, para evaluar las condiciones de los campos de refugiados afganos. No, Ingrid no es ningún labrador. Si fuera un perro, sería un atento pastor alemán. Autosuficiente, pero agradecido de tener buena compañía.

Las otras están más vinculadas entre ellas. Como un trébol del que no puedes arrancar una hoja sin causar un daño letal al resto de la planta. ¿Qué fue lo que nos unió a todas, en realidad? La silenciosa e inescrutable Sina, jugueteando con las borlas de su chal, y que tanto contrasta con Lisbeth y su melena recién peinada y sus blusas entalladas. Y Maya, tan sólida en su enfoque de las cosas, desde la conjugación de los verbos en alemán hasta la ropa de invierno; todavía puedo ver esas botas sólidas que tanto se parecían a unas de mi madre a las que les ponía crampones en invierno. Clara y directa, simple y franca.

¿Cómo puede ser que esté enferma? El correo electrónico de su hija era muy claro: «Su situación puede empeorar y lo hará, el médico ha sido muy claro». ¿Estoy preparada para convertirme en cuidadora a largo plazo? ¿Lo están las demás? No había imaginado algo así, aunque debí haber previsto que más allá de los sesenta años uno puede tener problemas más graves que la presión alta y el metabolismo lento. Pero no puede ser tan grave, estoy segura de que la hija describe ahora una situación peor, para evitarse problemas. Y desde luego, yo no quiero asustar a las demás y arriesgarme a que el proyecto se deshinche antes de empezar siquiera. Cuando Evy acompañe a su madre hasta aquí, para Maya será una transición suave. No hay motivo para gritar «que viene el lobo» antes de que sea necesario.

Estar aquí las unas para las otras, ¡de eso se trata! De compartir la edad de las canas con amigas que recuerdan la edad de la frescura. De comprar paquetes de cinco gafas de lectura y discutir cuáles le quedan mejor a quién. De bromear sobre la acidez y las medias compresivas. De ver las carnes celulíticas como quien contempla un divertido paisaje lunar lleno de posibilidades. De brindarnos apoyo sin burocracias y sin citas con límite de tiempo, basándonos en la familiaridad y la confianza. De descubrir lo que antes fue, para construir el final alrededor del inicio que antaño tuvimos.

Pero todo ocurrió hace tanto tiempo. Tal vez todos los recuerdos sean fantasías, nada más que humo y espejos. Esta noche un búho ulula en la plantación, como una melodía nostálgica que se cuela a través de las paredes. Si Ateca estuviera aquí, diría que es mala suerte y rezaría para que Dios nos protegiera a todas. La llamada salvaje y solitaria resuena en la oscuridad, como si el océano hubiera dejado de susurrar y hubiera empezado a hablar con una lengua negra y plateada.

9

Ateca

Pongo todas mis preocupaciones ante ti, Señor, y la mayor de todas es Vilivo. Hace seis meses que acabó la escuela y todavía no ha encontrado trabajo. Lo ha intentado una y otra vez; se ha presentado en todos los despachos y comercios. Ha preguntado a las personas que están construyendo el nuevo puente sobre el río Waimakare; ha preguntado en la compañía eléctrica. Y en todas partes le dicen que no, Señor. En los pueblecitos a lo largo de King's Highway, o más allá, por toda la isla, hay muchísimos jóvenes que no encuentran trabajo. Chicos con credenciales mucho mejores que las de Vilivo, pero que al final tiran la toalla y tomar el camino que los lleva a Suva. ¡Por favor, no dejes que mi hijo acabe allí! Como mozo de carretilla en el bazar, o todavía peor..., en alguno de los clubes nocturnos de Victoria Parade. La gente cuenta tantas cosas, Señor, de los chicos que se suben al autobús hacia la capital. Sus padres ya no tienen noticias de ellos hasta el día en que reciben el mensaje de que su hijo ha sido acusado de robar una cartera, o de meterse en una pelea en un bar o de haber robado metal de unas obras.

Vilivo cree que será una estrella del rugby; todos los chicos sueñan con ser el próximo Waisale Serevi. Pero sus sueños son inocentes e inmaduros, como los plátanos que cuelgan del árbol del patio, todavía verdes y enredados entre ellos. ¡Claro que me sentiría orgullosa de él, Señor! Si pudiera ver a mi hijo corriendo en el estadio de Suva jugando en el equipo nacional,

¡un *Flying Fijian* con el equipo blanco y negro! Pero casi nadie llega tan lejos, en especial sin dinero. Necesita fuerza y musculatura para el entrenamiento; necesita comer mucho. La *cassava* crece bien detrás de nuestra casa, pero no basta. En casa de Madam Kat comen carne y pescado todos los días; toman pimientos amarillos de importación y espárragos que cuestan quince dólares el manojo. Tengo suerte de poder llevarme a casa sus sobras.

Señor, tú sabes que Vilivo es un buen chico. Ayúdale a encontrar su camino. A encontrar un trabajo que le permita mantenerse, hacerse mayor y fundar una familia.

En el nombre sagrado de Jesús. *Emeni.*

10
Maya

Sabe exactamente cuando ocurrió por primera vez. Uno de los mayores placeres de Maya desde que se jubiló ha sido la lectura. Repasar tranquilamente los títulos de los estantes de la biblioteca, también los de su casa, a los que mientras todavía trabajaba solo podía dedicar una mirada furtiva de vez en cuando. Ahora tiene siempre al menos tres o cuatro libros amontonados en su mesilla de noche, novelas y biografías, diarios de viajes, y hasta ha empezado a leer poesía. Una antigua colega la invitó a unirse a un club de lectura y desde entonces siempre esperaba con ganas que llegara el último jueves de cada mes. Sentía una curiosidad ansiosa por lo que los demás pensaban del libro del mes, mezclada con la satisfacción de que aún hubiera alguien que quisiera saber lo que ella, la señora Aakre, ahora simplemente Maya Aakre, tenía que decir.

Habían leído un libro fantástico, un tocho de novela india que rezumaba colores, especias, música y poesía, un festín literario de siete platos. Después de leer una breve nota biográfica sobre el autor, siempre hablaban por turnos. Cuando le tocó a Maya, ya tenía preparadas las páginas marcadas con post-it amarillos donde había párrafos que quería leer en voz alta. «Creo que ese libro es como un mosaico», empezó, sintiendo su propia voz llena de emoción, pero centrada. «Combina descripciones poéticas y románticas del arte y la naturaleza con un mensaje social que resulta al mismo tiempo brutal y...»

La palabra había desaparecido. En su lugar, un espacio vacío, en blanco, en medio de la frase. Su lengua, muda e indefensa. Lo único que le quedaba era una vaga intuición de lo que quería decir, una sombra resbaladiza. La persiguió con fuerza, saqueó hasta los rincones más recónditos de su cerebro en busca de las letras y las sílabas que sabía que estaban ahí. Un pánico paralizador creció en el interior de su boca mientras alrededor de la mesa las miradas se centraban en ella; se daba cuenta por las expresiones de los demás que su pausa estaba durando demasiado. Entonces renunció, dejó que la palabra huidiza desapareciera, y se interrumpió, murmurando «... sí, y...». Y respiró hondo, dejó de lado el horror y pasó a la descripción de los personajes. No fue hasta mucho más tarde, ya en el coche de regreso a casa, cuando la palabra asomó la cabeza por la grieta en la que se había hundido y reapareció en su lengua.

—¡Provocativo! —dijo en voz alta, sorprendiéndose mientras entraba en el camino de acceso.

Todo el mundo olvida cosas, se dijo. Las llaves, el móvil, las gafas. Y luego las vuelve a encontrar con gesto irritado: «¿Seguro que lo dejé aquí?». Las primeras veces que se subió en el coche y de pronto no sabía adónde iba, también restó importancia al lugar vacío que de pronto era su cabeza: «Tengo las manos en el volante, estoy subiendo por Stadionveien..., pero ¿hacia dónde me dirijo?». La sacudida fría en el estómago que le hacía frenar de golpe, hacerse a un lado de la calle y parar el motor: «¿Adónde voy?». Pasaban apenas unos instantes antes de que la sombra se desvaneciera y le permitiera recordar que iba de camino a la tintorería, o a la gasolinera. Simplemente tenía demasiadas cosas en la cabeza, solo estaba un poco distraída. Ignoraba la ansiedad y volvía a poner el coche en marcha.

Esos últimos meses, ella y Evy discutían más que nunca. Era realmente extraño. Uno diría que ahora que su única hija ya era mayor y tenía su propia familia las unirían más cosas, se

70

comprenderían mejor. Pero, por supuesto, lo que Evy llamaba «la dinámica» entre ellas, esa *dinámica* ha cambiado, ahora que Steinar se ha ido. Ahora ella está sola en la gran cama de nogal, su albornoz de cuadros cuelga solo tras la puerta del baño. A Evy le da pena; hasta en medio del duelo por su padre, siente pena por su madre. Maya lo sabe. Se alegró de tenerla con ella aquellas primeras semanas, pero las visitas sorpresa que empezó a hacerle durante los últimos seis meses, siempre llenas de sugerencias que «harían las cosas mucho más fáciles para ti, mamá» le resultaban directamente molestas. Cada semana le mandaba a un asistente sanitario, ¡pero Maya no está enferma! ¡Le resulta sorprendente que la sanidad pública tenga recursos para malgastar en personas que son capaces de cuidar perfectamente de sí mismas, tienen la cabeza clara y se mantienen limpias y presentables! Le pedía una cita tras otra a neurólogos y especialistas de todo tipo, ¡no se lo podía creer! La memoria de Maya era tan buena como la de Evy, por no decir mejor: ¿no fue ella la que se acordó de mandarle flores a la madre de Branko por su cumpleaños, en mayo? Y treinta años después de haberle tejido el primer jersey Marius a Evy, todavía recordaba el patrón de memoria. Y pregúntame por la línea sucesoria de la corona inglesa, o por los primeros veinte elementos de la tabla periódica, pensó Maya... ¡Y entonces veremos quién es la desmemoriada!

Aquí en Fiyi hay otras explicaciones. No puede esperarse de ella que siempre sepa dónde está cuando sale a pasear; no lleva tanto tiempo allí, y aún no está familiarizada con los nombres de las calles y de los lugares. Las otras también los confunden, hasta Sina ha reconocido que se ha perdido varias veces.

Maya está agradecida, en cierto modo, por la inesperada compasión que recibe de Sina. Puede adoptar una forma un poco brusca y gruñona —¡Por el amor de Dios, Maya, ponte a la sombra, estás toda roja!—, pero ella lo percibe como compasión. No sabe de dónde le viene; siempre ha visto a las otras como dos pares: Sina y Lisbeth, Ingrid y Kat. Ella era la quinta rueda. Y no le molestaba; ella tenía a Steinar, habían empezado a salir en el instituto. Pero ahora Sina se ha acercado más a ella. No es que hablen demasiado, principalmente comentan los temas del día, el tiempo, la comida, las quemaduras del sol, los pies hinchados..., pero Sina siempre se sienta a su lado en el porche, y Maya siente curiosidad por las miradas que de vez en cuando le dedica a Lisbeth.

Está sentada al borde de la cama con los ojos cerrados, el ventilador desprende un aire tibio que le acaricia el rostro. Hay algo raro entre Lisbeth y Sina. Una amistad que ya en las clases de inglés, en el instituto, parecía desequilibrada: un cisne con el patito feo que le sigue a todas partes. Allá donde la alegre y estilosa Lisbeth se deslizaba con gracia, la voluminosa y desaliñada Sina iba detrás. Y a pesar de ello, los ojos de Lisbeth siempre se dirigían unos instantes hacia Sina antes de decir nada, su boca vacilaba un momento antes de que sus labios cuidadosamente pintados se decidieran a sonreír.

Maya no sabe demasiado sobre lo que ha ocurrido entre ellas todos estos años. Ella estuvo siempre tan ocupada, primero con los estudios, luego con el trabajo, luego con Evy, luego con más estudios, más trabajo. Quedaba con ellas de vez en cuando, por supuesto. Con Lisbeth Høie, una de las primeras mujeres de Reitvik en tener coche propio, un Volvo azul marino. Y con Sina Guttormsen, siempre con su pequeño de la mano. No está segura del todo de si conservaron su amistad a lo largo de los años. De todos modos, medio siglo tiene un efecto sobre las personas, piensa Maya para sus adentros. No hay más que ver a Kat e Ingrid, no es que sigan siendo almas gemelas, precisamente. Todo lo que le ha ocurrido a Kat, bueno, todo lo que Kat ha hecho que ocurra, nada de eso tiene que ver con Ingrid. Aun así, la manera en la que hablan entre ellas, su forma de dirigirse la una a la otra, su confianza instintiva... Maya la detecta. Era algo que ya tenían hace muchos años, algo que ella envidiaba pero a lo que nunca le dio importancia: ella tenía a Steinar. Pero ¿Sina y Lisbeth? Maya

72

abre los ojos, se pone la mano en el cuello humedecido. Entre ellas hay algo extraño, cierta disonancia. Un ruido estridente aunque queda casi fuera del alcance. Un cruce de espadas.

¿Por eso Sina se aferra a Maya, ahora? ¿Está creando nuevas alianzas? ¿O es que se da cuenta? ¿Sabe Sina lo que ocurre en los instantes en los que la realidad se desmigaja alrededor de Maya? ¿Detecta en sus ojos cuando todo lo que la rodea —las calles, las casas, las personas— se suelta y se entremezcla y se convierte en misteriosas piezas de un rompecabezas que es incapaz de recomponer? No ha hablado de esto ni con Sina ni con nadie. Todas han superado los sesenta, seguro que todas ellas olvidan y confunden las cosas de vez en cuando. La mente es un universo inexplorado lleno de enormes y secretas nebulosas.

No quiso que Evy la acompañara a Fiyi. Cambiar de avión en Londres y en Los Ángeles no podía ser tan difícil, ¿no? Por lo que Maya sabía, nadie se había perdido nunca en un viaje en avión. Hablaba el inglés suficiente para pedir instrucciones, y siempre y cuando tuviera tiempo de sobra para hacer las conexiones, sería capaz de pasar tanto por los controles de seguridad como por las aduanas, y por supuesto, pasar el trámite de inmigración en Estados Unidos, que era el paso más complicado del periplo, según Branko. Pero Evy había insistido en acompañarla. Casi se pelearon en serio por ese tema: ¿necesitaba realmente una mujer de sesenta y seis años en plenas facultades que la acompañara una canguro para hacer aquel viaje totalmente normal?

«Te recuerdo como alguien que no se asusta de los retos», le decía Kat en su sorprendente carta. «Sé que has cerrado las puertas de la clase para siempre y sé que Steinar ya no está. ¿Te podrías plantear embarcarte en una etapa totalmente nueva?»

Por supuesto que se lo plantearía; poner un poco de distancia entre ella y la preocupación creciente de Evy y huir de la ayuda indeseada del asistente sanitario. De modo que si el precio que debía pagar era una compañera de viaje obligatoria al otro lado del mundo, tal vez tuviera que aceptar que fuera así. De todos modos, Evy tendría que volver a su trabajo, tampoco se podría quedar mucho tiempo en Fiyi.

Maya está en el centro de la sala, observa lentamente todo lo que la rodea. En la mesa no hay flores: ella se habría asegurado de ponerlas si hubiera tenido invitados de tan lejos. Pero Kat nunca ha sido amante de las convenciones, piensa, y siente una punzada de dolor al recordar: Kat simplemente desapareció un verano, se lanzó al mundo como bajo la lluvia de estrellas de una varita mágica, mientras ella y Steinar celebraban su admisión en la Facultad de Ciencias de la Educación con café, pastas y palmaditas a la espalda de sus padres y madres.

Maya se tumba en la cama. Mira hacia arriba, a un lado, y ve la sonrisa de aprobación de su madre. El rostro familiar se inclina hacia ella; las mejillas de Maya se ruborizan cuando oye aquella voz, suave pero clara, decirle: «Papá y yo estamos muy orgullosos de ti». Le devuelve la sonrisa, apoya la cabeza sobre el pecho de su madre. «Gracias, mami. Esto es lo que quería.» Tiene la carta de admisión en la mano, a través de la ventana abierta de la cocina le llega el dulce olor del cerezo. Su madre lleva un delantal estampado con flores negras y violeta. Maya cierra los ojos e inhala el aroma especiado de las flores del cerezo.

Se oyen unos golpecitos a la puerta, que se abre con un crujido.

—¿Estás despierta, Maya? Nos da tiempo de tomar café antes de llevar a Evy al aeropuerto.

Kat le sonríe y al salir de su habitación deja la puerta entreabierta. Maya permanece sentada al borde de la cama. ¿Va a algún sitio, Evy?

74

11

Ateca

Querido Dios:

Madam Maya es *yalowai*; tiene la cabeza llena de sombras. Igual que el suegro de mi hermana: todos en el pueblo saben que cuando él se mete en los campos de otras personas con su bastón, tienen que acompañarlo delicadamente a su casa poniéndole un brazo sobre el hombro.

¿Por qué no la cuida su hija? ¿O Madam Kat? ¿Por qué la dejan salir sola cuando ella no sabe adónde va? Podría perderse, o acabar en la cuneta con la pierna rota. O podría asustarse tanto que se le parara el corazón y se muriera. He visto el miedo reflejado en su cara, Señor. Madam Maya no teme las serpientes o los búhos; el miedo en sus ojos es de los que pueden atraer a la muerte.

Madam Maya a veces sale a caminar cuando ya ha anochecido, Señor. Por favor, cuida de ella. No creo que las otras madams entiendan que deben acompañarla delicadamente a casa con un brazo sobre el hombro.

En el nombre sagrado de Jesús. *Emeni.*

12

Kat

¿Qué he hecho? No puedo dormir, tengo las sábanas humedecidas y arrugadas alrededor del cuerpo, retorcidas como mis pensamientos. ¿En qué lío me he metido? El avión de Evy ni siquiera ha aterrizado en Noruega y solo tengo ganas de llamarla para que vuelva. ¿Cómo se me ocurrió no decírselo a las demás? ¿Por qué llevo dos semanas sonriendo y ocultando y disimulando el estado de Maya, e interrumpiendo a Evy cada vez que quería sacar el tema? Y ahora que ha dejado a su madre aquí y yo le he asegurado que todo iría bien, me doy cuenta de que acabo de despedir a la única aliada que tenía. ¿Por qué no compartí la situación con las demás desde el primer momento? ¿Tal vez imaginé que los problemas de Maya desaparecerían tan pronto pusiera los pies en el Pacífico Sur? ¿Que se fundirían bajo el sol, como cubitos de hielo en un vaso?

Ha dormitado en el asiento del pasajero casi todo el camino de vuelta del aeropuerto. Cuando ha visto a Evy desaparecer por el control de seguridad, Maya parecía tranquila y despreocupada, y sonreía contenta mientras despedía a su hija con la mano. Cuando entramos en el coche parecía cansada, pero antes de quedarse dormida, con la cabeza reclinada en la ventanilla, se ha vuelto hacia mí y ha exclamado: «¡La comuna de mujeres fue una gran propuesta! ¡Qué idea más buena tuviste!».

Se ha despertado cuando estaba aparcando la furgoneta delante de casa y me he dado cuenta de inmediato. Las manos torpes, la vacilación mientras salía lentamente del vehículo, la manera en que se ha detenido a mirarse las piernas, los pantalones, las sandalias..., asombrada, como si lo viera todo por primera vez. Y la manera de levantar la cabeza y escuchar las olas antes de seguir el sonido con pasos inseguros por entre los troncos desnudos de las palmeras, y cómo ha bajado por la suave pendiente hasta donde matas nervudas de hierba bordean la arena. La he seguido y le he hablado con delicadeza, con voz suave y lenta.

—¿Dónde vas, Maya? ¿No es un poco tarde para bajar a pasear por la playa?

Una mirada vacía, el rostro contraído con horror. La lengua reaccionando lentamente, buscando las palabras. He esperado, aunque me moría de ganas de agarrarla y llevarla de vuelta a un lugar seguro, de sacarla del abismo en el que se tambaleaba. Al final ha encontrado mi nombre. Las sombras se han desvanecido de su mirada, han huido como una marea que baja y se la han llevado de nuevo a territorio sólido.

«Kat —ha dicho. Su voz sonaba asustada; sus palabras, confusas—. ¿Qué haces aquí?»

He conseguido conducirla a casa sin demasiados problemas, evitando su mirada asustada, y concentrándome en llevarla hasta su cama. Por suerte, las otras estaban ocupadas en sus cosas, de modo que he podido ayudarle a desnudarse y a acostarse. Me he tragado el pavor nauseabundo, he hecho oídos sordos a sus murmullos confusos, a sus preguntas sobre dónde estaba Evy. Ahora duerme; acabo de asomarme por la puerta y he oído el leve ronquido. Pero yo estoy lista para levantarme. La sábana tendrá que hacerme de batín; me puedo envolver en ella y tumbarme en la hamaca; tal vez el balanceo acompasado con el rumor de las olas me ayude a conciliar finalmente el sueño.

Todo se pone del revés. Cuando envejecemos y creemos que ya no somos capaces de soportarlo, nos quedamos sin opciones.

Lo que antes subía, ahora baja; los mayores nos volvemos pequeños. Y personas como Lisbeth, que lo han apostado todo por su aspecto, se ven abocadas a hacer su último desfile por la pasarela delante de un público que ya es incapaz de encontrar sus gafas.

Una hilera negra de hormigas marcha con determinación desde una grieta de la pared que se desvía hacia el alerón del tejado del porche. No puedo apartar la vista de ellas; tan seguras de su objetivo, aunque no divisen la línea de meta. ¿Cuál era el mío, qué quería conseguir con todo esto? ¿Quería simplemente reunir a un grupo de amigas para que me acompañaran alrededor de la hoguera, temerosa de encontrarme a solas cada noche? ¿Por qué no hay nadie de mi familia a mi lado dispuesto a tomar el relevo?

He planificado y reflexionado. He evaluado la responsabilidad si alguna se pone enferma: hay un hospital, o al menos una clínica de día, en Rakiraki. He pensado en los inevitables virus de estómago. Ateca sabe perfectamente lo que hay que hervir y cómo hay que lavar las verduras. He pensado en la seguridad. Niklas nunca quiso tener un guarda de seguridad, como otros *kaivalagi*. «Si tener vecinos autóctonos no es protección suficiente, es que esta no es nuestra casa», decía siempre. De todas formas, cuando mi comunidad de mujeres se hizo realidad, contraté a Akuila para que vigilara la casa de noche. Tal vez lo haya pillado adormilado en la hamaca alguna vez, pero apuesto a que su robusto pescuezo, su historial en el Ejército y su fama de tipo fuerte y decidido bastan para mantener a raya a las personas malintencionadas. Y tampoco molesta a las damas con conversación innecesaria. «Sí, madam» es su respuesta estándar a la mayoría de preguntas.

Salud, alimentación, seguridad..., ¿podía hacer algo más para preparar esta aventura? Había visualizado el sol, las cálidas sonrisas *bula*, el ritmo tranquilo de la vida cotidiana en «modo Fiyi». Cómo todo esto envolvería suavemente a mi grupo de amigas en un manto cálido y tropical. Cómo las alejaría del invierno y la artritis y las facturas eléctricas y los terribles noticiarios de la noche, las libraría de los televendedores y de las verduras congeladas. Había visualizado complicidad, risas y beneficios mutuos. ¿Fue una irresponsabilidad invitarlas a formar esta hermandad conmigo?

Y, con todo... los ojos de Maya. Su pánico inmenso cuando no tenía ni idea de dónde estaba. Las manos temblorosas hasta que se sujetaron en las mías para salvarse. ¿Puedo hacerle esto? Maya, que ha cuidado de niños durante toda su vida adulta, ahora deviene la niña a la que debemos cuidar. Niklas habría sabido lo que teníamos que hacer. Pero ahora ya no hay un «nosotros»; estoy yo, sola. Kat sola. Kat que no se atreve a revelarles sus secretos a las demás, aunque ellas podrían ser valiosos jugadores de apoyo en la enorme partida que ella ha empezado.

Sé que Akuila hace las rondas de noche, pero me sigo sobresaltando cada vez que aparece ante mí a oscuras, en los peldaños de la galería.

—¿Va todo bien, madam?

—Sí, todo bien, Akuila. No podía dormir.

Me mira con expresión preocupada pero curiosa.

—No tiene de qué preocuparse, madam. Yo vigilo, usted puede dormir tranquila.

Lamento sentir cierta irritación momentánea y oculto mi enfado tras una sonrisa.

—Lo sé, Akuila.

Se queda unos cuantos segundos más al pie de las escaleras, con cara de estar a punto de añadir algo. Luego se lo piensa mejor, asiente con su inefable «Yes, madam» y sigue su ronda alrededor de la casa. Sigo con la mirada su cuello musculoso bajo la gorra hasta que desaparece por la esquina.

Tal vez debería volver a ver cómo está Maya. ¿Es así como te sientes cuando tienes un hijo? ¿Siempre con una pequeña parte del cerebro ocupado por la preocupación? ¿Siempre tratando de mantenerte un paso por delante anticipando los problemas y buscando soluciones?

Es imposible salir de la hamaca colgante sin darse un golpe que me provoca un dolor punzante en la rodilla mala.

Mientras me la froto, tratando de recuperar el equilibrio, la puerta mosquitera se abre hacia un lado y aparece Sina. Exclamamos al unísono: «¡Estás despierta!», y cuando responde que no podía dormir, no sé muy bien si su voz suena adormilada o intimidada.

Doy unos golpecitos al almohadón desteñido por el sol que hay en la butaca de ratán y le pido que venga a sentarse a mi lado. Ella saca un cigarrillo y lo enciende. Reconozco la pitillera de piel de Lisbeth y no sé si reírme o llorar. ¿Sina le roba cigarrillos a Lisbeth? De pronto las visualizo a las dos frente a mí, en el rincón de los fumadores del parking del instituto: Lisbeth sostiene con elegancia su cigarrillo entre las uñas pintadas de rosa; Sina, de pie a su lado, espera, hasta que le pase la colilla para fumarse las últimas caladas.

Se recuesta en la silla y exhala una nube blanca hacia la oscuridad.

—Tengo que dejarlo —dice—. Es malo para mi salud y encima no puedo pagármelo.

No hay nada más que decir sobre el asunto. Se pone a hablar de su hijo.

—Me sentó fatal cuando Armand empezó a fumar, pero luego pensé, si eso fuera lo peor... —Su expresión se endurece, se inclina hacia delante y echa la ceniza hacia el borde del porche—. Si su tabaquismo fuera el único precio que debo pagar, no me quejaría.

Caramba. Le doy un minuto, pero no pasa nada. La luna asoma su cuarto creciente torcido por entre las nubes, iluminando las frondas de palmera que se mecen con la brisa. Sina no ha vuelto a mencionar el dinero desde su arranque en el aeropuerto aquella primera noche, y yo he dejado de lado el tema. Tanto Ingrid como Lisbeth me han preguntado cómo íbamos a arreglarnos para repartir los gastos, pero de momento lo he pospuesto y les he dicho que ya lo hablaríamos. Estoy segura de que Sina no podrá pagar tanto como las demás, y tengo que pensar en alguna forma de arreglarlo. No puede ser tan difícil... Aquí, el presupuesto en alimentación es ridículo, y las facturas de electricidad las tendría que pagar de todas formas si estuviera sola.

Cuando Sina acaba de fumar, se levanta y baja al jardín, hacia el hibisco que tiene flores rojas como la sangre. Manosea un tallo lleno de polen y me habla, sin volverse a mirarme.

—¿No se supone que hay algún momento en que puedes dejar de ocuparte de tus hijos? Los mantienes, les ayudas, les pagas todo, los animas..., pero en algún momento se supone que se acaba la obligación. Se supone que tienen que volar solos... Supongo que imaginé que algún día sería él quien me ayudaría a mí. —Su voz se va apagando a medida que habla, como si lo hiciera para sus adentros, pero luego se reanima y sube el volumen—. ¡Pero no se acaba nunca, maldita sea!

—Sina...

No sé qué decirle. Corro escaleras abajo y le paso el brazo por los hombros, aunque me siento torpe. Ella me aparta.

—No puedes entenderlo, tú no tienes hijos.

Me sobresalto, pero solo un poco. No es la primera vez que oigo esa descalificación petulante. Pero me sigue hiriendo y tengo ganas de devolver el golpe.

—No —respondo—. No puedo entenderlo. Pero sí sé unas cuantas cosas sobre la responsabilidad. —La cara asustada de Maya se me aparece mentalmente—. Y la responsabilidad tiene que ser recíproca.

«Hipócrita», resuena la voz en mi cabeza mientras vuelvo a subir los cuatro peldaños del porche. A menos que decida llamar a Evy de inmediato cuando aterrice y le pida que venga a buscar a su madre, tendré que informar a las demás. Y dejar que decidan si quieren compartir esa carga.

Me vuelvo hacia Sina, y la idea se hace añicos en mi cabeza. A la luz de la luna, se le ven las piernas grises, y a través del pelo ralo puedo verle el cráneo. Una lorza de resignación y decepción le envuelve la cintura; tiene los dedos encorvados, como si estuvieran a punto de transformarse en garras. Sina tiene sesenta y seis años, está arruinada y llena de preocupación. No puedo contarle nada de Maya.

13

Sina

De: armandg@noria.no
A: sina.guttormsen@hotmail.com
Asunto: Problema

Hola, mamá:
Espero que puedas consultar tu correo y leas esto. Desde que te marchaste, las cosas se han complicado, en especial para mi economía. Como sabes, mis problemas de espalda se han ido agravando y toda esa actividad de levantar y arrastrar pesos en el trabajo los han empeorado. Pero el idiota del médico no quiso darme la baja, de modo que tuve que pedirle a mi jefe que me diera tareas más suaves. Y el muy imbécil, simplemente no lo entendió, de modo que tuve que demostrarle que no me iba a conformar con cualquier cosa. Estoy seguro de que hay un montón de otros trabajos en los que apreciarán mis capacidades.

No quiero que te preocupes. Puedo conseguir un nuevo trabajo cuando me dé la gana. Ahora mismo estoy estudiando varios proyectos. Tengo un colega que trabaja en una importante operación de importaciones desde Lituania. Dice que hay una vacante para mí, pero me piden que aporte cincuenta mil coronas en efectivo para entrar. Como tú ya no necesitas el coche, he pensado que podría ponerlo a la venta. Está en un estado bastante bueno, o sea, que supongo que puedo obtener una cantidad bastante aceptable. Solo necesito que me firmes los papeles.

Tienes que recordar que no fue idea mía que te marcharas. Estoy aquí totalmente solo con estas cosas y lo hago todo lo mejor que sé.

Espero que lo estés pasando muy bien por ahí con tus amigas. Dime si estás de acuerdo con lo del coche. Lo venderé por un buen pico.

Armand

14

Ingrid

Ha tenido noticias de sus dos hermanos. Kjell escribe sus correos desde el trabajo; Ingrid se lo imagina en el despacho, con la puerta abierta al gran espacio lleno de neumáticos nuevos apilados contra las paredes. Cartas breves en el estilo pomposo que tanto le gusta, en las que se interesa por su salud, su seguridad, y le hace advertencias mal disimuladas de que no pierda de vista su dinero. Ingrid le ha respondido, rápida y debidamente. Se encuentra bien, todo está bien y tranquilo en Korototoka. No hay delincuencia, nada que temer. Recuerdos a Gro.

Solo ha tenido noticias de Arve en una ocasión desde que está allí, pero también es cierto que él nunca ha sido muy dado a escribir. De hecho, ni siquiera está segura de que se acuerde de dónde está; en su correo hablaba sobre todo de un artículo para un congreso que se celebrará en Bratislava el mes que viene.

Ingrid sale a dar un tranquilo paseo matinal por los alrededores de la casa. Anoche llovió, como muchas noches, y la tierra de los caminos toscamente surcados en el jardín trasero está húmeda y fangosa. Avanza descalza por entre las judías, sintiendo la tierra cálida bajo sus pies. Una brisa templada le levanta la espesa cabellera por la nuca. Cuando regresa a la parte frontal de la casa, el sol brilla con fuerza sobre el océano y le es imposible fijar la mirada en el horizonte. Sonríe y su boca se ensancha poco a poco hasta dibujar una sonrisa abierta. Se envuelve el *sulu* alrededor de las piernas; la tela floreada que le llega hasta el suelo revolotea al viento. Le dedica a Wildrid un guiño rápido antes de agacharse a mover cuidadosamente una calabaza verde oscura de la sombra para que le dé el sol.

W ildrid, su gemela secreta, siempre ha estado preparada para esto. Ha estado siempre ahí, esperando, oculta bajo sus blusas blancas y sus pantalones azul marino, esperando en el bolsillo de su abrigo a que le llegara el momento. Wildrid siempre ha caminado descalza por la playa; sabe cómo evitar las pozas y recoger mejillones en un cubo. Ha vaciado el *bilo* de *kava*, ha dicho *bula* y ha dado tres palmadas; ha pateado el suelo en un apasionado *meke*. Wildrid estaba aquí con Kat cuando ella plantaba manglares en la costa de Kiribati, estuvo a su lado y levantó ladrillos para construir un hospital infantil en Cachemira. Conoce a Ingrid, e Ingrid conoce a Wildrid.

—¡Buenos días! ¿Controlando el desayuno? —Lisbeth le sonríe con disimulo tras las gafas de sol. Hace todo lo que puede, piensa Ingrid cariñosamente, haciendo oídos sordos a las quejas irritadas de Wildrid: «¿Por qué no coges un cubo y ayudas un poco?».

—Miraba qué tal crecen las judías —le responde Ingrid—. Creo que pronto tendremos también unas calabazas estupendas.

—Mmm...

Lisbeth le lanza una sonrisa distante. Probablemente no haya desayunado nunca más que café y cigarrillos, piensa Ingrid, a la vez que siente que se le levanta la comisura del labio en una mueca sarcástica. Al menos ha dejado de pedirle a Ateca leche y yogur descremados.

Kat se encuentra junto al furgón cuando Ingrid regresa frente a la casa.

—Hoy tengo que ir a Rakiraki, así que me voy ya —dice, mientras saluda con la mano y se sienta al volante.

85

—¿Dónde vas? —Ingrid se avergüenza al instante de su propio grito, de su voz infantil.

Kat también la oye y se detiene a medio cerrar el portón.

—Necesitamos más macetas para los semilleros —explica—. Y tengo que ver si puedo encontrar linóleo, que el suelo de la casa de Ateca se está abriendo por todos lados.

Ingrid asiente con la cabeza y desvía la mirada rápidamente. Wildrid nunca se lo habría preguntado de esa manera, nunca habría sonado ansiosa ni quejumbrosa.

Cuando Kat ha dado la vuelta y está lista para marcharse, se detiene un momento a esperar con el motor al ralentí. La puerta principal se abre y Maya sale corriendo para situarse de inmediato en el asiento del copiloto. Se coloca bien el sombrero de paja y se abrocha el cinturón antes de que Kat ponga la furgoneta en marcha y desaparezcan por el camino de acceso.

Ateca acoge a Ingrid con una sonrisa de aprobación cuando esta le deja un manojo de judías verdes junto a la pila de la cocina.

—Qué bonitas —le dice, mientras asiente con satisfacción—. ¿Qué aspecto tienen las calabazas, Madam Ingrid? Vilivo le podría ayudar hoy a recoger unas cuantas, si usted quiere.

Ateca ha empezado a ofrecer los servicios de su hijo aquí y allá. Para encaramarse por la escalera cuando algo atasca los bajantes, para llevar las pesadas persianas que colocan en las ventanas cuando hay predicción de huracán... Ingrid ve a Kat darle disimuladamente unos cuantos dólares por su ayuda, y eso la entristece. El chico es grandote y fuerte, y no es ni tonto ni perezoso; es una pena, piensa, que no pueda conseguir un trabajo adecuado. Que tenga que merodear por ahí como el ayudante atento de cinco ancianas, mientras juega descalzo por el campo, echando a perder sus sueños con una pelota en forma de huevo. Ingrid piensa en sus sobrinos nietos, el alegre y despistado Simon y el solemne Petter; a ellos no les espera el desempleo.

—Pueden comerse —responde, y mira a Lisbeth y Sina. Están ahí con sus tazas de café entre las manos, escuchando solo a medias—. ¿Qué os parece, calabaza al horno para cenar?

Consigue apenas disimular la petulancia de su voz; sabe que Lisbeth preferiría cenar siempre pollo a la plancha y ensalada. Siempre lee con lupa la etiquetas de los botes y las cajas, y no prueba nada si no se ha informado antes de su contenido exacto de mantequilla, aceite o —¡Dios no lo quiera!— azúcar. Lisbeth arruga un poco la frente, indecisa, antes de que Sina intervenga:

—Buena idea. Puedo intentar hacerla —dice Sina—. ¿Me ayudas, Ateca?

Ingrid se vuelve a mirarla, sorprendida; Sina no acostumbra a embarcarse en aventuras culinarias, pero en *Vale nei Kat* ocurren cosas nuevas cada día.

—¡Estupendo! Veré si podemos encontrar también pescado fresco.

El hermano menor de Mosese, Jone, tiene una embarcación y es uno de los proveedores habituales de pescado en Korototoka. Su barca, de color rojo intenso, no es difícil de ver en la playa, con su orgulloso nombre *Vessel of Honor* pintado en letras sólidas y rectas en la borda. Ingrid camina lentamente hacia las barcas y lo absorbe todo, permitiendo que sus ojos se tomen el tiempo necesario: los hombres que arrastran cajas con la pesca del día, las mujeres vestidas con *sulu jabas,* el vestido floral de dos piezas. Aprietan cada pieza para evaluarla antes de empezar el regateo, para obtener un precio aceptable. El viejo en la sombra tiene un arcoíris de peces que cuelgan de un gancho metálico; unos cuantos de color amarillo dorado, otro, anaranjado, otro, negro y azul... Lleva la camiseta desgarrada por el hombro, y su cara se arruga al sonreír y ofrecerle su ramillete.

—¿Pescado, madam?

En la orilla identifica a Jone, con la red colgada al hombro y listo para volver a deslizarse por la deslumbrante superficie turquesa. Está saliendo del agua, que le llega a la cintura, y el pelo ondulado le asoma por debajo de una desgastada gorra de béisbol. Unos cuantos muchachos a bordo del *Vessel of Honor* clasifican herramientas. Ingrid se da cuenta de que no han tenido buena pesca, por eso Jone intenta sacar alguna cosa con la red. Se queda inmóvil, observando atentamente la escena: el hombre lanza la red con sus brazos fuertes, dibuja un arco, la red vuela, se abre por efecto del viento, antes de amerizar en la superficie formando una malla silenciosa.

Ingrid no conoce el mar. No ha experimentado nunca su manera de necesitar y atraer, y de dar incondicionalmente. Pero ahora, algo en el movimiento de los hombros de Jone la hace respirar hondo. La musculatura que se tensa al arrojar la red, el desafío que lanza: ¡atrévete a negarme tus frutos!

Dentro de Ingrid, Wildrid se sacude las chancletas. Siente el *sulu* enredado entre las piernas mientras sus pasos decididos la llevan hasta el agua. ¿No ha llevado siempre a un marinero en su interior, entornando los ojos al horizonte y ajustando las velas con los dedos, melena al viento? Wildrid ha estado ahí con algas en los tobillos, el cuchillo en las manos saladas y doloridas, destripando pescados plateados, descamándolos con mano experta. Se dirige hacia Jone, agarra la red que baila como una telaraña sobre las olas y tira de ella con el chico, con un ritmo que los dos conocen.

Ingrid se seca las palmas sudorosas en el *sulu* con un gesto rápido y sonríe a Jone mientras él se acerca por el agua, con la red recogida al hombro.

—¿No ha habido suerte?

El pescador niega con la cabeza y de pronto allí está, la risa sin función ni significado. Resuena desde algún rincón de su potente barriga, se le encarama por el pecho y sale por su boca, mientras las carnosas mejillas se hinchan y le empequeñecen los ojos. La risa sube y baja bajo su piel, se escapa por las anchas fosas nasales. Los chicos de la barca se le suman, las carcajadas llenan sus bocas rosadas abiertas de par en par; uno de ellos coloca el pie en la proa y abre tanto los brazos que de pronto Ingrid cree que se va a lanzar.

—No —logra finalmente decir Jone—. Hoy nada, madam.

Da media vuelta y vuelve atrás; el hombre con el arcoíris de peces en la mano sigue debajo del árbol. Le compra el anaranjado, una trucha de coral que lleva un hilo de nailon atado alrededor de las agallas. Le da las gracias:

—*Vinaka!*

De vuelta a casa, Ingrid toma el camino largo. Anda por la playa hasta las afueras del pueblo, donde las últimas casas se apiñan cerca del vertedero. De la arena asoman bolsas de plástico, barriles de aceite oxidados, cubos de pintura, un tambor de lavadora, regadoras y cubos de plástico seco y estriado, trozos de cuerda podrida cubiertos de algas resbaladizas y botellas, cientos de botellas. *Fiji Water* es una de las exportaciones de las que Fiyi está más orgullosa, pero esta es la otra cara de la moneda: toneladas de botellas de plástico vacías sin ningún sistema para reciclarlas. Ingrid sigue andando; deja atrás la playa y cruza un campo descuidado de *cassava* hasta la carretera. Hay dos niñas que vigilan una cabaña sencilla llena de pirámides de papayas amarillas. La más pequeña, de piel más clara que la hermana y con mechones de oro en su melena rizada, se dirige a ella.

—¿*Pawpaw, ma'am?* Dos dólares la bolsa.

Ingrid saca un billete verde con la cara de la reina de Inglaterra y se lleva a cambio una bolsa con cuatro papayas. En el huerto de Kat hay varios árboles de papayas, pero Ingrid no puede resistirse al encanto del pequeño puesto de fruta, el primero de muchos que se encuentran por la carretera principal, de vuelta a casa. Es temporada de papaya y judía verde, de modo que estos dos productos son los que todos tratan de vender. Sobre todo a los *kaivalagi* como ella, piensa Ingrid, que es lo bastante sentimental como para dejarse seducir por un vestidito lila, un par de piernas sucias y unos ojazos bajo una melena caoba. Sonríe a las chicas, pero solo la pequeña le devuelve la sonrisa. La mayor está ya ocupada rellenando el plato de plástico vacío con cuatro nuevas piezas de fruta de la pila que tiene detrás.

¡*Cling!* ¡*Clang!* ¡*Cling!* El ruido seco de metal contra metal golpea un acompañamiento rítmico a sus pasos mientras recorre el último tramo hasta la finca. Ha pasado frente a la iglesia y por el *bure* del jefe con la viga horizontal encima del techo de paja; desde allí se ve la plantación de cacao en el risco que se levanta tras la escuela. El joven frente a la cabaña de metal corrugado que machaca *kava* en un gran mortero es apenas más alto que el palo de hierro que agita arriba y abajo. Sus brazos están en movimiento constante, su rostro no tiene expresión; hace falta paciencia para reducir la nervuda raíz de la *kava* a una pasta fina. Después de unos meses en Korototoka, Ingrid ha aprendido a reconocer los sonidos del pueblo. La histérica bienvenida de los pájaros al nuevo día cuando empieza a clarear. La frenética estampida de los pies de los chavales delante de casa cuando toman el atajo para bajar a la playa por la mañana. Los rumores secretos en las copas de los cocoteros. Los gorjeos de las salamandras del techo de encima del porche. Los himnos a tres voces que salen a través de las puertas abiertas de la iglesia los domingos. Pero, para Ingrid, el latido que bombea la sangre de Korototoka son esos golpes fuertes y rítmicos de los cuencos de metal frente a cada casa de la aldea. El *piper methysticum,* la embriagadora pimienta, se machaca hasta la sumisión antes de mezclarse en un brebaje que se devora, empapa la sangre y deviene parte de las historias y las canciones que todos tienen en la punta de la lengua. La bebida parduzca y amarga ofrece verdades sagradas y mantiene vivos cuentos honorables. El ritmo del mortero en el cuenco de *kava* es el eco de las olas, piensa Ingrid. El ritmo de la danza que subyace a todo.

Los pies de Ingrid no han bailado demasiado, pero aquí siente que se abren nuevas posibilidades. Con una resplandeciente trucha de coral en la mano y cuatro papayas golpeándole el muslo al andar, se sorprende riéndose en voz alta. Visualiza las preocupaciones de Kjell expresadas en letras negras sobre una pantalla gris: «Sé precavida..., cuida tus pertenencias...». Balancea la bolsa de papayas con la muñeca y saluda con la cabeza al hombre que levanta una pirámide de sandías frente a su tienda. Deberías venir aquí y comprobar la seguridad con tus propios ojos, Kjell, piensa, con una sonrisa. ¡Ven a Fiyi, ponte una camisa *bula,* y aprende a reírte desde lo más hondo del vientre!

Ingrid lleva semanas madurando la idea, y esperaba que Kat sacara el tema, pero una noche, en el porche, lo plantea ella misma.

—Chocolate. —Deja la palabra colgando en el aire en un vuelo de prueba. No es ni siquiera una pregunta, sino un simple suspiro de satisfacción después de una buena cena—. ¿Has vuelto a pensar en aquello que mencionabas en tu carta, Kat?

Kat levanta los ojos de su libro.

—¿Qué?

—El chocolate —insiste Ingrid—. Decías algo sobre eso en tu carta. Que tal vez podíamos ampliar la producción de cacao y elaborar chocolate. ¿No era algo que Niklas y tú teníais planeado hacer?

Kat se quita las gafas y mueve la cabeza lentamente.

—Planeado... Bueno, no lo sé. Tal vez fantaseábamos con la posibilidad. Niklas sí quería. Solía hablar de aprender cómo se elabora, de hacer algún curso, o algo así. De contratar a alguien que nos pudiera aconsejar sobre la formación, la inversión... Al fin y al cabo, es un paso muy grande.

—Entonces, ¿qué se necesita?

Ahora es Wildrid la que asoma la cabeza. Un aroma denso y agradable le inunda las fosas nasales; un sabor dulce y dorado le llena la garganta. Se pasa la lengua por los dientes; la boca se le hace agua mientras traga.

Kat vacila un segundo.

—No estoy segura de los detalles, pero creo que primero hay que dejar fermentar y secar las semillas, luego se tuestan y se aplastan para separar la pulpa de la cáscara. Luego se muelen y..., no, ¿sabes qué?, no lo sé muy bien. ¿No se tiene que separar la manteca de cacao del resto de la masa? Y luego hay algo más, dejarlo enfriar. Se supone que es un proceso bastante laborioso, lleno de pasos elaborados.

—¿No te gustaría intentarlo? ¡Oh, Kat! ¿Por qué no lo hacemos? —Wildrid se levanta de la silla, con la cara iluminada por el entusiasmo—. Fabricar nuestro propio chocolate, ¡piensa en lo alucinante que sería!

Se hace un silencio atónito, lleno de posibilidades. Lisbeth permanece sentada en el último peldaño, con la mirada fijada en Kat; el cigarrillo que Sina tiene entre los dedos se ha consumido. Maya hace girar su sombrero entre las manos y asiente suavemente con la cabeza.

—¡Chocolate sano!

Lisbeth se ha levantado también de pronto y gesticula con sus delgadas manos:

—Chocolate negro bajo en grasas. ¡La comida sana está de moda!

—¡Sí! —La ilusión de Wildrid crece por momentos—. *El cacao de Kat, El chocolate de Kat...* ¿tiene su lógica, ¿no? Podríamos hacer un producto totalmente original. Nada complicado ni superexótico. Simplemente un chocolate puro, limpio, sencillo. ¡Bueno para dar felicidad, bueno para ti!

—¿Bueno para la felicidad?

Sina se ríe, pero sus ojos tienen algo distinto. Un deseo de participar, de compartir el entusiasmo que se empieza a extender por el porche de *Vale nei Kat*. La voz de Lisbeth suena animada.

—¡Sí, felicidad! Con la imagen de Fiyi que la gente tiene en nuestro país: materias primas puras, agua pura y cristalina, podemos comercializar el chocolate como... ¡porciones de felicidad!

Ingrid la mira sorprendida: ¿porciones de felicidad? ¿Es realmente Lisbeth la que está hablando?

Kat tiene la misma reacción.

—¡Caramba, Lisbeth! ¿Has estado tomando clases nocturnas de ventas y marketing, o algo así?

Lisbeth se ruboriza, pero no se acoquina.

—No, yo... Amanda ha hecho unos cuantos cursos y...

La voz de Sina ya no suena sarcástica, su tono es ahora tentativo, una oferta:

—Yo no sé nada de marketing y mucho menos de chocolate. Pero sí tengo claro lo que es trabajar duro y no tirar nunca la toalla.

—¡Perfecto! En eso coincidimos todas. Así que la cuestión es si Kat quiere que lo intentemos.

El *sulu* revolotea alrededor de las piernas de Ingrid, que tiene las manos firmemente plantadas en las caderas. En unos pocos minutos acaban de lanzar un concepto de negocio en la Casa de las Mujeres, y la silla del director parece estar vacía. Si Kat está dispuesta a ser la principal inversora, Ingrid estaría encantada de dirigir la operación.

—Quieres decir, si tengo el dinero.

La voz de Kat se entremezcla con las risas. ¿Cree que la idea es absurda? Ingrid mira a su alrededor, ¿le están tomando el pelo? Pero no, Lisbeth sigue teniendo las mejillas coloradas, Sina parece decidida, casi empeñada, y Maya... ¿todavía no ha dicho nada?

—Bueno, necesitaremos un envoltorio bien bonito —dice Maya, y se vuelve a colocar el sombrero—. De hecho, a mí el dibujo no se me da nada mal.

Ingrid se vuelve de nuevo hacia Kat: ¿es solo una fantasía alocada? Aparta a Wildrid del camino. Si va a ser algo más que parloteo y ensoñaciones, tiene que hablar seriamente con Kat.

Ya volvemos a estar como antes, se da cuenta; el círculo alrededor de Kat. Nuestras ideas, nuestros planes, todo tiene que estar filtrado por ella; ¿importa eso? ¿vale para algo? Pero esta vez es distinto. Nuestra dependencia de ella es concreta y cuantificable. Sin la capacidad inversora de Kat, la cosa no pasará de sueños vaporosos en las escaleras del porche.

—¿Por qué no? —dice Kat—. ¿Por qué demonios no puede ser posible? ¿No dije que íbamos a correr riesgos juntas? Empecemos por encontrar a alguien que pueda asesorarnos y entonces vemos qué hacer.

Su risa nace en el estómago, sube hasta la boca y sale hacia ellas con estallidos alocados. Las embarca en un tiovivo que gira tan rápido que Ingrid tiene que agarrarse a la barandilla con las dos manos.

15
Ateca

Algo le pasa a Madam Lisbeth, Señor. ¿Lo has visto? Parece más feliz, y ya hace tiempo que no la veo frente al espejo volviendo la cabeza hacia atrás como un flamenco. Creo que ayer estuvo hablando por el ordenador con su hija; en la pantalla se veía a una joven que se le parecía mucho. A Madam Lisbeth le esperan cosas buenas, Señor. Es como el pequeño árbol de papaya que tengo al fondo del jardín. Todavía no ha dado frutos, pero ya se le ven las flores. Algo está de camino.

Mosese no es feliz, Señor. Las madams quieren hacer chocolate, dicen, y yo sé lo que Mosese piensa. Cuando pasa algo nuevo, los *kaivalagi* tienen tendencia a reemplazar lo viejo. Querido Dios, no dejes que las señoras se deshagan de Mosese. Consuela su viejo corazón para que no tenga miedo.

No sé lo que significa todo este asunto del chocolate, pero sabes que también tengo esperanzas por Vilivo, Señor. Tal vez pueda aprender lo necesario y les ayude. Ayúdale a encontrar trabajo para que pueda mantenerse, hacerse mayor y fundar una familia.

En el nombre sagrado de Jesús. *Emeni.*

16

Lisbeth

Lisbeth se inclina hacia delante para verse mejor los pendientes en el espejo. Las pequeñas conchas marinas, rosadas como los labios de un bebé, cuelgan de sus orejas con unos finos ganchos plateados. Combinadas con la blusa blanca y los pantalones pitillo morados, añaden a su atuendo el toque perfecto de aire tropical. Tenía pensado ponerse el top violeta de tirantes, pero ha tenido que cambiar de idea al encontrar un desgarro en la costura lateral. Hasta ese momento nunca lo había visto, ¿cómo ocurriría? Está para tirar. Tendrá que ponerse el blanco. Lisbeth echa los hombros hacia atrás y se mira una última vez, satisfecha. Hasta Amanda le daría su aprobación.

Antes de la conversación por Skype de anoche con su hija estaba nerviosa, estaba tensa por su lengua afilada, pero sintió alivio al ver que Amanda tenía ganas de hablar. Sus últimos correos electrónicos estaban llenos de recriminaciones —«Mamá, ¿qué estás haciendo realmente ahí, tan lejos?»— a las que ella respondió con frases vagas y escurridizas. Pero la ola de chocolate que barrió el porche la otra noche ha despertado algo en Lisbeth. ¿No había sido ella la jefa de publicidad del periódico estudiantil, en su momento? ¿No pensó a menudo que Harald debía haber sido más agresivo con el marketing y las presentaciones, incluso en su aburrido negocio de materiales de construcción? Ella nunca le insistió en sus ideas, y a él nunca le interesaron. Desde el principio, Harald le dejó claro que sus obligaciones se limitaban al ámbito doméstico, la casa y los niños. Ella no le dio demasiadas vueltas mientras Joachim y Amanda fueron pequeños; tenía los días ocupados y vivía el premio que se había ganado. Cuando los hijos se hicieron mayores, los días también se le hicieron más largos y se ofreció para echar una mano en la tienda, pero Harald no quiso ni oír hablar de su propuesta: «¿Tú en la caja? ¡No dejarían de cotillear!». Cuando ella le explicó que no era eso lo que tenía en mente, sino ideas para modernizar la selección de productos, tal vez para renovar un poco la decoración de la tienda, él se limitó a mofarse: «No tienes ni idea de ese tema, Lisbeth». Ella se mordió la lengua y empezó a ocupar sus días con actividades en el club de la mujer, el club de *bridge* y como voluntaria de la Cruz Roja. Pero cuando Amanda fue a visitarla un día y le mostró el programa del curso de marketing en el que se había matriculado, Lisbeth sintió que aquello le despertaba interés. Comportamiento del consumidor, planificación del producto, ¡sabía cuánto significaban esas cosas! ¿Por qué Harald era incapaz de ver que aquello podía ser fantástico para la tienda? Se moría por explicarle más cosas, pero tan pronto como Amanda salió por la puerta, Harald se encogió de hombros y volvió a concentrarse en el televisor, mientras la orientación del mercado y los canales de venta quedaban ignorados en un rincón polvoriento con todas las otras cosas que nunca llegarían a cumplirse. Pero, ahora, ¡tienen el chocolate! Lisbeth siente mariposas en el estómago. El dulce placer en la boca, el aroma, el crujido del envoltorio. *El chocolate de Kat*, ¡Dios mío, aquello podía ser fabuloso!

Y la conversación con Amanda había superado todas las expectativas. En un principio, su hija se había mostrado malhumorada porque Lisbeth aún no comprendía del todo lo que hacía en el trabajo: «No trabajo en un gimnasio, mamá. Soy la responsable de desarrollo del producto y de la estrategia de las campañas de toda la cadena. ¡De todos los centros B FIT del país!». Pero luego, cuando Lisbeth le explicó la idea del chocolate, algo en su actitud cambió. «¡Es fantástico, mamá! ¡Qué proyecto tan apetecible! Deja que lo piense un poco y que hable con algunos de mis compañeros aquí.» Lisbeth oyó un tono en la voz de su hija que no le había oído nunca. Un tono que reservaba para las personas a las que se tomaba en serio.

Lisbeth se lleva las manos a la cara y siente que le arden las mejillas. Quiero formar parte de este proyecto, piensa. Si sucede, habrá un sitio para mí.

Vilivo carga, organiza, delega; le han encargado que lleve a Lisbeth y Sina a Rakiraki para que puedan hacer las compras. Estamos en diciembre y en *Vale nei Kat* están organizando una fiesta de Navidad. Fue la pregunta superficial de Lisbeth la que actuó de detonante.

—¿Cómo celebráis aquí la Navidad? ¿Cuál es el plato típico?

—El *lovo* —respondió Ateca—. Hacemos un enorme *lovo* con todo tipo de cosas buenas: cerdo, pollo y pescado. Y *dalo,* claro. Y *palusami* —añadió, relamiéndose los labios—. Espinacas cocidas en leche de coco. Eso es lo mejor de todo.

Lisbeth no se sintió atraída de inmediato, pero había algo que le llamaba la atención: cerdo y pollo, y pescado entero a la brasa. Un festival de abundancia, un festín en la mesa. ¡Es algo que ella conoce bien! ¡Si hay algo en lo que Lisbeth Høie destaca, es en organizar grandes fiestas! A Kat no fue muy difícil convencerla, de modo que quedó decidido: celebrarían la Navidad en la Casa de las Mujeres. Con un *lovo.*

—Comprad más de todo —fue el único consejo que les dio Kat—, ¡vendrá todo el mundo!

Sacos de cebollas y cocos salen a rastras de la furgoneta. Manojos de hojas de *roro* y de *tavioka*, bolsas de grandes cabezas marrones de *dalo* con sus tallos; las raíces parecen enormes y sucios chupachups. Chuletas de cerdo envueltas en papel encerado, pollos enteros, grandes pescados de colores que es incapaz de identificar. Lisbeth deja que Vilivo pacte los precios con los vendedores del mercado, mientras observa que la selección de servilletas en Rakiraki es más bien escasa. Busca algunas de color morado, para el Adviento, pero debe conformarse con verdes, al menos combinan con manteles rosa, que es lo más parecido que encuentra al rojo navideño. Se lo comenta a Sina, quien parece más preocupada por el montón de verduras apilado en la parte trasera de la furgoneta.

—¡Por el amor de Dios! ¿Cuánta gente va a venir? ¿Vamos a cocinar realmente todo esto?

Pero a Lisbeth no le preocupa la cocina.

—Ateca nos ayudará —responde—. Kat dice que ha llamado a un grupo de mujeres de su iglesia para que nos echen una mano. Pero ¿qué crees que debemos hacer para los centros de mesa?

—Necesitamos piedras —informa Vilivo cuando se mete por el camino que sube hacia una casa hecha con unas cuantas láminas de aluminio que cuelgan de una estructura raquítica. Por entre los árboles de detrás de la casa asoma una sombra, un hombre tan flaco que Lisbeth está tentada de saltar del vehículo y ayudarle a acarrear las grandes rocas redondeadas que saca de un hoyo tras unos arbustos. Pero él y Vilivo se las arreglan para cargarlas en la furgoneta, junto a unos cuantos fardos de leña seca que tienen un color amarillo pardo. Lisbeth cuenta unas veinticinco piedras.

—¿Para qué son, Vilivo?

Él la mira con expresión sorprendida y la risa parece nacerle del fondo de la garganta.

—¿Piensa hacer un *piper methysticum* sin piedras, madam?

No está muy segura de lo que eso significa. ¿Se está burlando de ella? ¿Es que van a hacer sopa de piedras?

Hasta el viernes por la tarde, cuando llegan Mosese y Jone con palas y cavan un agujero que se hace enorme tras el campo de calabazas, Lisbeth no es consciente del festín que está dirigiendo. ¡Van a enterrar la comida! Encenderán un fuego en las suaves y redondeadas piedras y pondrán los alimentos encima, y luego lo enterrarán todo con tierra y arena. Se estremece. La comida no se prepara en ollas y sartenes en la cocina, ¡se envuelve en hojas y ramas de los árboles, se coloca encima de caca de pájaro y gusanos y se asa en un fuego enterrado! La fiesta que había previsto, con manteles y servilletas navideños, se desvanece ante sus ojos; ¿qué va a suceder en realidad? Ateca le dice que no debe preocuparse por las sillas y las mesas; hay un montón de *ibe*. ¿Esteras más que suficientes? ¿Quiere decir que van a servir la comida *en el suelo*?

El sábado por la tarde, Ateca y seis mujeres más se sientan en el porche con las piernas cruzadas. Frente a ellas hay grandes cuencos de plástico con una leche blanca azulada exprimida de la carne de coco que los hijos de Jone llevan horas rascando con la ayuda de Ingrid. Deambula con un *sulu* descolorido que le ha prestado Ateca, con unas letras impresas que dicen «Golden Treasure Resort» a un lado. Ateca se sienta junto a Litia, la esposa de Mosese. Hacen paquetitos de *roro*, hojas de la planta del *dalo*, y los llenan de leche de coco y una pasta marrón grasienta que sacan de unas latas en las que pone «cordero en conserva». Por la cara de ilusión de Ateca, Lisbeth deduce que esto debe de ser el tan esperado *palusami*. ¿Carne de cordero untuosa y grasienta cocida en leche de coco? Ingrid se les acerca; tiene las gafas salpicadas de leche de coco, y revolotea con ligereza al lado de un montoncito de hojas de banano junto a la pared. «¿Puedo verlo, Ateca? ¿Cómo lo hacéis?» A Litia se le ensombrece la expresión, encorva la espalda encima de su tarea y se acerca un poco más a Ateca, separándose de Ingrid. Lisbeth arruga el entrecejo con sorpresa, pero no tiene tiempo de preguntarse qué está pasando. Se vuelve y busca a Kat con la mirada. Identifica a su amiga rodeando la casa y corre tras ella.

—¿Cómo vamos a poner las mesas? ¿Qué tipo de cubiertos? Y, qué sé yo, ¿a cuánta gente esperamos?

Algo en la mirada serena de Kat la hace detenerse; siente que se está ruborizando y no sabe por qué.

—¿A cuánta gente esperamos? —repite Kat lentamente.

—Sí, tengo que...

«Decorar», iba a decir. Asegurarse de que hay bastantes cucharas de servir, jarrones con flores y servilletas para todos los invitados.

Pero las palabras no salen. No son las adecuadas; no significan nada para Jone, que ha pasado toda su vida en esta playa. Las velas de té a juego con las servilletas no harán que el *lovo* les sepa mejor a las amigas de Ateca.

Acalorada e inquieta, Lisbeth se esfuerza por mirar a Kat a los ojos. Entonces, ¿qué le toca hacer a ella?

Tenía tantas ganas de organizar esa fiesta. Es algo que ella sabe hacer: organizar, planear, decorar, mostrar... ¿Qué otra aportación puede hacer, aparte de doblar las servilletas? Carece del apetito intrépido de cangrejos de las ciénagas y otros retos, y Sina parece conformarse con su cameo sin demasiadas frases. Maya es el pasajero que se ha traído su propio pequeño mundo de libros y conversación ilustrada. Kat es la capitana, y Lisbeth ni siquiera está segura de poder figurar como el gato de la nave..., alguien con el que todos pueden distraerse de vez en cuando dándole una patada.

—Solo quería...

Solo quería hacer algo, quiere decir. Ser alguien.

De pronto oye su propia voz en el porche la noche que hablaron del chocolate, cuando de pronto se levantó. «Porciones de felicidad», dijo. Fue idea suya. El silencio a su alrededor, la aprobación en la mirada de Ingrid. La sorpresa encantada de Kat.

Se miran a los ojos.

—Lo sé —dice Kat—. Pero no tienes que hacerlo. Lo único que espera toda esta gente es... alegría. No necesitan que les sirvan ni les distraigan o les impresionen. No es responsabilidad tuya que lo pasen bien. Nosotras nos aseguraremos de que haya un montón de comida sabrosa y buena compañía. De todo lo demás se ocuparán ellos.

Comida sabrosa y buena compañía. Cuando los hombres cavan en la pila de arena ardiente y desentierran un paquete de hoja de banano tras otro, Lisbeth ya se ha olvidado de los gusanos y los caracoles. Los paquetes humeantes que gotean de jugo de carne y coco envuelven el patio y el porche de una neblina de aromas. Manos ágiles pelan las hojas abrasadas y colocan los cortes brillantes de carne y los suculentos pollos asados enteros en generosas bandejas de plástico.

El *palusami* se sirve en un gran cuenco verde, con perlas de grasa nadando en la leche de coco con grumos de piel fina que flotan por encima. Lisbeth mira a su alrededor, las manos desvergonzadas que se sirven más en sus platos, los grandes cuerpos que se acomodan cuidadosamente en las esteras de paja y se rinden al bienestar de los estómagos saciados. Hombres de espaldas anchas y mujeres robustas, joven y lisa musculatura bajo los *shorts,* pies descalzos de niños tropezando por entre las piernas cruzadas de los adultos. Alguien rasga unos primeros acordes en una guitarra; el porche se llena de risas que invitan a las luciérnagas del patio a danzar. Nunca más, piensa Lisbeth. No pienso volver a doblar una servilleta en mi vida. La idea absurda le hace reírse de pronto con una sonora carcajada, un sonido áspero y desconocido. Se tapa la boca con la mano y su mirada se cruza con unos ojos oscuros, sombríos bajo unos rizos castaños. La pequeña que vende *pawpaw* junto a la carretera está de pie delante de ella; en el labio superior lleva una sombra anaranjada de Fanta. Le está diciendo algo, y Lisbeth tiene que inclinarse para oírla.

—Qué guapa, *Nau* —le dice la niña. Extiende una mano delgada y acaricia la falda larga hecha de seda tailandesa azul brillante, la versión de Lisbeth de un *sulu.*

Lisbeth no entiende el nombre que la pequeña le dice e instintivamente quiere retroceder un paso, apartar su falda de los dedos pegajosos de la niña, pero se queda quieta. La niña lleva una caracola en la otra mano y se la ofrece a Lisbeth. Un tesoro de un blanco amarillento, un gesto de cariño en la palma de la mano. Lisbeth la toma sin decir nada y acaricia la suave espiral con los dedos, la boca de madreperla rosa pálido, una entrada silenciosa hacia secretos y misterios.

Se agacha sobre una rodilla; la seda tailandesa absorbe la tierra fangosa a los pies de las escaleras del porche.

—Gracias —le dice—. *Vinaka.*

Sin pensarlo, se quita la cadenita de oro, la que lleva la cenefa veneciana, regalo de Harald. Siente que le tiemblan las manos mientras la abrocha en el cuello esbelto y moreno de la niña.

—¿Cómo te llamas? —le pregunta.

—Maraia —le responde la pequeña—. Significa estrella del mar.

Al cabo de unas horas es difícil distinguir a las anfitrionas de los invitados. Ocho o diez mujeres, Lisbeth reconoce a la esposa de Jone y a sus nueras entre ellas, limpian los restos de comida y vacían los platos entre risas. La puerta de la cocina que da al patio permanece abierta; circulan bombonas de propano y se tiran bolsas de basura; alguien llama a Akuila y le ofrece al guarda un plato con un trozo de pescado y unas cuantas lonchas de *dalo*. La música sube y baja formando olas en el porche. Kat está sentada en el último peldaño, hablando en voz baja con una mujer que tiene a su hijita medio dormida en el regazo. Es la pequeña de la caracola; la cadenita de oro brilla en su cuello a la luz de las antorchas.

Dos jóvenes tocan la guitarra; Lisbeth siente que sus canciones suenan a la vez familiares y extrañas. No entiende la letra, pero hay algo en las melodías que le recuerda a su coral del colegio, una mezcla de balada melancólica, ritmo *country* y el Ejército de Salvación. De vez en cuando, uno de los chicos se pone a cantar, a veces cantan los dos, a veces voces desde la cocina o desde las sombras bajo los árboles se incorporan al coro, formando de pronto bonitas armonías.

—¿Conocéis *Amazing Grace?*

Es Ingrid quien lo pregunta, de pie junto a los chicos, con su *sulu jaba* verde brillante. Lisbeth siente vergüenza, ¿de verdad tenía que copiar el atuendo local tan claramente? Pero Ingrid desprende un halo especial esa noche; el estampado de grandes flores parece suavizar sus pasos, le da a su rostro una expresión más cálida, delicada, abierta.

Los chicos asienten, y uno de ellos toca unos cuantos acordes tentativos antes de acertar la melodía correcta, acariciando las cuerdas con los dedos.

Amazing grace! How sweet the sound
That saved a wretch like me...

El himno no es una simple retahíla de palabras que todos conocen, es una voz al unísono, un aliento compartido, una corriente emocionada de notas, algo grande y magnífico. *Grace*, piensa Lisbeth. *Amazing grace*, qué dulce el sonido. Eso tiene un significado, aquí.

Un hombre mayor aparece debajo de la sombra de la enorme buganvilla que se derrama por la barandilla. Lleva una camisa blanca de manga corta y un *sulu* gris hasta las rodillas al estilo del que visten allí las personas con cargos oficiales. Es bajo y va descalzo; planta sus piernas musculosas con fuerza mientras el joven guitarrista sigue tocando. Tiene la voz suave, pero clara y concisa cuando abre la boca. Lisbeth no acaba de comprender las palabras, pero entiende que el hombre está dirigiendo una plegaria cuando ve que todos agachan la cabeza a su alrededor. Largas palabras llenas de vocales largas y redondeadas bailan al son de la melodía melancólica. Una joven a su lado mueve los labios en silencio con los ojos cerrados; la madre de Maraia envuelve a su pequeña con los brazos. Cuando el hombre acaba, un coro susurrante de *emeni* suena por el porche y se hace un momento de silencio. Un latido, un respiro, un parpadeo de la Cruz del Sur antes de que la guitarra cambie de acorde.

—Noche de paz —entonan los invitados de la Navidad con perfecta claridad.

—Noche de amor —susurra Lisbeth, mientras acaricia con el pulgar la suave y esperanzadora boca de la caracola.

17

Kat

¡Nos lanzamos de cabeza al proyecto! No sin antes tomar precauciones; habrá que hacer unas cuantas inversiones a largo plazo. Un horno para tostar las semillas, maquinaria para molerlas y para prensar la masa de cacao, una máquina que se llama «conche» y moldes para hacer las tabletas. Ingrid y yo hemos hecho algunos cálculos aproximados, y con mi herencia más el dinero de la casa de Noruega nos bastará para ponernos en marcha.

¿Lo hago principalmente por Niklas? ¿Porque quiero oír sus aplausos en el fondo de mi mente? No estoy segura. Es tan difícil saber qué le debo....

Lo que les había dicho a las chicas es cierto: habíamos coqueteado con la idea de dar el paso siguiente e intentar fabricar chocolate. Simplemente, yo no he tenido la energía. No he logrado reunir la fuerza para nada más que para dejar que las cosas siguieran su curso bajo la mirada atenta de Mosese.

Por supuesto que me preocupaba decepcionar a Niklas. Él pensaba que yo tenía la misma pasión que él por la finca, o al menos, eso quería creer. No habrían entendido mi pasividad, mi retirada. ¿Es debido a mi sentimiento de culpa por lo que me dejé convencer por Ingrid? A veces lo miro desde el otro lado y me parece totalmente ridículo: un grupo de ancianas incompetentes y decrépitas en una casa lejos de su país, con sus vidas enteras guardadas en las maletas que arrastran. ¿Qué es lo que estoy impulsando? ¿Hay alguna posibilidad de que esto funcione alguna vez?

Tal vez sea el entusiasmo de las otras lo que me está seduciendo. Son felices en Korototoka, eso es evidente. Verlas volver la cabeza hacia el sol y hundir los pies descalzos en la arena me hace sonreír cada día. Pero la chispa que encendieron las palabras de Ingrid cuando propuso lo del chocolate fue algo más que eso. ¡Parecía una adolescente enamorada! La sonrisa que le iluminaba el rostro, su pelo agitándose alegremente mientras gesticulaba... Y la ilusión de Lisbeth mientras saltaba y aportaba sus ideas. ¡Lisbeth! Pero ¿no es eso exactamente lo que aprendí de mis años junto a Niklas? ¿Cómo un proyecto común promueve no solo la unidad, sino un nuevo tipo de felicidad? El redescubrimiento de uno mismo al dominar nuevos conocimientos inesperados. Sí, quiero que hagamos posible que *El chocolate de Kat* funcione.

Será importante contar con la participación de Mosese. *El cacao de Kat* no existiría sin él, y *El chocolate de Kat* tampoco lo hará. Confieso abiertamente que nuestros paseos por la plantación, por el denso, húmedo y sofocante sotobosque, no me entusiasman en absoluto. Si pudiera, no volvería a ir nunca más y delegaría todo en él. Le diría: «Hazlo lo mejor que puedas, seguro que será fantástico». Pero de vez en cuando debo hacer la ronda con él; son mis arbustos, es mi responsabilidad.

La figura delgada delante de mí camina incansable mientras yo avanzo apartándome los insectos de la cara y casi lo pierdo de vista. Por motivos prácticos, mantiene los árboles de cacao podados a la altura de los ojos; las vainas están en varias etapas de maduración. Las grandes bayas brillan con tonos dorados, amarillos, naranjas, rojos y marrones con motas de violeta. No soy ninguna experta en cacao, pero sé lo bastante para decir que la *theobroma cacao,* el alimento de los dioses, es una dama caprichosa y sensible. Para que dé lo mejor de sí misma, la temperatura debe estar entre 24 y 30 grados, con una humedad constante. Cuando el mercurio sube por encima de esa temperatura, como sucede a menudo aquí, en la costa norte de Viti Levu, puedo leer la preocupación en la cara de Mosese como si fuera un termómetro.

Niklas, para variar, solo veía lo positivo. «Es estupendo que la finca tenga los árboles crecidos», se entusiasmaba cuando estábamos considerando comprarla. «Los más altos, papaya, bananos y todos los demás, forman una fronda sombreada y protegerán las plantas del cacao y mantendrán la humedad a raya. ¡Así no tendremos que regar y la plantación funcionará prácticamente sola!»

«Funcionar sola» era una afirmación exagerada, para decirlo suavemente. Mosese hace sus rondas por la plantación a diario, poda, limpia y básicamente controla las dos amenazas mayores: los hongos que ennegrecen las vainas y las destruyen, y las ratas que se encaraman y se las comen si no limpias el sotobosque alrededor de los troncos de los árboles. Solamente en la época de la cosecha es preciso contratar mano de obra adicional, para ayudar con la recolecta, la fermentación y el secado.

Cuando estoy ahí fuera entre los árboles, detrás de Mosese, me siento siempre como la aprendiz que soy. Pero el respeto que siente por mí, o al menos por Niklas, es demasiado profundo como para llamarme la atención por algo. Comparte sus conocimientos con paciencia, una y otra vez: «Este es, Madam Kat.» Miro el árbol que me indica; las vainas que crecen directamente del tronco están negras y resecas. Le pregunto, aunque ya sé la respuesta: «¿Y qué podemos hacer?». Él mueve la cabeza con preocupación; los hongos son muy difíciles de combatir. Pero luego, de pronto se ilusiona de nuevo cuando encuentra una vaina anaranjada en otro árbol y la acuna con su enorme mano: «¡Mire esta, Madam Kat! ¡Debe de tener más de treinta habas!». Con un giro rápido de su navaja, abre la baya en vertical y me da la mitad; una taza llena de pulpa brillante, con perlas parduzcas escondidas en la carne de un gris blanquecino. El dulce aroma me embriaga de inmediato mientras la luz verde se filtra parpadeando por entre las copas de los árboles. Un cáliz entre mis dedos.

Mosese espera con paciencia; sus ojos oscuros hundidos en una maraña de arrugas. Cuando se me forma un nudo en la garganta, él asiente en silencio.

Es casi una broma que sea la hija de Lisbeth quien vaya a hacernos de enlace en casa, en Noruega. Cuando Lisbeth me contó la conversación que había tenido con ella, reaccioné con escepticismo: desde luego, nunca había considerado a Amanda como a una experta en negocios. Pero luego, cuando hablé con ella directamente y escuché sus ideas, por no hablar de su energía y entusiasmo, supe qué era lo que había visto en la cara de Lisbeth. Algo mudo y silencioso que salta a la vista cuando se encienden las luces. Si conseguimos que este negocio funcione, Amanda Høie será nuestro contacto y el distribuidor de *El chocolate de Kat,* ¡y nuestra jefa de marketing en Noruega! Suena increíble, pero no más raro que todo lo que está ocurriendo estos días. El hecho de que unos amigos de Suva me pusieran en contacto con Johnny Mattson, por ejemplo, y que él esté dispuesto a darnos un poco de formación. Es un fabricante de chocolate jubilado, que ha vivido aquí y allá, y que ahora se dedica a la pesca y disfruta de la vida desde su barco anclado en Labasa. «Tendríais que alojarme unos días si hago el viaje desde allá —me dijo, cuando lo invité—. Soy demasiado mayor para ir un día y volver al siguiente.»

Lo que quiero es que Maya también se implique. ¿No está demostrado que participar en actividades y proyectos puede retrasar la llegada de la demencia? Me doy cuenta de lo a menudo que se evade de nosotras, se marcha a alguna parte durante largos ratos, antes de volver de repente a reclamar nuestra atención. Intento reflejar esta existencia fragmentada en los correos electrónicos que le escribo a Evy, contándole la verdad sin sonar alarmista. Para ser honestas, ¿no se puede decir que Maya vive mejor aquí? El ritmo de la vida cotidiana es más lento, y las personas que la rodean disponen de tiempo y tienen paciencia.

No parece que tenga miedo. Yo no me sentiría capaz de ver cómo el miedo la va destruyendo. Hay días en que reacciona a todo lo que la rodea con cierta sorpresa, como si pasara sus días tras un fino velo, o esa es la impresión que me da. Obviamente, he leído que la confusión y la ansiedad van de la mano, y que la desorientación resulta inevitable. Pero parece como si Ateca tuviera un sexto sentido para detectarlo; como si el simple hecho de tomar a Maya de la mano le transmitiera parte de su calma imperturbable; como si parte de la fuerza de sus dedos dorados fluyera hacia las manos finas y de un blanco azulado de Maya. Es una de las lecciones que he aprendido en este lugar, y debo acordarme de apoyarme en ella: hay que confiar. Dejar que el barco tome su propio rumbo.

Es extraño el efecto que Fiyi les provoca a todas. Las observo y me maravillo. Sina se vuelve más fuerte cuando Maya se debilita. Saca una nueva especie de compasión, un cariño que lleva oculto bajo su aspereza. Maya sin Steinar y Sina sin Armand, una extraña y nueva configuración. A veces me permito darme discretamente una palmadita en la espada. ¿No está Sina también mejor? Lejos de su hijo, con todos sus lloros y quejas por el dinero... E Ingrid, ¡está en plena floración! Lleva flores en el *sulu,* en el pelo, en las manos; es alucinante que un alma tan verde hubiera estado tanto tiempo enterrada entre los libros de contabilidad del County Bus Service. Hasta Ateca, que contempla muchas de las estrategias de Ingrid con escepticismo, ha admitido que las calabazas y los tomates tienen un aspecto especialmente bueno este año. ¿Alguna vez vi a Ingrid como un perro? ¡Pues ahora es una planta selvática! ¡Fuerte, resistente y con una explosión de color!

Pero quizá la palmadita en la espalda también sea para mí. ¿No es esto el tipo de hogar que buscaba? Un hogar vivo, con alegrías y tristezas, conversaciones, discusiones y canciones, para poder estar rodeada de gente, y para estar yo junto a ellos.

«Necesita a sus hermanas, Madam Kat», me dijo entonces Ateca. Y sí, tenía razón.

18

Sina

*S*alusalu. *Reguregu. Bolabola.* Sina abre bien los oídos cuando oye hablar fiyiano. Las palabras explotan como fuegos artificiales; las voces vibran y golpean. ¡Qué extraña le suena esta lengua! Se supone que no es difícil de aprender; la gramática es sencilla y hay solo un par de cosas difíciles que hay que saber sobre la pronunciación.

—La «d» en medio de un apalabra se pronuncia *nd* —le explica Kat—. Ciudad se dice *nandi*. Solo los turistas dicen *nadi*, recuérdalo. Y también has oído pronunciar el nombre de Ateca. No *Atesa*, sino *Ateza*. La «c» se pronuncia como nuestra «z».

¡Y los sonidos son tan raros! Está repleta de vocales, una «o» redonda o una retahíla de aes pellizcando el aire. Las palabras suenan a rimas infantiles, porque repiten la misma sílaba una y otra vez. En Fiyi todo el mundo habla inglés, pero buena parte de las conversaciones tiene lugar en *vosa vaka-Viti,* ese idioma melódico lleno de vocales que siempre hace pensar que estuvieran tramando algo importante. Es como si las palabras ganaran un nivel superior de significado. No fue por casualidad que el pastor de la iglesia metodista de Korototoka rezara en *vosa vaka-Viti* en su celebración de la Navidad.

No tiene muchas ocasiones de quedarse a solas con Ateca; Ingrid o Kat suelen estar cerca. Pero un día, al principio de la tarde, cuando la mujer estaba sentada en la sala de estar doblando ropa, Sina tuvo la oportunidad de sacar el tema. Ateca asiente y entiende de inmediato lo que le está diciendo.

—¿Es distinto si hablamos las cosas en fiyiano o en inglés? Sí, lo es. En *vosa vaka-Viti* es... —se queda unos segundos pensando—, más profundo, en cierto modo.

—¿Más profundo?

Sina no está segura de entenderla.

—Sí. Bueno, no... Más genuino.

—¿Genuino?

Ateca asiente con la cabeza.

—Sí, cuando dices algo en fiyiano, es algo tuyo. Como la tierra, *vanua*. ¿Entiende lo que le digo?

«No tiene una traducción directa», ha intentado explicarle Kat. *Vanua* es la tierra a la que pertenecéis tú y tu clan, pero es más que eso. Es la gente que la habita ahora y la que la habitó antes. Son las tradiciones que han conservado y las canciones que han cantado. Las cosas en las que han creído y han amado, lo que comparten y los recuerdos. La felicidad por los niños que nacen y la pena por las personas que mueren.

Sina cree comprenderlo, al menos parcialmente. Lo ha visto en sus paseos por el pueblo, lo ha visto en las cosas pequeñas y en las grandes: en el cuchillo de caña que descansa con naturalidad en la palma de una mano, en la mirada que engloba el paisaje mientras se protege los ojos del sol con la mano. Una propiedad abierta y agradecida. La seguridad de formar parte de algo. *Vanua*.

—Sí —dice Sina. Entiende lo que dice Ateca. Para hablar de las cosas que realmente te pertenecen, necesitas un lenguaje más profundo.

Montar guardia es lo único que sabe hacer. Vigilar y seguir, tratando de anticipar los problemas y de evitar el peligro. Y cuando el mal ya está hecho, recuperar lo que ha quedado y sacar lo mejor de ello. Hacerse responsable lo mejor que puede. Consolar cuando se la necesita, echar una mano. Pero últimamente se dedica sobre todo a consolarse a sí misma. Hace mucho tiempo que no toma de la mano a Armand; oh, lo bien que recuerda aquellos dedos flaquitos, inquietos como una ardilla. Hoy día, gracias a las transferencias bancarias *online,* sus manos ni siquiera tienen que tocarse cuando él se lleva el dinero. Pero sus palabras son las mismas de siempre: «Gracias, mamá; te lo devolveré la semana que viene, ¡lo prometo!». Normalmente con un mensaje de texto; de vez en cuando con una llamada apresurada.

Lo raro es que puede hablar de ello con Maya. O *contárselo a* Maya. Los años nos han tratado de manera distinta, piensa Sina. La Maya de Fiyi, con su gran sombrero de paja y su forma contemplativa de mirar las olas, es más distante, más silenciosa que la amiga pragmática y segura que recuerda del instituto. Las piezas se han recolocado sobre el tablero; la partida entera ha cambiado.

—Primero nos tenemos que liberar de nuestros padres —le cuenta Sina a Maya, quien asiente bajo el ala ancha de su sombrero—, y ahora también debemos liberarnos de nuestros condenados hijos.

Durante el bachillerato y todos los años en Reitvik que le siguieron, Sina nunca jugó en la misma liga que Maya Aakre. Maya y Steinar tenían sus trabajos, sus colegas, su círculo de amigos. Sina nunca tuvo ningún «círculo». Una mujer que se pasa los días reponiendo selladora y aceite de linaza en los estantes de un almacén, y clasificando papeles pintados por precios, no tiene estas cosas. Podían saludarse por la calle, preguntarse por los niños; Maya con un tono educado, Sina con celos descarados. ¿Habría sido distinto si hubiera tenido una niña? Una vez, el yerno de Maya, un artista, hizo una exposición en Reitvik titulada *Colores y paisajes.* Sina recuerda el título por el anuncio que vio en el periódico. Tuvo ganas de ir, sabía dónde estaba la galería, en la segunda planta encima del estudio de fotografía. Pero no lo hizo... ¿Qué sabía ella de arte? La entrada era libre, pero ¿y si se esperaba que compraras algo? ¿Cuánto debía de costar un cuadro? Las paredes de casa de Sina están cubiertas de fotos de Armand, fotos de bebé sobre la alfombra de pelo de oveja, y fotos de adolescente con traje de confirmación. Y un tapiz tejido de una puesta de sol y unos cuantos bordados enmarcados, hechos por ella. En un momento dado, la tienda se quedó una serie de fotos enmarcadas, de flores en jarrones de estilo japonés. No vendieron demasiadas y, al cabo de un año, le permitieron llevarse tres a casa, prácticamente gratis. No, *Colores y paisajes* probablemente no era para ella. De modo que no fue. Y no le comentó nada a Maya la siguiente vez que se encontraron en el supermercado. La saludó con la cabeza y siguió empujando el carrito hacia el pasillo siguiente.

Pero ahora sí le dice algo. Ahora que Maya tiene los hombros caídos y arrastra un poco las palabras, Sina está ahí, lista para echarle una mano. Ella y Maya dan el mismo paseo todos los días: bajan a la playa y van hasta el pequeño muelle que acaba en unas escaleras. Luego se adentran hasta la colina que hay detrás del cementerio, donde a veces se sientan en el murete lateral y descansan un poco. Luego siguen hasta el *bure* del jefe del pueblo. Está en el punto más alto de la aldea; tiene las paredes y el tejado de paja, pero no tiene ventanas. Han preguntado a la gente del lugar sobre su construcción; a Sina le cuesta menos entablar conversaciones con la gente cuando va acompañada de Maya. Su amiga suele guardar silencio, permanece a su lado, parapetada tras sus grandes gafas de sol y con sus rizos despeinados escondidos bajo el sombrero. Pero Sina puede hablar por las dos; se ha convertido en un deber que cumple encantada, en un acto de compasión. De modo que averigua también para Maya, la profe noruega de historia, que solo el jefe tiene permiso para cruzar aquella puerta. Nadie vive ni duerme en el *bure* del jefe, pero en él se toman decisiones importantes. Sina y Maya echan una ojeada a través de una puerta lateral, lo que les confirma lo que les han contado: sus paredes están decoradas con tiras de *masi,* el fino corcho de morera, y pintadas con cenefas negras y marrones; una enorme *tanoa,* el gran cuenco de *kava,* festoneado con conchas pulidas, ocupa un lugar central en la estancia, y el suelo está cubierto de hojas de coco, la estera es de mejor calidad, y las paredes están llenas de porras, hachas y lanzas, símbolos de la guerra. Sina se estremece ante lo que le cuentan de las viejas armas de los caníbales: el hacha para romper el cráneo, el palo con un gancho en la punta para clavarlo en el cerebro.

Dan las gracias educadamente y se marchan, sin comentar lo que les han contado. Ya casi han alcanzado el almacén, con las sandías apiladas delante, cuando Maya habla por vez primera.

—Esas porras parecen demasiado pesadas. Cuando necesitas usar una, la necesitas rápido.

Sina asiente con la cabeza. Desde luego, si quieres aporrear a alguien en la cabeza, normalmente no tienes tiempo que perder.

Cuando regresan a casa aquella tarde, encuentran una furgoneta aparcada frente a la puerta. «Servicios de Refrigeración de Rakiraki», pone en el lateral. «Te dejamos helado.»

Maya se retira a su habitación. Sina tiene la tentación momentánea de echarse una siesta, pero ve a Lisbeth sentada en el porche y se deja caer a su lado. Le pregunta por la furgoneta.

—¿Qué hace aquí una empresa de refrigeración? ¿Se ha vuelto a estropear el congelador? ¿O vamos a instalar aire acondicionado en Kat's Vale?

Se sonríe, como si acabara de contar un chiste.

Lisbeth niega con la cabeza:

—No creo, pero si queremos hacer chocolate, tendremos que enfriar la casa dulce —le dice, usando el nombre que Ingrid le ha puesto a la cabaña sin usar que planean convertir en área de producción—. Probablemente han venido a estudiar la manera de aislarla y refrigerarla, cosas así... Seguro que no es barato, convertir un antiguo corral de pollos, o lo que fuera, en una fábrica de chocolate.

Sina asiente y saca un cigarrillo de la pitillera de Lisbeth sin pedirle permiso.

—Y la jardinera jefa, ¿dónde está?

Lisbeth mira alrededor.

—¿Ingrid? No lo sé. ¿En el patio?

Sina no contesta. No colabora con los esfuerzos de Ingrid por hacer crecer las calabazas más grandes y los melones más dulces. No tiene energía para competir: su experiencia en el club de jardinería de Reitvik palidece frente a la fuerte determinación de Ingrid por aprender todo lo que hay que saber sobre los cultivos tropicales.

Es como si Lisbeth le hubiera leído el pensamiento.

—Bueno, cuando sea la directora del chocolate tendrá más cosas por las que preocuparse que las calabazas y las habas.

Se quedan un rato en silencio. Sina sigue con la mirada un barco que pasa por el horizonte cuando Lisbeth, de pronto, le pregunta:

—¿Cómo está Maya?

Sina se vuelve hacia ella.

—Bien. ¿Por qué lo preguntas?

Lisbeth se encoge de hombros.

—Oh, por nada. Parecía muy cansada.

—Todos nos cansamos de vez en cuando. Hemos pasado mucho calor durante el paseo.

Sina siente que la pregunta le ha molestado; ¿por qué tiene que meterse, Lisbeth? Su rabia crece e imita a su amiga con voz burlona:

—¿Cómo está Maya? ¡Ni que fuera una niña pequeña! ¿Por qué no se lo preguntas tú misma?

Lisbeth parece sorprendida; su voz adquiere un tono de disculpa.

—No quería decir nada... Solo, pensaba...

—¿Qué? ¿Qué era lo que pensabas? —salta Sina—. Maya es la más aguda de todas nosotras, siempre lo ha sido. La edad no cambia eso. ¡Tú misma tampoco eres precisamente la misma persona que cuando tenías veinte años!

Eso ha sido un golpe bajo, y Sina se arrepiente en el acto. Debería haberse callado, pero le resulta tan irritante, tan ridículo, que Lisbeth se siga preocupando tanto por su aspecto... ¡Si es una anciana! Un recuerdo reciente le escuece y le hace hervir la sangre, una vergüenza que casi ha conseguido reprimir: ella frente al espejo de la habitación de Lisbeth, sola en la casa. Va probándose avariciosamente sus blusas de seda, sus zapatos de tacón alto, trata de embutirse dentro de sus faldas de tubo y de sus chaquetas entalladas. La blusa lila que no le cabe, que le hace bolsas en el pecho y le aprieta por la cintura. El rasgón repentino que se abre por la costura. El agujero que rompe la tela, imposible de arreglar. La sensación de indiferencia cuando vuelve a guardarlo en la percha.

Sina no está segura del motivo por el que sale tan rápido en defensa de Maya. Puede que su amiga sea más silenciosa que antes, pero desprende el mismo aire de autoridad. Sus conocimientos de las islas del Pacífico Sur, de su historia, su geografía, su cultura y su política, son muy superiores a los de las demás. Puede que con excepción de Kat, aunque Sina sospecha que su experiencia de nómada global en todos los proyectos internacionales de los que se jacta es en realidad bastante endeble. Los conocimientos de Maya no han sido demostrados ni puestos a prueba, pero tienen muchas referencias y están totalmente documentados. Por la noche, en sus conversaciones en el porche, es la que suele hacer las conexiones más interesantes, piensa Sina. La otra noche, por ejemplo, cuando se pusieron a hablar de las constelaciones, de la Estrella del Sur y la Estrella Polar.

«La Osa Menor —dijo Maya— que también se conoce como El carro. La Estrella Polar es la más brillante de la constelación. *Stella Polaris* en latín. Pero ¿sabéis que también se llamaba *Stella Maris* en la Edad Media? ¿Estrella del Mar? Este es, en realidad, uno de los nombres con los que solían llamar a la Virgen María.

Lisbeth la miró interesada.

—¿De veras? Es exactamente lo que me dijo aquella niña. Me dijo que se llamaba Estrella del Mar.

Maya asintió.

—Sí, exacto. Nuestra Señora, Estrella del Mar era uno de los nombres de la Virgen.

Se reclina en su silla, satisfecha de su conferencia nocturna. La Maya de siempre, sabia y capaz.

Excepto cuando deja de serlo. Cuando su rostro se convierte en un lienzo en blanco, cuando sus ojos se transforman en dos puertas cerradas, solo un poco entornados para revelar pequeñas rendijas de miedo, algo en Sina se estremece. Es un malestar que no desea compartir con nadie; cubre sus cuerdas vocales y la impulsa a tranquilizar a su amiga y asegurarle que todo irá bien, que ella se ocupará de todo. Cuando Maya pierde las palabras, Sina las encuentra.

¿Es Sina la única que se da cuenta? Eso cree. Ella es también la única que le ve el plumero a Lisbeth Karlsen, la princesa de su último curso del instituto. Que vio que no era seguridad lo que brillaba tras su sonrisa y su amplio escote, sino más bien un nudo apretado lleno de ansiedad. Una cuerda que Sina era capaz de tocar para hacerla temblar siempre que ella quisiera: con una mirada severa podía conseguir que la risa artificial de aquellos labios pintados de rosa se quedara helada. Sina nunca ha tenido celos de Lisbeth. De su dinero, tal vez, de su vida regalada. Pero ¡que la condenaran si jamás se sintió inferior! El poder está en la información. Especialmente en saber si la vas a utilizar.

De hecho, Lisbeth le da pena. ¿De qué sirve toda esa pantomima? Está tan harta de todo...

19

Ateca

Querido Dios:
Sabes que confío en mis sueños, que siempre me dicen cosas.
Pero esta noche he soñado con algo que me ha asustado. He
soñado con *Drua,* el gran barco sagrado. Y estaba en medio de
la cubierta, en el lugar del capitán, vigilando el casco y los
remos a ambos lados. Tenía miedo, porque sabía que estaba
ocupando un lugar que no me correspondía. Yo debía estar
tensando las velas cuando el mar se ponía bravo. Pero no me
podía mover. Avanzábamos rápidamente y las olas eran muy
altas, y estaba sola en el barco cuando el Dakuwaqa, el dios
tiburón, se ha levantado de pronto desde las profundidades.
Y entonces me he transformado en Tokairahe, el hijo de los
dioses, con sus anzuelos mágicos. El que puede pescar todos
los peces del mar, excepto el Dakuwaqa. Llevaba su collar en
el cuello, la cadena hecha de anzuelos de hueso que brillaba
con sus colores amarillo, azul y morado. Y entonces Dakuwaqa
salió disparado del mar, avanzando hacia mí de un salto gigante,
y agarró el collar con sus temibles dientes. Pero no me tocó,
¡ni un simple arañazo! Cuando el tiburón volvió a desaparecer
por entre las olas, el collar de anzuelos de Tokairahe ya no
estaba. En su lugar, yo llevaba una fina cadena de oro.
    El sueño me asustó mucho, Señor. Ayúdame a tener fe en
que me protegerás.
    En el nombre sagrado de Jesús. *Emeni.*

20

Maya

Lo que da miedo no es no recordar. Recordar que no se ha recordado es lo que le provoca un mareo que se transforma en náuseas de terror. Cuando uno se da cuenta de que ha estado al otro lado. Que ha pasado totalmente al otro lado, al lado desconocido. Que se ha quedado allí, con la mirada vacía y los labios temblorosos, titubeando ante unas caras que no reconoce y que ya no sabe de quién son.

Es luego, cuando no tienes ni idea de por qué estás ahí, con un paraguas en la mano que no sabes de dónde sale, o con bolsas de víveres que no recuerdas haber comprado. Es cuando la puerta ya se ha cerrado tras de ti y te ha devuelto a un entorno y a unas caras conocidas, entonces tu garganta se contrae y sientes el pánico que corre a grandes zancadas: ¿dónde he estado?

Y de todos modos, Maya se enfada. Con Evy, que antes de marcharse intentaba ocultar su preocupación bajo comentarios alegres como: «Recuerda protegerte del sol, mamá. Mucho de algo bueno acaba siendo malo, ya sabes». Con Ingrid, que les da órdenes a todas en el jardín y les dice que no tomen demasiada papaya, que les sentará mal. ¿Y con Kat? No, con Kat no. Kat lo sabe. La noche que llevaron a Evy al aeropuerto, ¿tan solo hace unos meses? El terror que sintió cuando se despertó en la furgoneta y de pronto no supo por qué estaba allí. El sonido del océano, su canto atrayéndola. La cara de Kat, tan conocida, pero que no lograba asociar con palabras o pensamientos. Aquella noche lloró cuando Kat la acostó. Lágrimas amargas de exasperación por el caos que tenía en su interior, la sensación desesperada de perder el control. Kat lo sabe. Pero Maya no cree que se lo haya contado a las demás.

Vuelve la mirada hacia su amiga, en la hamaca, que se balancea silenciosamente en el calor de la tarde en el porche. Sigue presente, eso que en el pasado ninguna de ellas era capaz de expresar con palabras. La atracción que todas sentían por ella, la ilusión chispeante que te inundaba por el simple hecho de formar parte del mismo grupo que ella. La sonrisa que tenías ganas que te dedicara exclusivamente a ti. Sigue presente. El pelo de Kat tiene tantos mechones plateados como el de ella; venas gruesas y azuladas entrecruzan sus manos mientras sostienen un libro. Pero donde el anillo de oro desgastado descansa holgadamente en el dedo anular de Maya, una guirnalda de florecitas azul verdosas envuelven el de Kat. Demostrando con tinta indeleble que está al lado de Niklas, pero a su manera singular.

Kat lleva una camisa de lino blanca y nada debajo; Maya puede ver la silueta de sus pequeños pechos a través de la tela. La sensación de libertad que siempre parece irradiar, ya desde la clase atiborrada y recalentada de Reitvik High, sigue brillando con fuerza indiscutible en *Katrine Vale*. Una intensa ola de emoción embarga a Maya, un gusto amargo le sube a la boca. Tiene que pensar un segundo antes de ser consciente de lo que es, una sensación que tenía olvidada. No hay una palabra capaz de describirla, es una mezcla agria de celos, admiración e ineptitud. Y ahí está de nuevo, en el círculo de Kat. Y, exactamente igual que antes, ninguna de ellas es capaz de darse cuenta de que lo que siempre han deseado es ser ella.

Kat se incorpora un poco, se apoya sobre un codo y suspira.

—Qué calor, ¿no? No sé cómo puedes estar sentada en esa silla al sol, Maya; ¿no te asas? Pobre Johnny, mañana tendrá que venir hasta esta sauna. Está acostumbrado a unas condiciones mucho más aireadas en su barco, me imagino. ¡Será emocionante oír lo que piensa de nuestros planes!

¿Johnny? ¿Quién es Johnny? ¿Y ella está al sol? Maya cruza los brazos y aprieta los ojos con fuerza. La sensación de perder el control. Una puerta que está a punto de cerrarse, casi un portazo, que se detiene de pronto y se vuelve a abrir. Una lámpara que parpadea. Sus pensamientos se hacen de nuevo transparentes y se llenan de agujeritos, como velos. Echa tanto de menos a Steinar que le duele el cuerpo. Él habría entendido el miedo que la embarga.

Un simple paseo al atardecer, un poco de aire fresco antes de la cena. La rápida puesta de sol le sorprende cada tarde cuando, a las seis y cuarto exactas, el sol se despide y se funde en una orgía de rosas y dorados en cuestión de minutos.

—¡Salgo a dar un paseo por la playa! —le grita Maya a nadie en particular mientras baja los cuatro peldaños del porche—. No tardaré.

Nadie contesta, tampoco ella quiere oír una respuesta. Ve a Ateca a través de la ventana de la cocina y la saluda apresuradamente con la mano mientras sortea el cinturón de algas y hojas secas de palmera al borde de la arena. Las piernas la llevan hacia la derecha; las casas frente a las que pasa brillan con tonos dorados a medida que la luz de la tarde se refleja en las grandes lamas de cristal que nunca se cierran. Hay una mujer sentada junto a una pila de hojas de pandanus; teje una estera y manda un amistoso *«¡bula!»* en dirección a Maya. Su cabeza está coronada por una melena rizada, formando algo parecido a un halo. Maya divisa el *vale ni soqo*, el ayuntamiento, a través de las palmeras; unos chicos se pasan un balón de rugby en la plaza, justo en frente. Un perro la sigue un rato antes de perder el interés por ella y concentrarse en una bolsa de plástico rota. Tiene la intención de dar un paseo por el puerto, por el campo inexplorado cerca del vertedero, hasta lo que considera la parte trasera del pueblo, para luego volver por la carretera principal que se bifurca en varios caminos de tierra que llevan hasta las casitas y los patios. Antes de cruzar el puerto, el sol empieza a ponerse en el cielo y abre agujeros por entre las nubes formando columnas de luz. «Los dedos de Nuestro Señor», de pronto recuerda que su madre llamaba así a los finos rayos que se filtraban por el cielo gris y daban un poco de calor después de tardes húmedas de lluvia. Las columnas se funden al alcanzar el agua, disolviéndose en un brillo titubeante. Va oscureciendo a su alrededor a medida que el mar absorbe la luz; manchas de rosa y naranja bailan unos últimos pasos apasionados por el cielo. Maya se queda quieta mientras el baile sigue girando dentro de ella. Qué maravilla estar simplemente ahí, dejarse fascinar, dejar que la letra se apague poco a poco y que solo quede la melodía.

—¿*Nau*, está bien?

Los colores siguen floreciendo todavía en su interior cuando una manita cálida le agarra los dedos. Maya baja la mirada hacia un par de ojazos que la miran. La brisa nocturna acaricia los rizos de la pequeña que la ha llamado «tía» y forma con el pelo una ola alrededor de sus finas, casi transparentes, orejas. El vestido se hincha como una vela tras ella, y Maya reconoce a la niña de la fiesta de Navidad. Es Maraia, a quien Lisbeth le regaló el collar; tanto Sina como Ingrid cuchichearon sobre ello.

—Sí —sonríe Maya, encantada de verla—. Y tú eres Maraia, ¿no?

—Sí —responde la chiquilla. Su voz es tan profunda como sus ojos—. Significa Estrella del Mar.

—Yo soy Maya —dice ella—. Significa sueño.

Maraia asiente con la cabeza.

Maya y Maraia se quedan donde están, mientras una mano invisible exprime los últimos colores del día y lo devuelve, vacío y usado, al mar. En la oscuridad que empieza a rodearlas, Maya se siente vacía y un poco mareada, exhausta por el fascinante juego de los colores. Parpadea, insegura, intentando recordar adónde se dirigía. Pero el hechizo, la fascinación por los dedos divinos todavía la inundan como un misterio; algo en su interior no quiere abandonar ese estado. Maya estrecha la manita de la niña e intenta recobrar el aliento. ¿Adónde iba?

La niña parpadea, mirándola, con una mirada de indiscutible sabiduría.

—Puedo acompañarla —le dice—. Vamos, *Nau*. Vamos a casa.

Se sienten seguras mientras andan juntas, de la mano. A un lado, la regularidad del mar; al otro, Maraia, mostrándole a Maya su destino sin mediar palabra. «A casa», la casa de Kat, que ahora es su casa, donde ella vive, donde todas ellas viven. Cuando llegan, le pregunta a Maraia si quiere pasar.

—Puedes cenar con nosotras, si quieres —le dice.

Pero la Estrella del Mar niega con la cabeza. Uno, dos, tres pasos ágiles, y ha desaparecido en medio de la oscuridad.

21

Lisbeth

Lisbeth mira a su alrededor. Su mirada sigue a Ingrid, que se levanta de la mesa. El trozo de tela que se ha atado alrededor de la cintura está descolorido y tiene un ribete desgastado, indistinguible, en el dobladillo. El pelo con mechas plateadas de Kat vuela en todas direcciones; probablemente hoy aún no se ha plantado frente a un espejo. Sina nunca ha tenido mucho que lucir, piensa Lisbeth, y mira a su amiga a través de la ventana, pero al menos siempre lleva sujetador. El movimiento flácido bajo la camiseta de Ingrid revela que ha abandonado totalmente la cautela, y Lisbeth suelta un profundo suspiro. ¿Es realmente necesario abandonarse completamente?

De pronto aparece Maya por la puerta y Kat le da la bienvenida ruidosamente, con voz alegre.

—¡Ah, aquí estás! ¡Ya casi hemos terminado de cenar!

Maya se limita a sonreír, y la mirada crítica de Lisbeth se pasea por su figura baja y fornida. Lleva un vestido anodino, tipo saco, de un azul verdoso, que le llega a media pierna. El sombrero de paja que lleva siempre le aplasta los rizos. Se desliza hacia el lugar vacío que queda a la mesa, y Lisbeth siente algo parecido a la compasión, que atenúa su irritación.

De todos modos, el hecho de que Sina haya asumido el papel de... ¿cómo deberíamos llamarlo?, ¿asistente personal de Maya?, queda más allá. El hecho de que nunca se separa más de dos pasos de ella, su manera de dejarlo todo al instante que Maya se pone su ridículo sombrero y quiere salir a dar un paseo. Lisbeth hoy ha tenido algo que decir sobre el tema, cuando Maya ha anunciado que se marchaba y se ha dado cuenta de que Sina se disponía a correr tras ella.

—No pensarás dejarme sola preparando la cena, ¿no? —le ha soltado—. Es jueves, ¡nos toca a nosotras!

Sina no le ha respondido y ha seguido picando cebolla, pero Lisbeth ha sentido las malas vibraciones como una corriente de aire frío a su alrededor. ¡Por Dios! ¡Ni que Maya, una mujer adulta, no fuera capaz de dar un paseo sola por la playa! Y ahora aparece por la puerta cuando casi han acabado de cenar..., pero ¿y qué? Simplemente se ha ido demasiado lejos y ha tardado un poco más en volver, ¿no?

—¿Has ido muy lejos, Maya? —le pregunta, con despreocupación a la vez que le sirve un poco de agua—. ¿O te has perdido?

No lo dice con ninguna intención, en realidad. Ella misma se ha perdido varias veces, en especial de noche, cuando cuesta orientarse a oscuras entre las casitas idénticas. De modo que se queda totalmente asombrada cuando Kat le espeta, desde el otro lado de la mesa:

—¡Déjala en paz! ¡Acaba de llegar!

Lisbeth parpadea sorprendida. ¡No ha sido su intención ofender a nadie! Abre la boca para explicarse, pero Kat le lanza una mirada de reprobación y se inclina hacia delante para crear una valla de protección entre Maya y las demás.

—Debes de estar hambrienta —le dice a Maya—. Espero que la comida esté todavía caliente.

Sina parece preocupada; levanta los brazos como si fuera a hacer algo, pero los deja levantados. Solo Ingrid parece impertérrita; se ha puesto las gafas y se sienta en la butaca bajo la lámpara de lectura.

De pronto Lisbeth ya no aguanta ni un minuto más con ninguna de ellas.

—Salgo a comprar tabaco —dice, y se levanta de golpe—. Seguro que Salote me abrirá la tienda.

Lisbeth agradece el maravilloso horario sin regular de los comercios de Korototoka. La tienda abre siempre que llega un cliente, y no hay ningún inspector sanitario ni normativas de apertura de los que preocuparse. Cuando alguien se presenta frente a la casa rosada de metal corrugado y llama: «*Kerekere...?*», la puerta se desliza a un lado, ya sean las cinco, las siete, o las nueve y media, y aparece Salote con la llave en la mano. La llave abre el candado de la puerta del pequeño anexo, con un mostrador y unos cuantos estantes en la pared del fondo. Salote se mete entonces detrás del mostrador y saca una cajita con una margarina totalmente fundida, o aparta las hormigas de un paquete de azúcar, o baja una caja de cerillas o un paquete de leche en polvo. O, en el caso de Lisbeth, un paquete de Benson & Hedges.

«*Vinaka*», le dice, y se guarda los cigarrillos y el cambio en el bolso. Merodea un rato frente a la «cantina» de Salote, como se conoce a la pequeña tienda por algún extraño motivo, observando a la propietaria que ha sacado una escoba y se ha puesto a barrer las escaleras a la luz de la bombilla que hay encima de la puerta.

¿Por qué lo ha hecho? ¿Por qué se ha desviado por la subida de la iglesia, cuando podía haber ido directa a casa? Debería haber dado media vuelta para regresar por el mismo camino, recto, más allá del campo de *dalo,* pasando por la casa de Ateca, el caótico mosaico de anexos y porches que forman el hogar de Jone y su numerosa familia. Pero Lisbeth no lo hace. De pronto está decidida a acabar la noche sintiendo la brisa en el pelo y fumándose un cigarrillo al final del muelle, y toma el largo camino hasta allí por la carretera principal, más allá de las casas, que a esta hora están casi todas a oscuras. Hay un pequeño grupo divirtiéndose y tomando grog en un *bolabola*, una terraza de madera con el tejado de palma; un brazo fuerte y tatuado levanta un *bilo.* Ninguno de los hombres advierte la presencia de Lisbeth. Ella se asusta por el estallido repentino de unas risas; se guarda el bolso bajo el brazo y emprende el largo camino colina arriba.

Ocurre justo después de pasar por el *bure* del jefe, cuando ya está volviendo a bajar en dirección a la playa y las olas que rompen en la costa. El hombre que se le acerca andando lleva un cuchillo en la mano, el largo cuchillo de caña que llevan tanto mujeres como hombres cuando van y vuelven de las «plantaciones», el nombre rimbombante que utilizan para designar los pequeños huertos que alimentan los estómagos de su familias. La más útil de todas las herramientas, con un mango de madera y la hoja de punta afilada, cuya visión todavía le produce inquietud. Viejos flacos con botas de goma embarradas y la cabeza protegida con trapos, mujeres que se contonean suavemente acarreando sus cestos llenos de boniato y *tavioka,* chiquillos descalzos cargados con sacos de arpillera rasgada a los hombros... Todos lo llevan, el *sele kava* que da tanto miedo. Lisbeth lo ve cada día; Mosese lo lleva en la mano cuando les lleva *dalo* o franchipán por la tarde. Pero no puede evitar estremecerse. Los enormes puños, los dedos aferrando el metal, las fotos que ha visto por internet y en los libros de Maya: posturas amenazantes, las porras y las hachas que llevan en las manos. Las pinturas de guerra y los espantosos collares de dientes de ballena. Kat les ha explicado que las horquillas en miniatura de los caníbales son uno de los recuerdos favoritos entre los turistas: un mango tallado con cuatro dientes largos que forman un cuadrado, perfectos para sacar la carne del cerebro de los cráneos aplastados. Kat se rio cuando se lo contó, pero a Lisbeth un escalofrío le recorrió la columna vertebral. ¡Hace tan solo ciento cincuenta años desde que una persona fue asesinada y devorada por última vez en este país!

Hay algo extraño en este enorme cuchillo que cuelga tan despreocupadamente de la mano del hombre que se le acerca colina arriba. Algo que le hace sentir miedo en el estómago; Lisbeth es de pronto consciente de que lo ha sentido todo el rato. Ahora lo tiene delante; se da cuenta de que es joven, tiene unos rasgos suaves y fuertes. Bajo su piel, los músculos redondeados se tensan; lleva tatuajes azules y negros que se encaraman por los bíceps. Le cierra el paso con gesto firme. La mano en el cuchillo se levanta mientras en la garganta de Lisbeth se forma un grito.

22

Ateca

Querido Dios:
Es cómo si la luz cambiara de color cuando Maraia y Madam Maya están juntas. Esta tarde las he oído cantar. La voz aguda de Maraia unida a la de Madam Maya, con tonos más profundos y relajados. Estaban sentadas en el suelo con dos trozos de tela marrón y verde entre ellas, que habían doblado en forma de pequeños animales, con cuerpos y cabezas.

«Cantamos para las tortugas», ha dicho Maraia. Debe de haberle hablado a Madam Maya de las princesas Tinaicaboga y Raudalice, que fueron convertidas en tortugas cuando las secuestraron unos pescadores de un pueblo de Kadavu. Encontraron la manera de escapar, pero tuvieron que seguir viviendo como tortugas marinas en la bahía de la isla.

Maraia también conocía la canción, la que las mujeres del pueblo de las princesas les cantan desde los acantilados de la playa.

Las mujeres de Namuana se han vestido para llorar
y llevan sus palos sagrados, decorados con extraños dibujos.
¡Raudalice, sal para que te veamos!
¡Tinaicaboga, sal para que te veamos!

Cuando las mujeres cantan, las tortugas gigantes salen a la superficie y las escuchan.

La familia de Maraia no es de Kadavu, pero ella tiene una mirada sabia y sabe muchas cosas. Y creo que a Madam Maya

129

le va bien familiarizarse con el mar. ¿Tal vez sea la menos *kaivalagi* de todas ellas, Señor? Madam Maya ha dejado tantas cosas atrás; por eso ella puede aprender mucho más.

Querido Dios, gracias por acercar a aquellos que se necesitan. Gracias por dejar que Maraia cante con Madam Maya. En el nombre sagrado de Jesús. *Emeni.*

23
Lisbeth

¿Por que no ha dicho nada? ¿Por qué no ha subido las escaleras apresuradamente al llegar a casa y ha gritado que la habían atracado? Kat habría hecho algo; habría averiguado quién había sido, a qué familia pertenecía, y las leyes de la aldea se habrían ocupado de todo lo demás. ¿Por qué se ha limitado a hacer un breve gesto de saludo a Ingrid y Kat, que estaban en el porche? Le ha dicho «hola» a Sina, que estaba en el salón con una taza de café entre las manos y unas cuantas preguntas en la punta de la lengua.

—Llevas un rato fuera, ¿ha pasado algo?

En vez de contarle a Sina lo del joven con el cuchillo, se ha esforzado por detenerse y dedicarle una sonrisa serena.

—¿Pasar algo? No... He vuelto por el camino largo, eso es todo. Ha sido agradable dar un paseo nocturno.

No sabe por qué. Lo único que sabe es que hay muchas cosas de esa gente que no entiende. No entiende su risa, su apetito insaciable ni su estridente e incomprensible idioma. Pero lo que le acaba de ocurrir en el camino bajo el *bure* del jefe no ha sido algo que necesitara entender. Cuando el joven ha dejado caer el cuchillo y le ha agarrado el bolso con las dos manos, ella ha gritado, ha aferrado el bolso con fuerza y lo ha mirado a los ojos, todo al mismo tiempo. Y no ha encontrado nada que temer. Las manos de él tiraban del bolso, trataban de arrancárselo del hombro, pero en sus ojos se reflejaba el arrepentimiento.

A Lisbeth no la habían atracado nunca. Siempre se ha estremecido cuando le contaban historias de personas mayores que sufrían atracos y palizas por cincuenta coronas, pero jamás imaginó que se encontraría en medio de un camino de tierra a las afueras de un pueblecito de Fiyi, luchando terca y silenciosamente con un joven guapo y con un cuerpo atractivo. Que obviamente quería robarle, pero que soltó su cuchillo en vez de usarlo para amenazarla, y que la miraba con una expresión de ruego: hagámoslo sin luchar, por favor, parecía decirle.

Ella ha perdido el equilibrio y ha caído cuando él le ha arrancado el bolso, se ha dado la vuelta y ha echado a correr en dirección contraria. Entonces sus dedos han encontrado algo en el suelo, el cuchillo. Automáticamente ha levantado el brazo, y él ha tirado el bolso y ha vuelto hacia ella. En una mano llevaba su dinero, un triste puñado de billetes, mientras se le acercaba lentamente, sin perder de vista el cuchillo que ella seguía sosteniendo arriba, en el aire.

—¡Devuélveme mi dinero! —ha sido ella la primera en hablar. Él ha negado con la cabeza.

—No puedo. Lo necesito. Y también necesito mi cuchillo. Tiene que devolvérmelo.

—No, si antes no me devuelves el dinero.

Él se ha plantado delante de ella y le ha tendido la mano para ayudarle a levantarse, desprendiendo un tufo a sudor. Ella se ha balanceado ligeramente al levantarse y ha sentido la calidez de su mano, que envolvía la suya alrededor del mango del cuchillo, y lo ha soltado sin luchar. De pronto ha sentido que se le formaba un nudo en la garganta, que unas lágrimas cálidas le caían por las mejillas, y él la ha consolado con unos golpecitos torpes en la espalda.

—Vamos, vamos, ya está bien.

Yo no quiero que esté bien, ha tenido ganas de decirle. Quiero que me rodees con tus fuertes brazos tatuados. Quiero sentir el sudor de tu piel y olerlo en tu pelo húmedo. Quiero tener veinte años y unos hombros lisos y morenos, y el aliento dulce tras los dientes blancos.

El corazón de Lisbeth palpitaba con fuerza mientras se apoyaba en el pecho fuerte de él. No le ha podido ver los ojos, pero ha sentido que se ponía rígido al apartarla.

—Madam, ¿está bien? ¿Quiere que la acompañe a casa?

—No, no, estoy bien. Pero devuélveme el bolso.

Ha examinado rápidamente el contenido del bolso, ha encontrado un pañuelo y se ha limpiado la cara. Las tarjetas seguían en el billetero, aunque el joven tenía el dinero en efectivo en la mano. Lo consideraba su propiedad, por mucha preocupación que pudiera mostrar por la mujer a la que se lo acababa de robar.

Lisbeth no le ha vuelto a pedir el dinero. Ha extendido un dedo, sintiendo la necesidad de tocarle la cara, fuerte y redonda. Él se ha quedado totalmente inmóvil y la ha dejado hacerlo, pero solo un momento. Luego ha retrocedido un paso y la oscuridad se lo ha llevado con una cortés fórmula de despedida.

—*Ni sa moce*, madam. Buenas noches.

Ella se ha quedado quieta, sintiendo que el pulso le latía fuerte y caliente en la garganta. Un pensamiento que se esforzaba por precisar ya se estaba explicando y perdonando. La evidente verdad del «lo necesito» del chico ha desvelado algo, lo ha aclarado: la necesidad de compartir. El arrepentimiento en la mirada de aquel hombre tan guapo no tenía que ver con lo ocurrido, sino con el hecho de que había ocurrido de una manera que la había asustado. Cuando los que tienen mucho no piensan en compartirlo, así es como debe ser.

Otras cosas incomprensibles le han venido a la mente, iluminándose a medida que las fichas del rompecabezas se iban juntando: Ateca, que ya no llevaba el precioso *sulu jaba* morado que Kat le había regalado, y que contó en susurros que lo había dado. Kat se limitó a asentir con la cabeza, pero Lisbeth se había quedado atónita e intrigada.

—¿Lo ha dado? ¿Por qué?

La historia, contada en parte por Ateca y en parte por Kat, era que una de las mujeres de la iglesia le había pedido a Ateca, después del servicio, si se lo podía quedar. «Y la costumbre dice que debes asentir», explicó Kat y les contó el sistema del *tauvu,* los clanes tradicionalmente vinculados entre ellos porque adoran al mismo dios. «Cuando tu *tauvu* admira algo que tú tienes y te lo pide, has de acceder y dárselo. Aunque sea la última prenda de ropa que tienes.»

En otra ocasión, cuando le dedicó un cumplido al bolso que llevaba la esposa de Mosese, Litia, una sencilla bolsa hecha de paja, con franjas más oscuras entretejidas de hojas de pandananus, Litia reaccionó vaciando su contenido y regalándosela. Lisbeth se quedó atónita mirando a aquella mujer, bajita y normalmente huraña. «No, no, ¡no quería decir eso! Solo digo que me gusta, no tiene que...» Pero Litia ya se había ido y Lisbeth se quedó con el bolso en su regazo, colorada y avergonzada.

Ahora todo cobra sentido. Comparten. Y nosotras, piensa Lisbeth, nosotras nos limitamos a estar aquí sentadas, con todas nuestras pertenencias y nuestro dinero, y no compartimos. De modo que así es como debe ser.

Había proseguido hasta la playa, había andado hasta el muelle, como era su intención inicial, y se había fumado un cigarrillo, como estaba planeado. Pero hace tanto tiempo que ha ido a comprar a la cantina de Salote, hace media hora y todo un sueño.

¿Qué habría pasado?, piensa Lisbeth ¿Qué habría hecho él si se lo hubiera dicho? «¿Puedo tenerte? Te quiero a ti, ¿puedo tenerte?»

24

Ingrid

El experto en chocolate es casi calvo. Su cabeza desnuda tiene un bronceado homogéneo, y lleva la camisa con la tela bien lisa alrededor de los hombros. Kat ha recogido a Johnny Mattson en Rakiraki, y a Ingrid le parece que ya percibe el aroma de la dulce y burbujeante masa de cacao. Wildrid también la percibe; es la primera en bajar del porche para darle la bienvenida con su vaporoso *sulu* y una sonrisa ansiosa: «¡Qué amable has sido viniendo! ¡Tenemos miles de preguntas!».

Se ponen inmediatamente manos a la obra, empezando por inspeccionar el pequeño almacén que ya llaman la casa dulce. Kat explica que tiene previsto instalar un sistema de refrigeración, junto a un nuevo depósito y una bomba de agua. Johnny asiente, las asesora sobre dónde colocar los bancos y las pilas. Asistió a lo que llama una «academia de chocolate» en Inglaterra, y trabajó muchos años en un departamento de desarrollo para un gran productor de chocolate en Bélgica. Ingrid se fija en que Lisbeth le presta mucha atención. Ella está más concentrada en las manos del hombre, con las que subraya con entusiasmo todo lo que les cuenta. Fuertes y morenas, con las uñas cortas y anchas.

—¿Participabas directamente en la fabricación del chocolate? —le pregunta, sin saber muy bien por qué. Tal vez porque no puede imaginarse sus grandes puños manipulando caramelo blando o regaliz finamente picado.

—¡Claro! En todos los pasos del proceso. Chocolate blanco, chocolate con leche, chocolate negro... —Un hombre mucho más joven sonríe de pronto a través de las arrugas de sus ojos marrones—. No existe ninguna tentación dulce que no me atraiga hacia ella.

Ingrid tiene que devolverle la sonrisa, siente el optimismo como una brisa revitalizadora que la embarga. No, ¡como un sabor especial en la lengua! Wildrid siente la saliva que se le acumula tras los dientes: menta fresca en el dorso de la lengua, caramelo salado pegado a los molares. Chocolate con chili quemando dentro de sus mejillas, ron a la crema con jengibre fundiéndose por su garganta.

—¡Trufa de piña! —exclama—. ¡Turrón de mango! ¡Kiwi cubierto de mazapán!

Johnny la mira y se ríe:

—¿No habíais dicho que queríais empezar poco a poco?

Las otras se callan e Ingrid se detiene, avergonzada por su ataque de entusiasmo, que sonaba más bien como un poema erótico envuelto en celofán.

—Bueno, ¿qué os parece? —Kat es la primera en romper el silencio; su risa contagiosa llena la pequeña estancia—. ¡Nos tiramos de cabeza a hacer la manteca de cacao!

—Pero ¡no era eso lo que habíamos hablado!

Es Lisbeth la que objeta. Razonable de pies a cabeza, ahora vestida con zapato plano y pantalones anchos, les recuerda brevemente la idea básica que habían acordado entre todas:

—Si la idea es entrar en el sector de la alimentación saludable, hemos de tener presente que «menos es más».

¿Dónde demonios ha aprendido esas cosas?, piensa Ingrid, y advierte que en el cuello de Lisbeth han aparecido unas manchas rojas mientras prosigue.

—Debemos concentrarnos en lo limpio, en lo puro. Algo que transporte a la gente a un estilo de vida sin complicaciones, relajado... Todo lo contrario a la suntuosidad. Experiencias simples, puras. Amanda dice que eso es lo que busca el consumidor actual.

Ingrid sabe que Lisbeth tiene razón y aleja mentalmente el abatimiento que reemplaza la efervescencia de la fruta estrella cubierta de chocolate en su boca. Wildrid agacha la cabeza y se calla.

Ese hombre le gusta, simple y llanamente. Johnny no coquetea ni intenta impresionar; es robusto sin ser gordo. Seguro de sí mismo sin ser petulante. Se sientan en el porche y él les expone el proceso de producción mientras el ambiente se carga de una ilusión electrizada. Ingrid se ve a sí misma sentada con la espalda recta, los pelos un poco de punta, y un olorcillo de algo desconocido le llena los sentidos. El mar y una brisa fresca. Una racha de nuevas posibilidades. La voz tranquila de Johnny mientras describe el proceso, primero la fermentación y el secado que ellas ya conocen.

—Luego viene el tueste, cuando las semillas de cacao se remueven bajo una fuente de aire caliente durante aproximadamente una hora.

—¿Podríamos utilizar un horno normal? ¿Uno de convección? —pregunta Kat.

—Estoy seguro de que sí.

Ingrid ha sacado una libreta y toma notas mientras Johnny les va explicando el proceso de molido, en el que las semillas sin cáscara se muelen y se calientan hasta que forman una masa líquida de cacao.

—En esta etapa no tiene un buen sabor; sabe intenso y amargo —les explica.

Sigue con la extracción de la manteca, que luego se mezcla con las cantidades correctas de masa de cacao, grasa, azúcar, leche...

—Y cualquier otra cosa que queráis añadirle.

Ingrid toma nota, y Wildrid reprime sus aportaciones de mangostán, guayaba o piña.

—También deberéis tener en cuenta los conservantes. Entiendo que prevéis exportar, de modo que el producto tardará cierto tiempo en llegar al consumidor. Pero también queréis dar una imagen saludable y probablemente no queréis incluir muchos números E en vuestra lista de ingredientes.

Lisbeth parece muy concentrada, e Ingrid sabe que mañana le consultará a Amanda. ¡Es fantástico!, piensa, y le lanza a Lisbeth una sonrisa de ánimo. También en este aspecto tenemos a una experta, a un simple correo electrónico de distancia.

—Lo más importante es el concheado —prosigue Johnny—. Es lo que le confiere al chocolate sus propiedades organolépticas, esa textura que se funde en la boca. La que te lleva a querer llenarte la boca una y otra vez con él.

Hace una pausa, e Ingrid desvía la mirada cuando sus ojos se encuentran. Baja la vista hacia sus pies descalzos sobre el suelo de madera y de pronto los siente inquietos. «Baila», le susurra Wildrid.

—Esa deliciosa sensación —dice Johnny.

Sigue hablando sobre el templado y la colocación en moldes, pero Ingrid ya ha dejado de tomar notas. Es demasiada información para asumir en una sola sesión. Deberán ir aprendiendo a medida que avancen.

—Mattson —le pregunta a Johnny la mañana siguiente, mientras toman café—, ¿no tienes algún antepasado noruego, por casualidad? ¿O sueco?

Él toma un sorbo del café antes de responderle.

—Bueno, a ver si lo adivinas —le dice, con una sonrisa—. ¿De dónde crees que soy?

Ingrid se siente intimidada de pronto y como si la retara, como si tuviera que saber la respuesta.

—No lo sé —vacila—. Supuse que eras... ¿australiano?

Él se ríe.

—¿Tengo pinta de australiano? ¿Con esta nariz? ¿Y este pelo? —Se acaricia la coronilla, con sus escasos mechones de pelo rizado y gris. Superada su timidez, ella también se echa a reír—. ¡Bueno, no es que me quede demasiado pelo, de modo que no es fácil de adivinar! Pero... ¿Tal vez no soy lo bastante moreno? —Sonríe y levanta las manos—. ¡Me has descubierto! Puede que sea culpa de alguno de vuestros buenos antepasados.

Ingrid escucha con interés el relato de su nacimiento en Kosrae, una de las islas de los Estados federados de Micronesia. Intenta visualizar el mapa, las diminutas manchas de islas al... ¿norte? ¿noroeste?

—Mi apellido es en realidad Matson-Itimai —le explica—. Y mi nombre es Yosiwo. Joseph. Pero me es más fácil presentarme como Johnny Mattson en casi todo el mundo.

Ella se fija en su rostro, lo interioriza. Tiene la tez mucho más clara que la mayoría de los habitantes de Korototoka, aunque sus facciones son parecidas. La nariz ancha; el cuello grueso y robusto que se pliega bajo el de la camisa. Él la mira, con una ancha sonrisa. Es una invitación pausada: adelante, mírame, soy quien soy.

—No sé hasta qué punto es cierto —sigue—, pero mi abuela siempre decía que teníamos una conexión con Noruega.

—¿Noruega? ¿Por Madsen, quieres decir?

Él asiente con la cabeza.

—Es posible. ¿Has oído hablar de la pesca de ballenas en esta parte del mundo? Al parecer, antiguamente hubo un centro de pesca ballenera en Kosrae. Tal vez uno de los pescadores noruegos cayera en las redes de una belleza micronesia y se instaló en la isla. ¿Tal vez lleve sangre vikinga en las venas?

La mira concentrado y ella asiente:

—Es posible.

—Por cierto —añade—, creo que la sangre vikinga es tan caliente como la micronesia.

Sus arrugas por sonreír vuelven a tensarse en las comisuras de los labios. Ingrid siente que se ruboriza, pero no deja de mirarlo. Decide desviar la conversación hacia otro tema:

—¿Vuelves a menudo a Kosrae? —titubea al pronunciar el nombre—. ¿Cómo es?

Johnny hace una pausa antes de responder.

—Ahora hace un tiempo que no voy. Ya no me queda nadie allá. —Desvía la mirada—. Pero es precioso. —Vuelve a sonreír—. Durante muchos años me he estado ocupando principalmente de mis cosas en Labasa. Tengo una casita en la costa, pero más o menos vivo en el barco.

Ella espera que continúe.

—Pesca de altura —le explica—. Alquilo mis servicios y el barco. Me siento en el puesto del capitán y busco peces gordos: atunes, caballas... ¡Los grandes bancos de peces todavía son capaces de acelerarle el corazón a un viejo!

—¡Tú no eres viejo!

A Ingrid le arde la cara cuando se da cuenta de que lo ha dicho en voz alta. Se apresura a coger su taza y traga un buen sorbo de café tibio.

Él no se ríe, la mira. Ella se da cuenta de que la ha entendido.

—Gracias —le dice—. Un día tienes que salir conmigo en el barco. Avísame cuando tengas ganas.

Tienen que aprender la mayor parte de lo que él puede enseñarles en tres días. Johnny tiene «un par de viejos colegas locos de la pesca» con los que ha quedado para salir el fin de semana; debe estar de regreso en Labasa el jueves por la noche, como muy tarde. «Tenemos que aprovechar el tiempo —les dice—. Y preguntadme todo lo que queráis.»

Se da un golpecito en la cabeza —siempre con la mano izquierda, advierte Ingrid— y las mira, dándoles ánimos.

Ella sabe que debería preguntarle más por el lado del negocio. La administración. Permisos y normativas. Pero las palabras que Wildrid le pone en la boca son todas sobre sabores. Sobre dulzor, textura y persistencia aromática. Ingrid se reprime con los dientes apretados y no tiene preguntas. Deja que Lisbeth pregunte por los números E, y que Maya pregunte sobre la importancia del envoltorio. Ingrid y Wildrid permanecen al fondo de la estancia y dejan que la boca se les haga agua con la expectación.

El corazón le da un vuelco cuando Kat lo dice, justo después de la cena. La lleva a un aparte mientras las otras recogen la mesa; su tono es desenfadado.

—Podrías ir a verlo.

Ingrid se la queda mirando, siente que le arden las mejillas.

—¿Qué quieres decir?

Kat habla con ligereza, pero hay algo cariñoso en su voz que provoca que a Ingrid se le forme un nudo en la garganta.

—Johnny. Se marcha mañana por la mañana. Y dentro de media hora estaremos todas durmiendo. Ve a verlo. Estará encantado.

Ingrid se queda paralizada.

—¿Ha..., ha dicho algo?

¿En qué estás pensando?, era lo que quería preguntar. ¿Qué te imaginas?

Pero en el rostro de su amiga no hay nada que la juzgue. Nada despectivo ni tampoco de lástima. Solo el deseo de que encuentre la felicidad.

—Has amado tan poco, Ingrid —le dice—. Ve a verlo.

No se viste para la ocasión, ni siquiera se mira al espejo antes de salir de la casa. No es especialmente delicada al abrir la puerta principal, ni baja las escaleras de puntillas. En cualquier caso, es una locura, que pase lo que tenga que pasar. Hay luz en algunas de las casas de abajo, pero ni un alma en la calle. Solo se oyen sus pasos por el camino, donde el polvo se ha posado, y un pájaro solitario canta un breve mensaje.

La habitación que alquila Salote está en la parte trasera de la casa. Una puerta da al patio, pero Ingrid tiene que entrar por el camino de acceso, más allá de la tiendecita, y rodear el campo de *cassava* por la valla. Si Salote sale ahora y la sorprende, todo habrá terminado. «No, no», le susurra Wildrid. «Finge que eres sonámbula.»

La puerta está cerrada. Puede hacerlo. Puede llamar. Puede deshacerse de la Ingrid Hagen del County Bus Service de una vez por todas. Convertirse en alguien que no ha sido nunca. Levanta la mano, siente el sabor profundo del chocolate negro fundirse en su lengua, traga saliva. «Has amado tan poco, Ingrid.»

Llama con un par de golpes, fuertes.

Los ojos de él reflejan alegría al abrir la puerta.

—Te esperaba —le dice—. Pensaba que vendrías.

Siente la piel cálida y seca de sus manos cuando la toman por las muñecas.

25

Sina

¿Qué demonios quiere? Sina está nerviosa y avergonzada. Nerviosa por tener que decírselo a Kat y a las otras. Avergonzada porque él prevé presentarse aquí, de repente y sin que nadie lo haya invitado. Y sin ser bienvenido, piensa ella. Deja que el pensamiento aflore del todo: no, no quiero que venga.

Lleva dos días dándole vueltas al mensaje. Preocupada y asustada un instante, irritada al siguiente. Él ni siquiera pregunta si es un buen momento o si tienen sitio, simplemente da por sentado que todo estará dispuesto para su llegada: «Voy a viajar a Fiyi. Mi vuelo llega a Nadi el día 29».

No le dice ni una palabra sobre el gran negocio con las importaciones lituanas, tampoco si ha vendido el coche.

¿Cómo es posible que su hijo la siga poniendo tan nerviosa y la avergüence tanto? ¿Le queda todavía algo de dignidad en todo lo relacionado con Armand? ¿No la ha exprimido ya del todo?

«Tú te lo buscaste», se recuerda. Repite las palabras de su madre mentalmente, aquellas pequeñas flechas punzantes que le lanzaba por la mañana, cuando el pequeño se había pasado la noche berreando y Sina estaba muerta de cansancio, con el bolso colgado al hombro y a punto de salir hacia Høie Building Supplies para preparar los envíos de muestras de pinturas y hacer inventario de los rollos de revestimiento de linóleo. «Tú te lo buscaste, Sina, maldita sea.»

Y sí, ella se lo había buscado, en cierto modo. Había oído, también por Lisbeth, que había «maneras». Y por su madre, que le había escrito a una amiga en otra ciudad pidiéndole si Sina podía ir a vivir con ella hasta que todo hubiera pasado. Pero ¡ella no quiso! La débil y sin ambiciones Sina Guttormsen —sabía cómo la miraban, desde luego— defendió lo suyo: tendría al bebé y lo tendría en Reitvik. No había previsto que Lisbeth y, por extensión, Harald, le ayudarían, algo que al principio le bastó para hacerse cargo de su propia y alocada decisión. No era la primera en Reitvik a la que le había ocurrido esto, y tampoco sería la última. Pero Sina no era Kat, con su risa desenfadada; ni tampoco era la estupenda Ingrid, ni la razonable Maya. No era Lisbeth, con la melena y el cuerpo y todo aquello que Sina nunca tendría.

De modo que eso se convirtió en lo que ella tenía. El pequeño. Y su secreto y embriagador triunfo: ahora todos la miraban a ella. Era Sina quien los había hecho estremecer, temblar y murmurar.

Tampoco había pensado en el dinero, no demasiado, en cualquier caso. Al fin y al cabo, ¿qué sabe una chavala de diecinueve años sobre el coste de la vida? ¿De pagar los bocadillos para el colegio, las botas de esquí y las tarjetas de autobús, y el dinero para los cromos de futbol y la entrada de la piscina? Pero aprendió y se las arregló. Luchó con uñas y dientes por conservar el pequeño apartamento que había encontrado, se puso a trabajar, pagó el alquiler. De pronto siente un dolor punzante, un pozo profundo en el que raramente cae: ¿no se da cuenta él de todo lo que ha hecho su madre? ¿Por qué Armand no aprecia nada? ¿Dónde se ha equivocado para que un hombre de cuarenta y siete años cumplidos siga viendo a su madre como un billetero abierto? Un hombre de mediana edad que no tiene nada que ofrecer, más que una serie interminable de decepciones y errores. De los que, obviamente, él nunca es el culpable.

Puso grandes esperanzas en Astrid. Armand acababa de cumplir veinte años cuando la conoció, estudiaba en la universidad y ya entonces se creía el rey del mambo. Pero en aquella muchacha de la costa sur había algo, algo robusto y de fiar bajo su coleta y sus cejas oscuras. Y a Sina le dio esperanzas de que hubiera visto algo en Armand, más allá de su arrogancia presuntuosa, y de que tal vez le ayudaría a sacar lo bueno que llevaba dentro. El chico la llevó a casa unos días por Navidad, y Sina se fijó en el tono entre ellos, pensó que había una relación sincera, un respeto auténtico. Pero cuando llegó la primavera, el chico dejó de mencionar a Astrid, y en otoño, la vida de estudiante había perdido su atractivo: «Tengo que pasarme otros dos años para que me den un papel, ¿y de qué me va a servir?». Esta vez el detonante fueron unos cuantos amigos que habían formado un grupo de música; el dinero y las oportunidades estaban en Londres, y necesitaban a Armand: «De mánager, ¿no? ¡Con un buen mánager, estos tíos son una apuesta segura!».

Nunca lo ha visto hacer nada bueno, pero no es eso lo que le duele. Su hijo nunca ha necesitado ser rico ni famoso. Le habría bastado y sobrado con tener un trabajo digno, comprarse un apartamento y labrarse un futuro.

Cuando Harald Høie echó a su hijo Joachim de casa, Reitvik se llenó de rumores. Sina acababa de ser ascendida a jefa de tienda y saludaba de pasada a Lisbeth cada vez que, muy de vez en cuando, se acercaba por allí. El despacho de Harald estaba arriba, y lo poco que Sina veía normalmente era la espalda del caro abrigo de Lisbeth subiendo las escaleras. El director y su esposa se habían marchado del centro hacía muchos años, se habían mudado a un palacete hecho a su medida en Toppåsen. Pero ella oía los rumores, por supuesto. Siempre había comentarios sobre el jefe. Sobre el hecho de que su esposa nunca lo acompañara a los viajes y convenciones. Sobre quién había visto y quién había oído y a quién le habían ofrecido esto, aquello o lo de más allá. Sobre lo furioso que se puso Harald Høie cuando su hijo le anunció que quería ser enfermero,

145

en vez del director de cuarta generación de su empresa de materiales de construcción.

Ojalá Armand hubiera hecho lo mismo que Joachim Høie y hubiera encontrado una vocación, ojalá hubiera aprendido a demostrar sus conocimientos y a tener compasión, ¡lo orgullosa que habría estado de él! No le exigía un diploma ni un título, pero sí un objetivo y un poco de impulso. Armand no tiene ni lo uno ni lo otro. Y por eso Sina se avergüenza de él.

—¿Por qué estás tan nerviosa, Sina? Ya es el tercer cigarrillo que te fumas, ¿qué ocurre?

Maya disimula su reproche con una sonrisa, pero su manera de fruncir la nariz es bastante explícita. Sina apaga el cigarrillo con gesto pensativo y levanta la vista hacia Maya con cierto aire de culpabilidad. Si se lo llega a decir cualquier otra persona se hubiera encogido de hombros y habría seguido fumando, pero Maya conserva su aura de autoridad de la maestra que fue. Juzga todo lo que hacemos tras esas gafas de sol, piensa Sina.

—¡Nada! Estoy por aquí y...

¿Y qué? ¿Temes la llegada de Armand? ¿Porque no sabes lo que quiere? Pero, por supuesto que lo sabes. Armand vendrá a Fiyi porque en casa le ha fallado algo; se ha quedado sin dinero y ahora espera que aquí le caiga algo fácil y lucrativo. Espera que conseguirá camelarse a alguien y hacerse con algo que todavía no sabe lo que es, pero a lo que se muere de ganas de echarle las garras. El chocolate, se le ocurre de pronto. La aventura de la que ella formará parte. Ella, Sina. No Armand.

—Bueno, tienes muy mala cara —dice Maya—. Ven a dar un paseo conmigo, te sentirás mejor.

Sina niega con la cabeza.

—Hace demasiado calor, no tengo energía.

—Hace el mismo calor que ayer —insiste Maya—. Vamos, seguro que en algún punto pillaremos un poco de brisa.

Pero Sina tiene su excusa preparada.

—No puedo, tengo que ir al médico —dice—. ¿Recuerdas que te comenté que tenía una cita hoy? Vilivo me va a llevar a Rakiraki.

Maya se quita las gafas de sol y sus ojos azules aparecen claros y fuertes.

—¿Quieres que te acompañe?

Sina niega con la cabeza.

—No, no hace falta. Es solo una revisión. Y para recoger los resultados de los análisis de la última vez.

No se ha atrevido a comentárselo a sus amigas. Creía que aquel episodio de su vida había terminado hacía muchos años, y cuando volvió el otoño pasado, no era con la regularidad y la facilidad de antes, sino que brotaba en forma de estallidos oscuros y pegajosos. Como el grito de un lugar olvidado, misivas desagradables de un órgano que ya no es necesario. Una molestia y una plaga; ella no tiene tiempo de estar enferma ahora que empiezan a pasar cosas por aquí, la producción de chocolate y todo lo demás. Piensa en ello lo menos que puede. Probablemente no sea nada.

Pero Maya interviene y no le dora la píldora.

—Que te lo quiten —le suelta—. A mí me lo extirparon hace años. —Su voz suena neutral—. Sangraba y sangraba, lo más fácil era quitarlo todo. —Se encoge de hombros y mira a Sina—. No tengas miedo, no hay ninguna diferencia. Una cosa o la otra.

Sina se limita a asentir con la cabeza, ya hace un tiempo que esa cosa o la otra no le importan lo más mínimo.

—Probablemente sea una tontería —dice—. No estoy preocupada.

Maya la examina un momento.

—Sí lo estás —concluye—. Pero, ya te digo, no hay nada que temer.

Vilivo deja a Sina frente al edificio de ladrillo amarillento con una cruz roja desteñida pintada en el muro. El cartel de la

147

puerta dice «Centro de Salud»; unos hilillos marrones del óxido de los tornillos caen por el yeso. Quedan que la pasará a recoger en una hora y Sina se apresura a entrar en la sala de espera. El doctor de mujeres, como aquí lo llaman, solo viene a la clínica una vez a la semana, y las sillas alineadas contra las paredes están casi todas ocupadas por mujeres embarazadas. Vientres protuberantes y pies hinchados, caras flácidas por el calor y las hormonas. ¡Parecen tan jóvenes! Algunas van acompañadas de familiares; se sientan y juguetean con los móviles o se mueven nerviosas en la silla mientras madres y tías hablan entre ellas y sueltan carcajadas inesperadas. Una mujer de rasgos chinos, con el pelo blanco y el rostro impasible de una esfinge, se sienta en medio de toda esta fertilidad exuberante y burbujeante. Lleva zapatillas de atletismo y unos pantalones grises con las rodillas abiertas; el vientre abultado le sobresale por debajo de la maraña de tela en el frontal de su túnica, casi del mismo tamaño que el de las jóvenes preñadas.

Sina encuentra una silla vacía. No hay ni revistas en la mesita ni una fuente de agua fría con vasitos en el rincón, solo una gran balanza en el suelo, junto al mostrador, y un monitor de presión arterial en un soporte.

—Madam, por favor...

La pesan y la miden delante de todas, y está convencida de que las miradas descaradas no se deben a que estén juzgando su peso, sino a que en general muestran interés. Aquí todo el mundo tiene algo que se ve obligado a compartir. Le meten un termómetro por el oído y anotan la temperatura antes de que la enfermera le indique que puede volver a sentarse en su silla a esperar. Está claro que pasará un buen rato antes de que le llegue el turno.

La mente de Sina vuelva a volar hacia Armand. ¡Dichoso Armand!, piensa, y mira a su alrededor, como si temiera que alguien le hubiera oído el pensamiento. ¿De dónde ha sacado su hijo las 15.000 coronas que vale un billete a Fiyi? Oh, por el amor de Dios, de pronto se le ocurre: ¡será mejor que el billete sea de ida y vuelta! La posibilidad de que Armand vuele a Fiyi sin billete de vuelta le revuelve el estómago. No puede esperar más, tiene que contárselo a Kat esa misma noche.

—¡Madam Sina, por favor!

Se levanta con tanto ímpetu que la sangre le sube de golpe a la cabeza y tiene que pararse un momento antes de poder cruzar la sala hasta la consulta del doctor.

—La cirugía es la mejor opción —le dice el doctor de mujeres—. Para andar sobre seguro.

Tal vez la conversación con Maya la debería haber preparado para esto, pero Sina se lo queda mirando con cara inexpresiva. ¿Cirugía?

—Extirparlo todo —prosigue—. Los ovarios también.

Le sonríe, pero con una sonrisa tensa.

—La citología indica que puede haber algo que no esté del todo bien.

«Puede haber». No oye el resto de la frase. Algo sobre el bajo riesgo, con toda probabilidad, y la cirugía es lo único que necesita.

—Así podrá olvidarse del tema —le dice.

¿Bajo riesgo? ¿Eso significa cáncer, o no está seguro? No tiene el valor de preguntarle, simplemente va asintiendo con la cabeza al ritmo de los golpecitos que da el médico con el bolígrafo mientras le habla.

—Para una mujer de su edad, normalmente lo mejor es extirparlo todo.

Ella abre la boca, murmura algo como respuesta.

Tiene que planificarse; tiene que pensar; tiene que encontrar el dinero. Le dice que llamará cuando haya decidido lo que quiere hacer.

26

Kat

Las otras no saben que Sina no paga tanto como ellas al mes. Su estallido aquella primera noche..., ¿cómo podría traicionar su confianza? Revelarles que su primera confesión al llegar, mientras mecía las manos al aire cálido de la noche, fue que no sabía si podía permitírselo? Evy Forgad transfiere puntualmente la aportación mensual de Maya a mi cuenta de Noruega. Ingrid paga su parte en divisa local, y Lisbeth me transfirió lo que ella llama su «dinero del BMW» y me dijo que le avisara cuando se acabara. Aquel momento entre Sina y yo en el aeropuerto, la necesidad que la carcomía, no es asunto que concierna a nadie más.

Y no puede decirle que no a Armand, eso es evidente. Parecía más abatida que nunca cuando me comunicó que su hijo «quiere venir a ver cómo me va. Quiere comprobar con sus propios ojos que estoy bien». Por Dios, ¿no le da vergüenza? Con casi cincuenta años y aquí está, lloriqueándole a mamá cada vez que se queda sin dinero. ¿Por qué tiene que costarle más a él que a los demás encontrar un trabajo y buscarse la vida?

No podía haber ocurrido en peor momento, realmente. Ahora que estamos en plenas obras de la casa dulce y que he logrado convencer a Mosese para que participe en nuestra nueva aventura. Mi capataz sigue mostrándose escéptico con el tema del chocolate, pero le he asegurado que sus condiciones seguirán siendo las mismas. Lo único que cambiará es que reservaremos una pequeña cantidad del cacao que normalmente exportamos y lo utilizaremos aquí. Le describo el producto: chocolate negro, puro sabor de Fiyi, empaquetado en bonitas cajas. Pero Mosese no es muy amante del chocolate. Los granos de cacao que comprueba con un mordisco son amargos y frescos; ese es el único criterio que conoce y que le importa.

En cualquier caso, con Armand no podemos hacer nada. Está a punto de llegar a Korototoka, y Ateca y yo hemos organizado que se aloje en casa de Litia y Mosese. No tengo ninguna intención de ofrecerle una habitación en *Vale nei Kat*.

Ingrid intenta mostrarse optimista:

—Estoy segura de que no se quedará mucho tiempo. Se aburrirá aquí, con nuestro grupo de ancianas, estoy segura. —Intenta hacerme reír—. Lo podemos incluir en la rotación de tareas. Cuando vea que de vez en cuando le toca preparar la cena, empezará a preparar su huída.

Pero no estoy de humor para bromas.

—Bajará aquí a comer, puedes estar segura. ¿Adónde va a ir, si no? Probablemente no le quede ni un centavo.

Ingrid asiente con la cabeza. Su sonrisa se evapora y mira alrededor para asegurarse de que nadie puede oírnos.

—Tienes razón —dice—. Pero todavía me preocupa más saber cómo gestionará los celos. Los celos y la dependencia nunca son una buena combinación.

Celos..., ¿a qué se refiere? Estoy a punto de preguntarle, pero me reprimo cuando Maya aparece por el rincón y sube las escaleras del porche. Se quita las sandalias con calma y se hunde en una butaca.

—¿Sina? —pregunta, buscando con la mirada—. ¿No está por aquí?

En buena parte, creo que fue un sueño. Como cuando has visto fotos de tu propia infancia y no estás seguro de si es la situación que recordabas, o tan solo la imagen que has visto. Mueves la cabeza y te dices que es imposible, que eras demasiado joven, simplemente has mirado el álbum tantas veces que acabas pensando que recuerdas haber estado allí. La foto es real; el recuerdo es inventado.

Las imágenes de la última noche del *balolo* no están en ningún álbum. Pero he pedido que me las describan, una y otra vez, hasta que los detalles se me aparecen contrastados, tan claros como si yo hubiera estado allí en la playa cuando lo sacaron. Como si hubiera estado agazapada en la sombra tras una barca en la playa, y lo hubiera visto todo con mis propios ojos bajo la fría luz blanca de la luna. Es solo una realidad incomprensible, el despertarme cada mañana sin él a mi lado en la cama, que me dice que aquello debió de haber ocurrido. Pero yo no estaba allí. No pude haber estado.

Es lo mismo de cada año: en los días previos al *balolo* el pueblo bulle de excitación y de actividad frenética mientras todos se preparan. Noviembre es *Vula i Balolo Levu,* el mes de la gran noche del *balolo,* y hay redes, cestas, cubos y cañas de pescar artesanales listas y preparadas frente a todas las casas a lo largo del camino. Una noche al año, millones de *balolos,* diminutas serpientes de mar, salen de las profundidades y transforman la superficie del mar en una alfombra fluida y ondulante. La pequeña serpiente de aguas profundas que una sola noche mágica sale atraída por la luna llena para poner sus huevos y su esperma en una sopa gelatinosa: un manjar gastronómico que los habitantes de Korototoka nunca se cansan de comer.

Nunca olvidaré nuestro primer año, las descripciones que oí de los colores fantásticos de los *balolo,* cómo podían variar de rojo a azul y verde iridiscente, marrón y amarillo. Me entusiasmé menos cuando Ateca explicó que solo los torsos de las serpientes flotan para desovar: «¡Las cabezas permanecen en las grutas del fondo del mar!». Su ansiosa descripción de la manera en que uno podía pegarse un atracón con las babosas serpientes me produjo un amago de náusea: «¡Nos encanta el *balolo*, Madam Kat! Nos lo tomamos con las dos manos, ¡así!». Imitó el gestó con las manos y se llevaba puñados llenos de aire a la boca abierta. «O lo hervimos con hierbas, o lo freímos. O lo ponemos en el *lovo*.»

Me atraganté solo de pensarlo, imaginando los millones de gusanos pegajosos y reflectantes. Niklas, en cambio, estaba fascinado con el relato de Ateca. Que fuera crucial estar listo en el minuto exacto, en el agua poco profunda o en una canoa, cuando el mar de pronto cambiaba de color bajo la luna llena y se convertía en una masa ondulante de serpientes con los colores del arcoíris. Que solo tenían unas pocas horas para cumplir con su ciclo de fertilización, perseguidos por redes y cubos por un flanco, por peces avariciosos por el otro. «No hay tiempo que perder —explicó Ateca—. Cuando sale el sol, el *balolo* vuelve a hundirse en el fondo del mar y a ponerse la cabeza.»

Yo me estremecí, pero Niklas le preguntó:

—¿Cómo sabéis exactamente cuándo está a punto de ocurrir?

Ateca nos miró con paciencia, como si no estuviera segura de lo rigurosa que debía ser su explicación.

—Sabemos cuándo es el *vula* correcto, el mes indicado, Míster Niklas. Cuando los plátanos están maduros en el árbol y es el momento de cosechar los *tivoli*, entonces es cuando sale el *balolo*.

Asentí. ¿Quién necesita más precisión que esa?

Pero nunca tuve la tentación de salir con ellos. Si Niklas tenía ganas de meterse en una canoa y balancearse sobre ella en un mar plagado de gusanos, huevas y esperma, ¡adelante!

¿Se sintió molesto? ¿Decepcionado por mi falta de entusiasmo? Intenté compensarlo bajando a la playa aquella primera vez. Cuando nos despertaron con golpes a la puerta: «¡Balolo! ¡El *balolo* está aquí!», me levanté de la cama y bajé con él. El mar serpenteante, lleno de pequeñas olas, el olor a abundante alimento crudo y sin cabeza.... El caos en la orilla, los hombres que subían a sus botes. Salote corriendo con un cubo en cada mano, Ateca y Vilivo, Litia con sus nueras. El rostro de Niklas iluminado por la expectación mientras se subía a la barca de Jone. Me quedé allí, contemplándolos un rato, rastreando la sombra que avanzaba cada vez más adentro, serpenteando como un enjambre vivo y multicolor. Un viaje al que elegí no acompañarlo, iluminado por una luna que me acompañó hasta que llegué a casa.

Estaba profundamente dormida cuando volvió, y ni siquiera me di cuenta de que se acostaba a mi lado. Cuando me desperté, prepare café y le pregunté cómo había ido.

—Entonces, ¿has comido *balolo* crudo con Jone y Vilivo?

Se rio por toda respuesta. Se agitó el pelo, blanco y espeso y soltó una sonora y profunda carcajada.

—¡Si optas por no sumarte a una aventura, luego no tienes derecho a hacer preguntas!

Después de eso, ya nunca me preguntó si quería acompañarlo. Simplemente, se levantaba de la cama tan pronto como oía que aporreaban la puerta; yo apenas lo oía cuando regresaba de puntillas por la mañana.

Aquella noche de noviembre, hace un año y medio, es ahora una serie de imágenes intermitentes y desenfocadas. Madera a la deriva flotando sobre las olas. Pero sé que me desperté, sé que oí la voz profunda de Akuila fuera: «¡*Balolo*, Míster Niklas! ¡Salimos ahora!». Sé que me quedé ahí, en silencio y a oscuras, y vi su silueta marcharse por la puerta.

Lo vi marcharse, pero no le dije nada. Salió de casa solo.

¿Qué queda de aquella noche? Fragmentos de sueños y mentiras y esperanzas. Cosas que oí, historias que ya no se cuentan. Pero estoy segura de que yo no corrí hacia las barcas de la playa. Que imaginé cómo debía de ser la escena, pero que yo no estaba. Sé que visualicé a Litia con su lata de galletas, con su expresión sombría suavizada por la perspectiva de una comida deliciosa. Oí las voces de Jone dando órdenes a sus hijos, visualicé a Vilivo corriendo a la playa a devorar cientos de gusanos apilados. Pero no bajé. Yo no estaba cuando Sai vino corriendo con la pequeña en brazos, la niña de rizos color caramelo y piel dorada y luminosa. No estaba cuando Niklas pasó frente a ellas, madre e hija. Cuando corrió por delante de ellas sin detenerse, se sentó en la canoa de Akuila y se puso a preparar su equipo fotográfico. Cuando Sai se situó al lado de Ateca y algunas mujeres más, Litia con su lata de galletas y las hijas de Jone sujetando una fina red de pescar atada a dos cañas de bambú entre ellas; yo estaba en la cama, en mi habitación. Y cuando la canoa de Akuila volvió, la vaciaron de cubos y redes y dio media vuelta para volver a salir, yo no tenía ni idea de que Niklas se había quedado en la orilla: «Salid vosotros, yo tomaré unas cuantas fotos desde aquí. Creo que por hoy ya he tomado bastante *balolo* crudo». La risa en su voz me la imagino, no la oí. Y cuando les echó una mirada rápida a Sai y a su hijita antes de dar media vuelta, yo no estaba.

He oído la historia en varias versiones interminables. En informes policiales mal redactados, en la desesperación llorosa de Ateca. «He hablado con todo el mundo, Madam Kat, y nadie lo vio. Todos pensaban que había vuelto a casa; le había dicho a Akuila que ya había tomado el suficiente *balolo*. Nadie oyó tampoco nada. Si hubiera necesitado ayuda, habría gritado, ¿no? Pero nadie oyó nada. Tiene que creer que fue su corazón, Madam Kat. Como dice en los papeles de la Policía. Se le paró el corazón, y se cayó y se quedó atrapado en las raíces del manglar. Son largas y enredadas, Madam Kat, y Míster Niklas..., creen que se quedó atrapado con la cabeza bajo el agua. Y cuando el hijo de Jone lo encontró... Solomone estaba andando un poco más lejos, por la playa, con su red, y entonces fue cuando lo vio. Allí, en el agua.

En este punto del relato de Ateca siempre tengo que asentir. Es el punto preciso en el que nos intercambiamos los papeles y yo tengo que consolarla a ella, para asegurarle que no pudo haber hecho nada, que nadie pudo haber hecho nada.

Y yo no estaba. Son las imágenes que tengo en la cabeza, el álbum que hojeo en mis sueños y que me hace inventar cosas. Me hace revivir mis pasos hasta la ventana y ver su espalda con la mochila negra de la cámara colgada, desapareciendo mientras se aleja hacia las barcas y la muchedumbre ilusionada y ruidosa. Son las cosas que me han contado, las que forman las imágenes en mi cabeza de los botes saliendo, yo misma poniéndome unos vaqueros y una camisa de algodón, y sentándome allí, a oscuras, totalmente vestida. No siento emociones ante esas imágenes, no tengo pensamientos en la mente. Como en una película, me veo esperando quieta mucho tiempo. Y luego, saliendo y bajando las escaleras del porche, andando en dirección al griterío en la orilla, pero quedándome en la sombra, tras la franja de hierba gruesa y cocoteros que separa la playa de las casas más al interior. Sé que es solo mi confusión, fragmentos de deseos y miedos, lo que de noche proyecta la película en el ojo de mi mente. Yo no esperaba a oscuras tras la barca varada en la playa. No vi una silueta alta con una mochila que andaba lentamente entre los árboles del manglar y se inclinaba hacia la superficie, con el ojo clavado en el visor. No fui yo quien lo vio tambalearse, mover los brazos y caer hacia delante. Estirar las manos para sujetarse y dejar caer la cámara antes de que su cuerpo cayera de cabeza en la laguna, con un suave e inaudible chapuzón. No fui yo la que se quedó allí, inmóvil. No fui yo. Yo no estaba.

27

Ateca

Hay algo que no entiendo, Señor. El hijo de Madam Sina vendrá pronto a Korototoka, pero ¿por qué no se aloja con ella? En *Vale nei Kat* hay sitio de sobra, pero no es lo que quieren las madams. Salote tiene otros huéspedes, de modo que le dije a Madam Kat que Mosese y Litia tienen una habitación disponible. Pero luego lo lamenté, Señor. Madam Kat lleva mucho tiempo aquí, en Fiyi, pero sigue sin entender que para los *iTaukei*, la hospitalidad es un deber. No se dio cuenta de que para Mosese no era posible decir no.

Madam Sina no está contenta de que su hijo venga. Tiene una expresión dura, como las piedras que rodean los cimientos de la casa. Madam Sina es *sa qase,* vieja. Ella le dio a su hijo alimento, dinero para el colegio y ropa. Ya es un adulto, ¿no debería ocuparse ahora él de ella? Le pregunté si estaba enfermo, pero ella me dijo que no. Y cuando le pregunté si es difícil para los jóvenes encontrar trabajo en su país, en su voz había risas y lágrimas. «Armand no es joven», me dijo. «Tiene casi cincuenta años, pero él no lo entiende.» ¿Cómo puede su hijo no saber los años que tiene? ¿No ha ido a la escuela?

Tal vez Madam Sina sienta vergüenza; eso lo puedo entender. Yo tengo vergüenza delante de Madam Kat, Señor, ¡aunque no es culpa de Vilivo! Míster Niklas le pagó el colegio a mi hijo, pero, aunque tenga los papeles en regla, no puede encontrar trabajo. No lo entiendo. Las carreteras están en mal estado, los puentes se caen en la estación de las lluvias, el mar está lleno de pepinos de mar por los que los chinos pagan mucho dinero..., ¿y todavía no se encuentra trabajo?

Hay tantas señales que me dan miedo, Señor. He oído ulular al búho del granero muchas veces. Ese sonido vacío y frío que advierte del peligro. Y creo que esta noche habrá truenos; el dios serpiente se mueve y da vueltas por la ladera.

Querido Dios, deja que el hijo de Madam Sina se dé cuenta de la edad que tiene, y deja que ella se alegre de su llegada.

En el nombre sagrado de Jesús. *Emeni.*

28

Ingrid

No son solo sus pies los que experimentan una nueva primavera en Fiyi. Sus pensamientos, sus hombros, su sonrisa... Ingrid se siente toda ella más suelta y relajada. El mundo tiene un equilibrio justo. ¿No es eso lo que siempre ha sabido, en su fuero interno? ¿Que aquellos que trabajan, esperan y resisten, finalmente obtienen su gratificación y pueden llenarse la boca de chocolate?

Parte del material que necesitaban para la casa dulce ya ha llegado. Ella y Kat lo desembalaron ayer, el horno nuevo, la máquina moledora que molerá finamente la masa de cacao. Ateca les ha prometido que Vilivo les ayudará a instalarlo todo; Ingrid solo espera que lo haga sin romper nada. Sus pensamientos vuelan hacia Johnny; sería perfecto si pudiera volver a hacerles una visita. Solo para ayudarnos a ponernos en marcha. Sin más motivo. Una noche no se transforma automáticamente en más noches. La felicidad no es un invitado al que simplemente puedes volver a invitar.

A veces tiene la sensación de que no puede haber ocurrido. La estrecha cama de la habitación en casa de Salote, la luz que no encendieron. La ventana sin cortina cubierta por una mosquitera. El olor a sudor, de él, de ella. Y mientras volvía andando a casa, la luz incipiente del alba, el mismo pájaro que la llamaba de nuevo con su trino claro y nítido. Y sus pasos, más ligeros que nunca.

Ocurrió, Ingrid lo sabe. Wildrid revisa mentalmente las imágenes cada noche. Y Kat lo sabe. Gracias a Dios, Kat lo sabe.

Pensar en Sina hace que una sombra se pose de pronto sobre su plato del desayuno. Sina solo ha saboreado por encima la libertad, piensa Ingrid. Su actitud terca y de «no me importa nada» se ha suavizado, y cada vez pasa más tiempo en la cocina con Ateca para arrancarle los secretos de la cocción del *roro*, cómo han de salarse y removerse las grandes y ásperas hojas de la planta del *dalo* hasta obtener el punto de suavidad ideal para que no rasquen la garganta. Hasta se ha aventurado a decir un par de frases en *vosa vaka-Viti*, provocando grandes carcajadas en Ateca, y Sina no suele inspirar alegría. Pero ahora esto. Armand. Y el sangrado. Que ha empeorado, y se ha convertido en algo más que lo que Sina reducía a un asunto que el médico le insistía que se tomara en serio. Y eso, también, piensa Ingrid, que anoche se atreviera a sentarlas y contarles abiertamente lo que el médico le había dicho, todo esto forma parte del efecto que el sol de Fiyi ha provocado en ellas. Las ha vuelto más cálidas, más cariñosas, más abiertas. Y ahora, ¿terminará todo para Sina antes de que ni siquiera haya empezado?

Pero no quiere dejar que la preocupación le estropee esta mañana. Ingrid se mira las manos mientras se aparta unas migas del regazo: tienen arrugas y los nudillos nudosos, las venas como gusanos densos y bien alimentados. Pero tiene la piel sana y bien hidratada, los poros rellenos del néctar tropical que aquí está en el mismo aire, piensa. Una inyección de colágeno orgánico en cada célula, sin efectos secundarios y unos efectos a largo plazo muy estimulantes. Ingrid se levanta. Le esperan nuevas experiencias. Es domingo y tiene previsto ir a la iglesia. No porque encuentre irresistible el tañido de las campanas, sino porque esta es una pieza más de las que quiere añadir al rompecabezas que es Fiyi.

Se dio cuenta desde el principio de que los domingos allí son sagrados, exactamente igual que recuerda los de su infancia: días suavizados y tranquilos en los que hasta el tiempo, lloviera o hiciera sol, se atemperaba. La diferencia aquí es su propia alegría, cree Ingrid. La expectación reflejada en los ojos de las personas que se dirigen a la iglesia, su convencimiento de que están a punto de formar parte de algo bueno. ¿O era eso también un ingrediente en los bancos de la iglesia de Reitvik, en las caras de las mujeres solteras esparcidas como gotas negras las pocas veces que había asistido a un servicio? Confirmaciones y alguna boda ocasional, la última vez debió de ser hace diez años, cuando bautizaron a Petter. ¿Se escondía también allí el mismo convencimiento feliz en las caras desenfocadas que había tras los himnos? Raramente le ha dado importancia; la iglesia y la religión han desempeñado un papel menor en su vida.

Pero aquí es una historia muy distinta. La iglesia no solo desempeña un papel muy importante en Fiyi; es la piedra angular de la sociedad, la trama y la urdimbre de su tejido. «Con el sistema de jefes locales, por supuesto», reflexionó Maya cuando lo comentaron hace un tiempo. Aunque a veces Maya se desvía del tema, sus miniconferencias sobre la cultura local han resultado más útiles para gestionar situaciones inesperadas que las explicaciones improvisadas de Kat, piensa Ingrid.

«La mayor parte de *iTaukei,* pertenecientes a la etnia de Fiyi, son metodistas, y una parte considerable de la población indofiyiana pertenece a la misma iglesia», les leyó en voz alta Maya anoche, de uno de sus innumerables artículos y libros sobre Fiyi. Ingrid había perdido el hilo brevemente cuando Kat tomó la palabra y se puso a hablar de la espinosa relación entre la iglesia y el autoproclamado primer ministro Bainimarama después del golpe militar de hace unos años; la política en este país configuraba un paisaje complicado, eso había deducido. Comprendió que el líder del golpe detentaba el poder real, que el presidente era una a figura simbólica y que la iglesia metodista debía sufrir tanto la censura como la intervención política.

Pero lo que realmente cautiva a Ingrid, el motivo por el que esta mañana está aquí sentada con un *jaba* recién planchado, esperando a Ateca, es el paso de la procesión semanal por la carretera. Cada domingo por la mañana, mucho antes de que empiecen a sonar las campanas de la iglesia, salen todos de sus casas y se dirigen a las casas de Dios. La mayoría van a la iglesia metodista del padre Iosefa, otros a la capilla blanca, donde se reúne la congregación de las Asambleas de Dios. Una imagen llena de colorido, pero al mismo tiempo contenida: los hombres, por una vez sin sus estridentes *bulas,* llevan camisas blancas de manga corta con cuello, por fuera de sus *sulus* formales oscuros y hasta la rodilla, y corbata. Las mujeres visten sus mejores *jabas,* muchas de rayón blanco y brillante. El pelo rizado y húmedo, recién lavado, con flores frescas detrás de la oreja, y llevan sus biblias en bolsas rectangulares de paja tejida especialmente para ello. Los pequeños, impecables y con zapatos especiales: las niñas con el pelo trenzado y los niños vestidos como versiones en miniatura de sus padres, con *sulus* oscuros y sandalias toscas. Llevan platos cubiertos con papel de estaño en la cabeza, llenos de los bollos o el pastel de *cassava* o el *dalo* hervido que devorarán en un almuerzo comunitario después del servicio. Hay sonrisas y charla animada, pero las carcajadas desatadas no se oyen en esta procesión de gente que va a la iglesia el domingo por la mañana. Es una alegría apacible, piensa Ingrid, no una marcha obligada a la iglesia por miedo o coacción. Se respira una sensación muda de expectación al inicio de un día sagrado.

Ateca la saluda con la mano desde la carretera:

—*Ni sa yadra,* Madam Ingrid, ¡Buenos días! ¿Está lista?

La niña a la que llaman Estrella del Mar va a su lado. Con su cesta sujeta entre las manos, saluda a Ingrid con una sonrisa.

—Hoy voy con Maraia —le explica Ateca—. Su hermana está enferma, de modo que Sai ha tenido que quedarse en casa.

Ingrid sonríe:

—¡Qué bien que quieras venir a la iglesia con nosotras, Maraia!

Sus ojos están llenos de una luz dorada, su vocecita es fuerte y segura.

—Cuando alguien nos llama, tenemos que ir —dice.

Por supuesto, toda la ceremonia es en fiyiano. Ingrid no lo había pensado y se encuentra un poco incómoda. Entiende alguna palabra del idioma de vez en cuando, pero sabe que no será capaz de seguir un largo sermón. Imita a Ateca y a los demás y se quita los zapatos; parece que la norma para sentarse en los bancos de la iglesia es ir descalzo. Pero cuando el órgano, tan desesperadamente lento como lo recuerda de casa, suelta las notas del primer himno, se le olvida totalmente el problema del idioma. Los miembros del pequeño coro, agrupados en una esquina del altar, pasan penosamente las hojas de las partituras, pero cuando abren las bocas y se ponen a cantar, ella se queda estupefacta: una orquesta coral completa suena detrás, delante y alrededor; voces profundas y sonoras en perfecta y delicada armonía. Toda la iglesia repleta de gente, de pie, canta en varios momentos, un verso tras otro, de manera que tanto el órgano como el coro se funden al fondo. Ingrid se apoya en el banco de delante con las dos manos; los cantos llenan el templo hasta el techo, se elevan hasta la luz del sol que entra por las puertas laterales abiertas. La música late y recorre todo su cuerpo, abraza la cruz de madera colgada en la pared junto al coro. Cuando la última nota se desliza hasta un largo susurro de *Emeeeni,* mira a Ateca, atónita.

—¡Armonizáis las voces como un coro de ángeles! ¿Cómo lo habéis aprendido?

Ateca se encoge de hombros.

—El oído y la voz saben qué notas van juntas. Son amigos. Uno sabe lo que la otra necesita. Solo tienes que dejar que las notas vengan a tu boca y salgan por entre los labios.

Sonríe y junta las manos sobre el regazo. Un hombre fornido se dirige lentamente al pasillo central y se pone a leer de una hoja de papel. Ingrid reconoce algunas palabras y nombres, nombres de hombres y mujeres, y hay gestos y suspiros alrededor. Ateca se le acerca y le aclara:

—Nos está diciendo quién necesita ayuda, quién sufre, quién está enfermo y por quién debemos rezar.

163

Si estuvieran en Noruega, Ingrid habría sonreído con suficiencia, hasta habría resoplado con irritación. Pero aquí, descalza y con un pareo a modo de falda, con el cuerpo todavía impregnado por la espléndida música, lo único que puede hacer es asentir con la cabeza.

—Me voy a casa —le dice en voz baja a Ateca cuando la bendición ha terminado y el padre Iosefa encabeza la procesión por el pasillo central para colocarse junto a la puerta principal a saludar a cada uno de los feligreses. La cruz de plata que lleva colgada del cuello brilla bajo la luz blanca.

—Pero ¡si es la hora de comer!

—Lo sé, Ateca, pero prometí volver a casa y ayudar a Kat con...

No se le ocurre cómo completar su inocente mentira, pero no importa. Ateca sabe tan bien como Ingrid que el servicio y los himnos han sido más que suficientes.

Le dedica una sonrisa ancha y tranquila.

—Hasta mañana.

Desde dentro del santuario, oye el tintineo de las tazas y una voz masculina que se transforma en una carcajada.

Vuelve a casa por el camino largo. En vez de pasar por el *bure* del jefe y bajar por la carretera principal, Ingrid va por el lado contrario, a través de un campo de *cassava* por el que desciende hasta la playa.

Sabe que quiere quedarse en Fiyi. No hay nada que eche de menos del despacho del County Bus Service, con sus cubículos grises y el rumor de la impresora en el rincón. Ni las pausas de la comida al mediodía, en las que todos ocupaban siempre los mismos sitios, ni las largas historias de su colega sobre las piedras en el riñón de su perro salchicha. De momento, su piso está vacío, pero tiene previsto pedirle a Kjell que le busque un inquilino para el otoño. No es que necesite el dinero desesperadamente, sus ahorros dan para mucho allí, pero ya no necesita la seguridad de un piso vacío esperándola en su país. Kjell protestará y se quejará, seguro, pero le ayudará. Su hermano reconocerá la lógica de obtener un rendimiento del bien sin usar que ahora mismo no hace más que acumular polvo. Siempre y cuando no le pida que lo venda. No le ayudará a deshacerse de un piso, la única inversión que él considera realmente segura. Ingrid deberá conformarse con alquilarlo.

Wildrid quiere venderlo. Wildrid no mira atrás, no se aferra a las viejas mantas de seguridad. Wildrid quiere vender el piso de su ciudad natal e invertir en *El chocolate de Kat*. Adquirir un aparte de la barca de Jone, plantar melones amarillos en el huerto de atrás de la casa de Kat. ¿Por qué no iban a aceptar un producto nuevo en el mercado de Rakiraki? Wildrid no tiene la paciencia necesaria para aprender el arte meticuloso de tejer paja, pero quiere bailar sobre el suelo firme y blando de estera, sentarse con las piernas cruzadas y golpear el suelo con los puños siguiendo el ritmo de un *meke*. A diferencia de Ingrid, Wildrid sabe bailar: como sus grandes pies siempre han ido descalzos, puede patear con la fuerza justa y con un ritmo intuido mientras canta y da palmas con la percusión. Wildrid domina totalmente el movimiento de las caderas, el ritmo de la rotación de la pelvis que hace crujir la tela *masi* que envuelve el *sulu*, cuando gira y cuenta historias que solo pueden contarse en movimiento. ¿De qué le sirve a Wildrid tener un apartamento en Noruega? ¡Si está a punto de comprarse un sujetador hecho de dos mitades de coco!

Ingrid gira por el campo de *cassava*, que no parece pertenecer a nadie, y percibe la primera imagen del océano. Los destellos de luz blanca se interponen en su campo de visión y proyectan chispas hacia sus párpados. Wildrid se ríe y abre los brazos, llena de energía.

Cuando llega a casa encuentra a Kat sentada junto a la máquina de coser. La aguja avanza por un retal llamativo de tela de *bula,* con flores blancas y rojas sobre un fondo anaranjado.

Se detiene cuando ve a Ingrid entrar por la puerta, desenchufa la máquina y se levanta.

—Vamos un rato fuera a sentarnos. ¿Te importa mirar si queda un poco de té frío en la nevera?

La tarde empieza calurosa y pesada sobre *Vale nei Kat*. Alrededor de la jarra, sobre la mesa, se forma un charco de condensación; Kat cierra los ojos y se queda medio dormida. Pero un ritmo fuerte y palpitante sigue vivo en las caderas de Ingrid, que suelta la pregunta sin previo aviso:

—¿Sabes bailar, Kat?

Siente una punzada cuando se da cuenta de que no conoce la respuesta. Ella y Kat ¿no son amigas de toda la vida? Y aun así, con un recuerdo borroso del baile de final de estudios en el Reitvik High, a mediados de la década de los sesenta, no es eso a lo que se refiere. Se pregunta si Kat sabe... ¿bailar?

Una mirada larga y de reojo bajo un par de gafas de sol apostadas en la cabeza.

—¿Te refieres al baile fiyiano? ¿El *meke?*

Ingrid asiente. Es eso a lo que se refiere.

—No, en realidad no. He visto muchos, pero es un baile complicado. Es un relato, más o menos, sobre un hecho histórico o algo parecido. Los mismos pasos y movimientos se repiten en muchos *mekes,* pero no creo que sea algo que simplemente puedas... —levanta las manos y dibuja los símbolos de las comillas en el aire— aprender. —Ingrid espera mientras Kat se lo intenta explicar—. El *meke* es más que un baile, es... una manera de narrar historias. De asegurarse de que los mitos y las tradiciones perviven.

—Como nuestros cuentos tradicionales —interviene la voz de Maya. Ha aparecido de pronto al pie de las escaleras, levantando la vista hacia Kat e Ingrid. Su frente pálida está cubierta de gotitas de sudor bajo la mata de pelo rizado; se abanica con el sombrero de paja que lleva en la mano—. ¡Dios, qué calor!

—Bueno, sales a caminar en la peor hora del día —le dice Kat, mientras se levanta de la silla a la sombra—. Ven a beber un poco, te voy a buscar un vaso. —Se encamina hacia la puerta

166

mosquitera pero se detiene y se vuelve hacia ellas——: No se parece tanto a nuestros cuentos tradicionales, de hecho. El *meke* tiene más que ver con lo espiritual. Es una conexión con el otro lado, en cierta manera, donde viven nuestros ancestros.

Ingrid se ha tumbado en la hamaca; cierra los ojos y se balancea. Maya se va quedando en silencio en su silla; el rumor de las olas rompiendo contra la playa desolada es ya el único sonido. Un fuerte fragor que entra profundo y vibrante, y luego unas notas más suaves que aletean cuando las olas se retiran. La sinfonía envuelve a Ingrid, la hamaca se va flotando por una cascada de cantos, que llenan sus oídos mientras la sangre le llega a la cabeza.

Wildrid patea descalza. Inclina la cabeza tras el abanico trenzado mientras los bailarines entran en procesión, tocando las palmas al ritmo del tamborín, *lali ni meke*. Una guirnalda hecha de flores rosas de franchipán y de vibrantes hojas verdes le adornan el cuello; su aroma le cubre el rostro como un velo. Sus caderas empiezan a rotar, asimilando el relato que contará. Lanzas sujetadas por hombres con la cara pintada de negro; las bellas hijas del jefe, intercambiadas por costosos dientes de ballena. Canoas que avanzan a golpes rítmicos de remo; dioses que se enfurecen y luchan hasta que las islas se hunden en el mar. Lo que antaño existió y que nunca debemos olvidar.

El *sulu jaba* de domingo de Ingrid tiene un ribete de flores violeta. En el calor tranquilo del porche, se balancean hacia delante y hacia atrás, grandes y florecientes, como un deseo que alguien ha expresado en voz alta.

29

Lisbeth

—¡Es repugnante! —exclama Lisbeth; se estremece y enciende un cigarrillo—. ¡Asqueroso, sin paliativos! ¿Cómo puede alguien ser tan cerdo para hacer algo así?

Los titulares aparecen en el periódico local casi a diario, normalmente ocultos al pie de la página, hacia el final: «Abuelo condenado a 18 meses por violar a su nieta», «Abuso sexual de un hombre a su hija de diez años», «Hombre de 39 años detenido por presunta violación de un bebé».

—No puedo ni imaginarlo. Supongo que ocurre en todo el mundo —suspira, y exhala una nube de humo.

—Ajá —le dice Kat, mirándola—, así es. Pero las estadísticas aquí, en el Pacífico Sur, son peores que la media mundial. Dicen que, a escala global, una de cada tres mujeres experimentará una violación o abuso sexual en el transcurso de su vida. En el Pacífico Sur son tres de cada cinco.

—Oh, Dios..., pero ¿por qué? —Lisbeth frunce el ceño—. Pensaba que la cultura de aquí potenciaba la protección del clan, de la familia, en cierta manera.

—Sí. —Kat reflexiona un momento y añade—: Pero *cultura* es una palabra que puede esconder mucha inmundicia. Aquí, que los hombres se aprovechen de las mujeres, hasta de las niñas, forma parte de la cultura. Y la inmensa mayoría de violaciones y abusos no llegan nunca a denunciarse.

—¿Por qué no?

—Porque el abusador suele ser un miembro de la familia. Los niños viven rodeados de hermanos mayores, de tíos, primos y abuelos que entran y salen como les da la gana; son personas con las que crecen. Así que, si una niña es violada por su tío, al que conoce de toda la vida, ¿le resulta fácil ir a la Policía a denunciarlo? El hecho tendrá consecuencias para toda la familia, probablemente para toda la comunidad. De modo que prefieren mantenerlo en silencio.

—¡Bueno, no es el único lugar en el que ocurre, maldita sea!

La voz de Sina suena dura y alterada. Lisbeth le dedica una mirada inquisitiva. Normalmente, ninguna de las dos participa demasiado en lo que ella llama en silencio las miniconferencias de *Vale nei Kat;* suelen ser Kat e Ingrid, a veces Maya, las que hablan. Pero, ahora mismo, todas las miradas se centran en Sina.

—No es ninguna novedad que los hombres son incapaces de mantenerla dentro de la bragueta. —Sus palabras ocultan cierta tensión y dolor. Lisbeth la mira fijamente, pero Sina no le devuelve la mirada. Un silencio repentino se apodera del porche. Se oye crujir la silla de Sina cuando se inclina hacia delante y alcanza la pitillera de Lisbeth—. Y también confiamos en ellos, ¿no? ¿Es algo singular de Fiyi?

Lisbeth se apoya en el respaldo, se fija en que la mano con la que sujeta la cerilla le tiembla un poco.

—Lo que más me cabrea —la voz de Sina se ha apaciguado un poco— es cuando nos dicen que vigilemos nuestra vestimenta. Nuestro comportamiento. ¡Nosotras! Como si eso tuviera algo que ver con la culpa. Y por cierto —vacila un momento—, no son solo las mujeres con minifalda y grandes escotes las que están expuestas al sexo.

Lisbeth se tensa; ¿le está insinuando algo? Qué cosa tan rara..., ¿«expuestas al sexo»? Como si se tratara de una tormenta repentina o de un accidente de coche. Espera a que Sina continúe.

Pero Sina no lo hace, y la sorpresa por su intervención queda atemperada por el dolor, que flota sobre sus cabezas con el humo gris del tabaco.

—¿Te refieres a la violación? —se decide a preguntar Lisbeth.

Sina se encoge de hombros, como si de pronto le hubiera dejado de interesar el tema.

—Llámalo como quieras.

—Bueno, a la mayoría de nosotras nos gusta, estar expuestas al sexo, como dices.

Kat se ríe entre dientes.

—El sexo consentido, claro.

Sina vuelve a encogerse de hombros. Está claro que no piensa contribuir más a ese debate.

—Bueno, es uno de los motivos por el que estamos aquí, ¿no? —interviene de nuevo Lisbeth—. ¿Cómo nacerían los hijos, de lo contrario?

—Dios mío, Lisbeth, ¡el sexo no es solo para hacer bebés!

Lisbeth pone una expresión avergonzada y murmura un «no, no...». Pero, acto seguido, la carcajada sonora de Kat inunda el porche y Lisbeth está segura de que la ha entendido mal, que su amiga no quería reprenderla.

—Bueno, yo no tengo hijos, pero he estado expuesta al sexo, como dice Sina, y eso me ha hecho feliz. ¿No estáis de acuerdo?

Mira a su alrededor con ojos desafiantes, pero su carcajada sigue resonando por las paredes y cae en el suelo. Y allí se queda, flotando sobre el suelo de madera, como un globo deshinchado.

—Es como el pavo de Navidad —interviene Maya con su lógica aplastante—. No hay nada mejor si lo saboreas muy de vez en cuando. En la temporada adecuada. Pero si te lo ponen en el plato cada día, al final se te quitan las ganas. A veces basta con el olor. O simplemente con pensar en él ya te llenas.

Ahora Lisbeth no es la única que sonríe, sabe que Kat y Sina se están imaginando lo mismo que ella: a Steinar desnudo con muslos y alas. Con la nariz puntiaguda temblando, oliendo el relleno de salvia y cebolla.

—¿Qué te llena?

Ingrid aparece por una esquina de la casa, les dedica una sonrisa despreocupada; lleva en la mano un cuenco grande de plástico lleno de judías verdes.

—Mirad, qué buenas estarán para la cena. ¿Qué estabais diciendo, que os llena el qué? —pregunta mientras lanza sus chancletas al pie de la escalera.

—Nada —dice Kat. La risa aún impregna su voz. Lanza la pelota al terreno de Ingrid—: ¿Y tú qué tal? ¿Lo has dejado, lo del sexo?

Ingrid se queda helada en el primer peldaño. Se vuelve sorprendida hacia la sonrisa curiosa y desenfadada de Kat. Lisbeth siente la empatía crecer dentro de ella. ¡Pobre Ingrid! Con su cuerpo abultado y sus enormes pies. La mirada aguda, la ropa que pide ayuda a gritos. ¡Pobre, pobrecita Ingrid! ¿Cómo puede ser Kat tan cruel?

Pero Ingrid no se ofende; no recoge el cuenco de judías y se marcha tensa e indignada al interior de la casa. Al contrario. Se quita la toalla que lleva alrededor de la cabeza y se seca la cara con ella.

—No, ¿por qué? —Le devuelve la pelota a Kat—. ¡Creo que no he hecho más que empezar! —Su risa es juguetona, como si estuviera compartiendo una broma privada con Kat—. ¿O es que os creéis que para una pálida *kaivalagi* el barco ya ha zarpado?

Lisbeth hace un doble giro, la mira. ¿Es realmente Ingrid la que habla?

Lo es y no lo es. La densa cabellera de punta es claramente la de Ingrid, pero ahora la lleva peinada hacia fuera, más voluminosa. Los ojos marrones sin maquillar, como siempre, tienen una chispa distinta, como si por debajo alguien llevara una sombra de ojos brillante y los labios pintados de carmín. Sus caderas se ven anchas y pesadas con el *sulu* descolorido, pero Lisbeth percibe un ritmo profundo y sinuoso en ellas, una afirmación audaz.

—La obra no se acaba hasta que se apagan las luces —dice Ingrid, antes de recoger sus judías y desaparecer en el interior de la casa—. ¡Y no tengo intención de que ocurra pronto!

El portazo de la mosquitera resuena en el aire unos segundos.

—¡Bueno, bien dicho! —Es Sina la que rompe el silencio—. ¡Las aguas tranquilas son las más profundas, o algo así!

—Ja ja ja. —Kat se ríe—. Ingrid sabe cómo contarlo.

Lisbeth mira a su alrededor, extrañada. ¿Hay algo que no le han contado? Pero antes de que pueda procesar la idea, los ojos de Kat vuelven a apuntarla:

—¿Y tú, Lisbeth? No piensas tener más hijos, ¿eso significa que para ti se ha terminado?

Lisbeth apaga el cigarrillo y posa sus manos huesudas en el regazo. Visualiza sus dedos fuertes, ágiles y con las uñas pintadas de rojo, haciendo un baile elaborado por la espalda de Harald. A él le gustaba sentir cómo le rascaba los omoplatos, no demasiado fuerte, sin arañar, solo lo bastante como para sentir que ella no estaba «allí echada como una masa inerte». «Es lo peor del mundo —le dijo una de las primeras veces que se acostaron— cuando la chica se limita a tumbarse ahí como un saco de patatas.» Ella asintió y sonrió y se aseguró de seguir moviéndose. De recorrer con las uñas la piel pecosa de su espalda, de detenerse justo a tiempo cuando él le daba la vuelta y le sujetaba las dos muñecas con fuerza por encima de la cabeza antes de acabar. La palmadita posterior en las nalgas: «Sabes que tienes un culito muy excitante». La gratitud que sentía. Por tener ese culito tan excitante.

—Claro que no es solo para procrear —dice, sintiendo que vuelve a ruborizarse—. Por supuesto que es placentero... para nosotras también. Es algo... natural —titubea. No sería capaz de llamarlo excitante. ¿Lo ha sido alguna vez? ¿Excitante? Ser excitante, eso siempre le ha encantado. Pero pensar que el sexo es excitante..., ¿lo ha pensado alguna vez?

De pronto, el recuerdo le llena los sentidos. El olor corporal del joven, una sensación oscura y punzante. La flexión de la musculatura de sus brazos cuando la ayudó a levantarse del suelo. El pecho fuerte y duro en el que ella se apoyó —la vergüenza la embarga en silencio—, ¡él la apartó! Pero su cuerpo conserva el calor, un calor palpitante que no es capaz de recordar cuándo fue la última vez que sintió. Un deseo que retumba y le hace tensar las manos en el regazo mientras las obliga a quedarse quietas. ¿Y si se lo hubiera dicho? «Te deseo; ¿puedo tenerte?»

Al cabo de una semana lo vuelve a ver. Lisbeth e Ingrid han ido a Rakiraki en la furgoneta, con Vilivo al volante. Ingrid ha insistido en conducir, pero Kat se ha mostrado escéptica: «El tráfico es horrible en esta época por la cosecha del azúcar; los camiones van como locos para ponerse a la cola del molino de Ba». Y tiene razón, han acabado detrás de pilas enormes de caña de azúcar, y las han adelantado constantemente camiones con cargas aún más altas y sujeción precaria. Llevan las nuevas juntas del depósito del agua, que estaban muy desgastadas, en el asiento de atrás, con un saco de arroz importado del que le gusta a Kat, y nuevas telas para tapizar los cojines del sofá de ratán.

Vencida por el calor, Lisbeth está medio dormida, apoyada en la ventanilla, cuando entran en Korototoka. De pronto, Vilivo pisa el freno y ella sale disparada antes de que el cinturón de seguridad la sujete.

—Perdone, madam, es que tengo que ir a hablar con mi amigo Salesi; está allí, en el campo de rugby. ¡Será solo un minuto!

Lisbeth se gira; Ingrid está profundamente dormida en el asiento de atrás. Se vuelve de nuevo y sigue a Vilivo con la mirada, lo ve corriendo hacia el terreno de césped. Parece como si estuvieran en una pausa del partido; casi todos los chicos están sentados a la sombra, algunos se pasan la pelota tranquilamente. Hombros anchos, pantalones cortos negros. Unas manos grandes aferran la pelota ovalada de rugby. Ruido, entrenamiento, empujones. Uno de ellos se tumba en el suelo de espaldas y extiende los brazos. Ahora Lisbeth ve que también hay chicas, a los lados del círculo, brazos morenos y delgados, el pelo recogido en graciosos moñitos, la timidez camuflada en sus risitas. Se sientan en el suelo con las piernas cruzadas, con sus vaqueros cortados a modo de *shorts* y beben un refresco amarillo en botellas de plástico. Vilivo se acerca al grupo, donde un chico acaba de tumbar a una chica de espaldas, en plan de broma. Ella se ríe y patalea en su dirección; sus largas piernas bailan en un juego de sombras bajo el árbol. El muchacho se agacha y le agarra un tobillo, finge que va a arrastrarla por el suelo, alejándola del grupo, pero ella protesta con chillidos y le lanza la botella de refresco. Cuando llega Vilivo, el muchacho suelta a la chica. Se levanta y se dirige a él, lo saluda con una amplia sonrisa. Lisbeth siente que el rubor de sus mejillas le inunda el resto del cuerpo como una ducha. Tiene ganas de hundirse en el asiento, de desaparecer tras sus gafas de sol. Es él. El antebrazo de piel muy lisa con esos torpes tatuajes azules. La sincera preocupación en sus ojos: «¿Madam, está usted bien?». Lleva unos zapatos brillantes y nuevos. Negros, con franjas verdes fluorescentes a los lados.

Los chicos acaban su conversación. Su atracador choca los cinco con Vilivo y se vuelve de nuevo hacia su amiga. Arranca un poco de césped y se lo lanza antes de retorcerle cariñosamente el brazo. Ella grita y explota en una retahíla de vocales que se entremezclan alegremente con sus risas.

30
Kat

Tiene exactamente el aspecto que me había imaginado. Una mezcla de *cowboy* de medio pelo y de hombre de negocios patético y fracasado. ¿Soy cruel? Con la cazadora de cuero negro colgada del brazo, una camisa azul claro con marcas de sudor en la espalda, un poco demasiado desabrochada.Y la barriga que le sobresale por la hebilla grande y brillante del cinturón.

Pero cuando Armand Guttormsen abraza a su madre, lo hace con algo parecido a la felicidad. Se abalanza sobre la figura regordeta de Sina y la estrecha con fuerza. Mantengo la distancia hasta que el momento de reencuentro ya ha pasado, y su manera de estrecharme la mano me sorprende: es firme y prolongada.

—Así que usted es la dueña de la plantación —me dice, con voz afable y ruidosa—. Gracias por venir a buscarme.

Venir a buscarlo... ¿Tenía alternativa? Su cortesía sonriente me dificulta mostrarme cortante como tenía previsto, y lo que sale de mi boca es:

—Es lo mínimo que podía hacer.

Su sonrisa se ensancha; es obvio que está de acuerdo.

Dormita la mayor parte del trayecto. Un día y medio de viaje resulta agotador, y él tiene problemas de espalda, por desgracia. Los tiene desde hace años, nos cuenta mientras se acomoda en el asiento del copiloto.

—Y no hay precisamente mucho espacio para estirar las piernas en esos asientos de avión apretujados. Si te puedes permitir volar en *business,* es otro rollo, pero...

Sina desvía la vista avergonzada, como si fuera su culpa que Armand tenga que viajar en clase turista. Yo siento que se me empieza a acumular la rabia.

—Bueno, tampoco hay demasiada gente que pueda permitirse volar a Fiyi. Eso ya es bastante caro, ¿no? —digo.

En vez de responderme, Armand se vuelve hacia su madre, que va en el asiento de atrás.

—No he sacado mucho por tu coche, por cierto. La carrocería tenía mucho más óxido del que pensaba. —Ahora baja la voz, pero lo sigo oyendo—. Cuando mi socio empiece a funcionar realmente con lo de Lituania te devolveré el dinero. Con intereses, lo prometo.

Veo la mirada inexpresiva de Sina por el retrovisor, que aparta del rostro de su hijo y se desvía hacia la ventanilla. Él vuelve a mirar hacia delante.

—Creo que me dormiré un rato —dice—, si no os importa. No tenéis nada de beber, ¿no? ¿Un poco de agua o algo? Aunque una cerveza me sentaría de maravilla, ahora mismo, la verdad.

Al llegar a casa, Lisbeth e Ingrid tienen el almuerzo preparado. Sonríen a los cumplidos de Armand, y Lisbeth no deja de llenarle el plato. Se ha puesto más sombra de ojos de la habitual y un collar con grandes y brillantes diamantes de imitación. Se ríe cuando el hombre le lanza un guiño coqueto; Lisbeth no puede evitar hacer de Lisbeth, al fin y al cabo. Pero hasta Ingrid se ríe con sus tontas ocurrencias. Al cabo de un rato me siento con la necesidad de tomar aire y me invento que tengo que hacer un recado en el pueblo.

—Vuelvo en una hora, más o menos —le digo a Armand—. Entonces te puedo acompañar a la casa de Mosese y Litia, para que veas dónde te alojarás.

—No hay prisa —responde sin mirarme—. Aquí estoy perfectamente. —Se inclina hacia su madre y le da unas palmaditas en la mano. Y con voz fuerte y jovial añade—: Me alegro de que estés tan bien aquí, mamá.

Salote está sentada en el peldaño de arriba de la entrada de su casa. Me saluda nada más verme llegar:

—¡*Bula,* Madam Kat! ¿Necesita algo?

Se levanta y saca la llave del candado.

Niego con la cabeza y le digo que solo he salido a dar un paseo.

—Llevo demasiado tiempo sentada en el coche hoy, Salote.

La propietaria de la tienda está bien informada, como de costumbre:

—Sí, ha ido al aeropuerto.

—Exacto. El hijo de Sina acaba de llegar.

—Sí, el gran jefe de Australia.

Intento aclararle:

—El hijo de Sina no es de Australia, es del mismo país que yo. Noruega. En Europa.

Salote asiente con la cabeza, no hay problema. En Korototoka, el extranjero significa automáticamente Australia, que ya está lo bastante lejos.

—Y Armand no es el jefe de nadie. Que yo sepa, vaya.

La expresión de Salote es ahora un poco más escéptica:

—Pero ¿tiene un negocio? Es lo que dice Ateca, que tiene un negocio, como yo. —Señala orgullosa el candado—. Madam Sina le contó que tiene distintos tipos de negocios. Internacionales.

La última palabra la acompaña de una sonrisa orgullosa, como si ella misma dirigiera un gran negocio de exportación e importación desde su mostrador frente a los estantes polvorientos, llenos de paquetes de galletas y cajas de cerillas.

¡Oh, Dios! Si esto es lo que Ateca ha estado contando, Mosese y Litia deben de tener grandes expectativas sobre su nuevo huésped. Armand Guttormsen solo lleva medio día aquí y ya me ha dado varios disgustos. Pero no es algo que pueda hablar con Salote y me obligo a sonreír.

—Sina está orgullosa de su hijo —digo, apresuradamente—. Supongo que todas las madres lo están.

Nos volvemos a sentar en las escaleras.

—Ateca dice que es un hombre sano, aunque tenga el pelo salpicado de blanco —dice Salote.

Estamos de acuerdo en la conveniencia de tener buena salud. Ella quiere saber dónde está su esposa y cuántos hijos tiene. Le digo que Armand no está casado, tampoco tiene hijos.

—¿Por qué no?

De nuevo, me pregunto qué debe de haber contado Ateca. Le explico que hay muchos *kaivalagi* que no se casan o no tienen hijos. Que se van de casa de sus padres y viven solos y trabajan. Salote se echa a reír tan fuerte que empieza a toser, y tengo que darle unas palmaditas en la espalda.

—¿Y por qué lo hacen? —pregunta, cuando recobra el aliento.

Esa noche celebramos la llegada de Armand con una copa de vino. Ingrid hace de anfitriona, con sus judías y su calabaza del jardín, y hasta a Lisbeth parece gustarle el pollo que ha preparado, aunque flota en una salsa densa y grasienta. Las dos botellas que guardaba en la despensa se acaban en un periquete, y me asombro cuando Armand sugiere otra ronda.

—Un brindis por mamá, supongo, que ha tenido la suerte de encontrar este maravilloso corral de gallinas. ¡Y sin un solo gallo que os moleste!

Se ríe con tantas ganas de su propia ocurrencia que apenas me oye cuando le respondo, disculpándome, que no, por desgracia, la reserva de vino en la casa de las mujeres se ha acabado.

—Bueno —dice, a la vez que se reclina en su silla con desenfado—. ¿Y a qué os dedicáis? ¿Al cacao? —Asiento y noto que se me empieza a atravesar la sonrisa. Sí, nos dedicamos al cacao.

—¿Y se gana dinero con eso? Quiero decir, ¿es este, el gran negocio de esta región?

Estoy demasiado cansada para ofenderme; sé que no pienso tener nunca una conversación seria sobre el aspecto comercial de la finca con Armand Guttormsen.

—Nos las arreglamos —me limito a decir.

Él frunce sus pálidas, casi rosadas, cejas.

—Solo me preocupo por mi madre —dice—. Solo quiero asegurarme de que está segura.

Tengo que morderme la lengua para reprimirme. ¿Qué demonios hace diciendo estas tonterías? ¿Se cree que soy ahora económicamente responsable de Sina? ¿Y quiere asegurarse que estoy a la altura? Dirijo la vista hacia Sina, que mira fijamente a la mesa y juguetea con la cuchara. Se me ha quitado el sueño, hago esfuerzos por saber qué decir.

Pero no tengo nada que decir. Es Ingrid, curiosamente, quien se encarga de contarle nuestro concepto de negocio.

—Empezaremos a hacer chocolate —le cuenta—. Nuestra propia receta. El sabor de Fiyi. Puro y simple. Porciones de felicidad.

Su voz al decirlo... De pronto me ilumino, una conciencia agridulce. Ingrid ha conocido finalmente un par de cosas sobre la felicidad. Del tipo oscuro y suculento, del tipo que reclamas como propio.

Armand no tiene más preguntas. Nos mira a Ingrid y a mí. Piensa, trama, calcula.

Maya ya ha bostezado tres veces y ahora se levanta de la mesa. Sina vuelve a colocar bien su silla y la sigue fuera. Armand mira a su madre, asombrado.

—¿Ya te vas a la cama, mamá? —le pregunta.

Estoy a punto de sugerir que sería buena idea dar por terminada la velada, pero Lisbeth va un paso por delante.

—Maya está cansada —interviene—. No ve muy bien a oscuras, y Sina le ayuda para que no tropiece con nada. En especial si ha bebido un poco —le explica a Armand con una sonrisa.

La mirada que le dedica no deja dudas sobre que lo que acaba de decir no es aplicable a ella; Lisbeth puede tomar un par de copas cuando quiera sin que le afecte al equilibrio. De pronto se levanta.

—Puedo acompañarte a casa de Mosese —se ofrece, espontáneamente. Se arregla bien la blusa verde por encima de las caderas y se peina un poco con los dedos—. Así me puedo fumar un cigarrillo en el camino de vuelta.

Armand aparta su plato.

—Bueno, quién puede resistirse a semejante oferta. —Le sonríe—. ¿Me invitarás a un pitillo? —Luego me mira—: Muchas gracias por esta deliciosa cena. ¿Le das las buenas noches a mi madre de mi parte y le dices que la veré mañana? —Y sale por la puerta con Lisbeth.

La cabeza me palpita y me da vueltas, tengo las dos copas de vino ahí alojadas y pienso que debería acostarme. Pero Ingrid sigue levantada y sé que está pensando lo mismo que yo. Me vuelvo hacia ella con tanto ímpetu que mi silla rechina contra el suelo.

—¿Te lo puedes creer? —Ingrid pone los ojos en blanco—. ¡Qué maleducado! Pero ya lo sabíamos. Tal vez no debería haberle dicho nada del chocolate. No sé por qué lo he hecho.

Me encojo de hombros. Da igual. Es evidente que el hijo de Sina es un avaricioso en cualquier circunstancia.

Ingrid suelta un suspiro profundo. Apoya los codos en la mesa.

—Creo que no tener hijos puede ser una bendición —dice—. El miedo a todo lo que puede ocurrirles. La preocupación por su futuro...

Sé exactamente de qué habla y acabo su reflexión:

—La decepción por cómo acaban. —Se hace un momento de silencio. Tal vez sea el vino, tal vez sea Armand, no sé muy bien por qué lo digo—. Habría preferido tener una niña, yo.

Una mata de pelo rubio caramelo, una manita pequeña y fina en la mía.

Ingrid no responde y cierra los ojos tanto rato que me pregunto si se ha quedado dormida.

—Es posible —dice—. Así es más fácil saber lo que los hace vibrar. No lo sé. —Hace una larga pausa antes de proseguir—. No conoces a Simon y Petter, los nietos de Kjell. No tenemos nada en común, absolutamente nada. Viven en un mundo del que no sé nada de nada. Pero cuando me vienen a visitar, nos lo pasamos muy bien. Sin más. Lo único que esperan es comer bien, y yo no tengo ninguna pretensión de meterme en sus mentes. No hay nada dramático, ningún sueño por cumplir. Simplemente, lo pasamos bien.

Me siento exhausta por este día; la cabeza me da vueltas y no sé adónde quiere ir a parar Ingrid con su razonamiento:

—¿Porque son chicos, quieres decir? —Me sorprende la beligerancia de mi propia voz—. Sin los sentimientos ni las esperanzas ni los sueños... Sí, llámalo drama, si quieres. ¡No hay intimidad!

En la mirada serena de Ingrid se posa una sombra, y ella niega con la cabeza con firmeza.

—No es cierto. Adoro a estos chicos. Siempre he formado parte de su vida. ¿De cuántas personas puedes decir lo mismo? El amor y la responsabilidad están entrelazados.

La noche no me da ningún consuelo. Tengo uno de esos sueños insoportables en los que una parte de mí sabe que estoy durmiendo y que no es real, pero no puedo alejar la otra parte de mí, aterrorizada, de la pesadilla. Estoy tumbada en la playa con las piernas en el agua. Sube la marea y no puedo moverme. Tengo los brazos y las piernas paralizados, no puedo hablar ni pedir ayuda. El agua sube y sube por mi cuerpo; la siento cálida y reconfortante, subiendo suavemente en pequeñas olas. Pero, aun así, el terror me invade. Lo único que soy capaz de mover son los ojos; los giro de un lado al otro con la esperanza de encontrar ayuda. Las algas se me pegan a las piernas, pequeños cangrejos cavan agujeros en la arena y se encaraman por mi cuerpo. Ahora ya solo tengo la cara fuera del agua; aspiro aire por la nariz, desesperada. Una gran estrella de mar azul brillante llega con una ola y se me abraza al cuello, como si quisiera consolarme. Pero ¡no quiero consuelo, quiero respirar, levantarme, ser libre! Giro las pupilas hacia la palpitante criatura marina, le envío una señal con los ojos: «¡Vete! ¡Déjame en paz!» Algo suave me hace cosquillas en el mentón, fluye por mi cara con el agua y las olas, me ahoga con sus rizos dorados. Estrella del Mar me mira con los ojos llenos de pesar y me llena la boca de lágrimas.

31

Ateca

Querido Dios:

Sé que en el Cielo viviremos todos rodeados de riqueza y de gloria. No importa lo mucho o lo poco que tengamos en esta vida. Por favor, enséñame a ser humilde y a apreciar lo que tengo.

Pero ¡es tan duro ser pobre, Señor! Sabes cuánto querría darle a Vilivo lo que él desea. Nunca pide cosas innecesarias, y no tener trabajo no es culpa suya. ¡Y ahora que tiene esta nueva oportunidad! Jugar a rugby en el Korototoka contra el Nausori en su partido de ida, el sábado. Pero ¡no podrá jugar en un partido de la liga de verdad sin el calzado adecuado, Señor! Ni siquiera me ha pedido las zapatillas más caras: «Solo 89 dólares, *Na*, ¡y son muy buenas! Negras con franjas verdes. Las mismas que tiene Salesi». Pero 89 dólares son casi el salario de una semana, Señor. ¡Y Míster Armand se ofreció! No fue mi culpa que nos oyera hablando de eso con Madam Kat. «¿Me permitís ser patrocinador de rugby? —dijo—. ¿Para agradecerle a Ateca que me encontrara un alojamiento tan perfecto?» Su sonrisa quedó suspendida en el aire, grande y redonda como un huevo frito en una sartén. Vi que a Madam Kat no le hacía ninguna gracia; su boca expresaba disgusto. Pero Míster Armand insistió e insistió, hasta que finalmente accedí, y entonces le di las gracias. Después no pude reprimir la risa; se me escapaba de la boca a grandes carcajadas. Míster Armand se asustó y salió corriendo de la cocina.

Creo que a Madam Sina tampoco le gustó. Esta tarde parecía triste, como si hubiera recibido malas noticias. Perdóname, Señor, si he aceptado el dinero, pero ¡no era para mí! Y he estado pensando que probablemente Míster Armand tenga dinero de sobra.

Esta noche le he dicho a Vilivo que no podemos volver a aceptar nada más de Míster Armand. Estoy segura de que lo ha entendido, aunque se ha limitado a meterse el dinero en el bolsillo sin mediar palabra. Por favor, ayúdale, Señor. Ayúdale y deja que encuentre trabajo, para que pueda mantenerse, hacerse mayor y fundar una familia.

En el nombre sagrado de Jesús. *Emeni.*

32

Maya

La franja de arena por la que camina se va estrechando más y más. La hierba alta invade la playa desde la colina, las casas con techo de paja se van haciendo pequeñas y desaparecen detrás de Maya. El fuerte hedor de las pilas de algas secas, cocos verdes medio podridos y restos de comida, le hace arrugar la nariz y detenerse.

Está de pie en una playa. Maya se mira los pies. Las tiras de sus sandalias negras de goma están espolvoreadas de arena. Se detiene y se las quita. Se levanta la larga falda de flores que lleva atada a la cintura y anda cautelosamente hacia el agua. Se queda un rato allí y siente la calidez de las suaves olas espumosas que le acarician los pies; da unos cuantos pasos más, mar adentro. Ahora tiene que levantarse un poco más la falda. Se mira las rodillas, la piel arrugada por encima de las rodillas. Vuelve a levantar la vista por encima del agua... ¿Está nadando? No. Maya da media vuelta y regresa a la arena. Apoya los pies en su superficie dura y suave y siente un tierno hormigueo en las plantas, que le sube por las piernas. Se concentra en su interior, siente cómo los granos de arena circulan por su cuerpo, siguen su riego sanguíneo, se cuelan por entre las células. Maya ve una imagen en su ojo mental, una lámina amarillenta que ha desenrollado muchas veces sobre la pizarra. El cuerpo humano desprovisto de piel, con la musculatura en rojo, los tendones rosados. El sistema circulatorio, el esqueleto. Los granos de arena circulan por ella, danzan más allá del largo cuádriceps, se deslizan suavemente hacia la articulación de la cadera. Se queda perfectamente inmóvil y se aísla del sonido todo el tiempo que puede: «¡Maya! Maaaya!».

La mujer que camina hacia ella tiene el pelo rubio cano, fino y lacio. Grita, mueve los brazos y parece agitada. Cuando alcanza a Maya, se queda quieta un momento, recobrando el aliento antes de hablar.

—¡Mira lo lejos que te has ido! ¿No te acuerdas de que teníamos que comer pronto? ¿E irnos a Rakiraki por la tarde? Ahora ellas se han marchado sin nosotras.

Maya mira a la mujer con rostro inexpresivo. ¿Una comida? Ni siquiera recuerda si ha comido o no. Solo tiene ganas de quedarse aquí, con la arena y el sol ondulando por su cuerpo. Abre la boca, pero no sabe qué tiene que decir. Lo intenta, siente que su cerebro busca, barre, rastrea..., pero no. La confusión la altera, la arena le silba en los oídos; mira a la mujer rubia canosa, le suplica con la mirada: ¡ayúdame!

—Ven —le dice la mujer. Su mirada es amable, y Maya siente que la ola pastosa se aleja, dejándole la cabeza por encima del agua.

Sina le da la mano y le ayuda a girarse.

—Espera —dice Maya. Se agacha a recoger sus sandalias antes de emprender el camino de vuelta por la arena donde las olas borran sus pasos.

¿Por qué le pide Kat que le ayude? Maya mira a su amiga con desconfianza. Es de noche en *Vale nei Kat,* y a Maya lo único que le apetece es sentarse a escuchar el reconfortante rumor de las olas. Sigue el humo del cigarrillo del hombre con los ojos. ¿Quién es, de nuevo? Está apoyado en la más delgada de las mujeres, y ella se ríe con ganas de algo que le ha dicho.

—¿Tú has dado algunas clases de economía doméstica, no? —le pregunta Kat con aire convincente mientras le tira del brazo, en un intento de sacarla de su silla.

Maya se suelta el brazo, molesta.

—Noruego —dice, enfáticamente—. De Noruego y de Historia.

—Está bien. —Kat sonríe—. Da igual, ¿puedes venir a ayudarme con una cosa? He hecho un vestido. Está acabado, pero quiero coserle unas cintas en el cuello y no consigo que quede bien. ¿No dijiste que le hacías muchos vestidos a tu hija cuando era pequeña?

Su hija. Evy. Maya puede sentir su pelo rubio entre los dedos, fino y suave, lo que le costaba atárselo en una cola de caballo. El vestido de Navidad que le hizo con una tela de cuadros, verdes y rojos, con el cuello de un verde brillante más oscuro. Llevaba cintas a los lados para atarse con un lazo grande a la espalda. Maya levanta las manos frente a ella y vuelve a atar el lazo. Le sonríe a Kat y se levanta, y camina por delante del hombre del cigarrillo.

La máquina de coser está sobre una mesa en el rincón; Maya sabe para lo que sirve. Examina la tela naranja con grandes flores estampadas, la cinta blanca enrollada al lado. Se sienta en la silla y siente la mirada de Kat como un murmullo en la nuca. Saca un buen trozo de cinta con las manos, lo coloca sobre la tela, queda bonito. Blanco sobre rojo y naranja, los colores la llenan de expectativas; algo está a punto de pasar. Se vuelve y mira interrogante a Kat. Su amiga asiente con la cabeza, animándola.

—¿Lo puedes coser? —le pide.

¿Coserlo? La cinta espera en las manos de Maya, como un animal que se retuerce, incómodo. No sabe qué hacer con ella. No sabe qué hace ella ahí. ¿Qué hace Kat de pie detrás de ella diciéndole cosas que no entiende?

—¡No! —exclama Maya, y se levanta con tanto ímpetu que la silla cae hacia atrás. Cruza el salón a grandes zancadas, sin mirar a nadie, mientras corre hacia el porche y sale por la puerta. ¡No puede estar ahí! ¡La cinta enrollada, las preguntas de Kat! ¡No sabe hacerlo!

El camino está lleno de socavones y no hay luz; aun así, sus pies siguen corriendo. Baja la vista y los mira: ¿qué hace descalza?

¿Y dónde está Steinar, por qué no está allí para ayudarla? Tiene que irse a casa, no sabe qué está haciendo ahí, en ese camino oscuro. ¿Dónde está Steinar? El miedo la invade. No sabe por qué corre colina arriba; ¿ha estado allí alguna vez? Al cabo de un rato debe detenerse, sus piernas ya no son capaces de seguir corriendo. Tiene que descansar, y busca un lugar con la mirada. A su lado hay un camino que lleva hasta una casa, con una silla verde plantada frente a la puerta. Puede sentarse. Maya se sienta, se frota los pies para quitarse la arena y el barro. Tiene los pies sucios.

—¿Va todo bien, Madam Maya? ¿Puedo ayudarle?

El hombre que ha salido sabe su nombre. Lo ha visto antes, pero no hay nada seguro. Hay algo que no acaba de aclararse en su cabeza; todo es confuso, está suelto.

La mira un momento:

—Espere aquí, Madam Maya —le dice—. Voy a buscar a Ateca.

Mientras el hombre se aleja, ella se fija en que tiene las piernas torcidas, como si hubiera caminado desde muy lejos. Se levanta y sigue andando colina arriba. Es de noche, y las ventanas de la casa grande de arriba de la colina están a oscuras. Una viga recorre el techo todo a lo largo, la paja cuelga abundante por las paredes. Maya se dirige a la puerta lateral. No está cerrada, la empuja y entra. Se sienta en el suelo. No hay nadie en la casa. Hay un cuenco grande de madera contra la pared, decorado con conchas marinas brillantes. La pared de encima tiene dibujos de círculos y cuadrados negros y marrones. ¿Por qué está llena de armas esa casa? En el suelo hay objetos punzantes, peligrosos, hachas e hileras de lanzas afiladas. Maya se levanta; ¡no puede quedarse ahí! Tambaleándose, se dirige hacia la puerta y sale fuera. Le duelen las piernas.

—¡Madam Maya! —La figura que tiene a su lado es baja, pero sus manos son grandes, de dedos fuertes y cálidos. La tiene aferrada por las muñecas, le sujeta los brazos con fuerza—. ¡Madam Maya! ¿No debería estar en casa? Está muy oscuro y podría caerse. La acompañaré.

Maya no siente nada, no piensa nada, simplemente se deja guiar por la oscuridad. Solo siente las piedras afiladas del camino que le lastiman los pies y le transmiten un ritmo irregular, pero no desagradable, por todo el cuerpo. Vuelve a casa. La mujer del pelo corto y rizado la está llevando a casa.

33

Sina

Sina lo siente justo debajo de la clavícula. Hay algo en sus músculos que se ha ido relajando, alisando, ablandando. Y su cuello se ha vuelto menos terso, la mandíbula, más floja. Reunidos de nuevo. Los surcos que bajan de sus labios hasta el mentón se han hundido un milímetro más. Los tendones de su cuello están duros, los hombros tensos como lo estaban antes de llegar. Fiyi la estaba llenando con *bula;* ahora se está esfumando, desapareciendo.

Cuando Ateca llegó a casa con Maya aquella noche, ella había estado dando vueltas, buscándola. Maya salió apresuradamente, después de la discusión sobre el vestido, y al principio Kat les pidió que la dejaran.

—Supongo que la he presionado demasiado —les dijo—. Necesita un poco de tiempo para ella.

¿Tiempo para ella? Al principio Sina no lo vio claro, pero todavía tiene muy interiorizado el viejo respeto por todo lo que Kat dice y hace. Pero la expresión de Maya en la playa aquel mediodía..., se notaba que había algo que iba muy mal. Ya no puede seguir engañándose. No puede seguir diciéndose que Maya es solo un poco dispersa, un poco más despistada y olvidadiza que la mayoría. Es algo más grave.

De modo que se levantó y dio la voz de alarma, y le levantó la voz a Kat.

—Podría perderse. O peor, ahogarse. ¡Tenemos que salir a buscarla!

Advirtió la mirada burlona que le dedicó Armand, pero la ignoró como si fuera una mota de polvo en la manga de su camisa. Salió corriendo a buscar a Maya. Sin suerte: los dos caminos, el que subía hacia la tienda de Salote y el que bajaba hacia el muelle, estaban desiertos. El miedo se apoderó de ella, el recuerdo de la expresión vacía de Maya la llevó a buscarla más lejos, más allá del claro que hay tras el vertedero, y hasta la playa. Corrió, gritó, y volvió a correr de regreso, subió las escaleras a grandes zancadas y abrió la puerta de golpe: «¿Ha vuelto?». Hasta que vio a Maya en el sofá, junto a Kat, no recobró el aliento, y sintió el desagradable sabor de la sangre en la boca. No era el momento de preguntar dónde la habían encontrado; la mirada de Maya era turbia y distante, y lo único que Sina deseaba era que volviera a ser aguda y estar despejada. De modo que no esperó ninguna señal de Kat; se apretujó en el sofá junto a ellas y tomó la mano fría de Maya. Acarició sus dedos, rígidos y resistentes, hasta que se relajaron y los párpados se le empezaron a cerrar. Hasta que Ateca se acercó cautelosamente y preguntó si debía ayudarles a acostarla.

Hasta que no se levantó del sofá Sina no advirtió que Lisbeth y Armand seguían sentados a la mesa de la cena. De pronto se dio cuenta de lo fuera de lugar que estaban. Inútiles y pasivos, como dos muñecos vestidos para la cena. Siempre pidiendo, nunca dando.

Desde aquella primera noche, había estado esperando que él lo volviera a preguntar. El brillo en sus ojos cuando Ingrid mencionó el chocolate era aquella expresión que ella conocía tan bien; había oído la calculadora en marcha en su cabeza. Armand había tenido tiempo de sobra para examinarlo todo. Había inspeccionado la casa dulce; les había estado haciendo preguntas, supuestamente inocentes, tanto a ella como a Lisbeth. «¿Qué pensaban hacer, exportar? ¿Oh, de veras? ¿A Noruega?

Qué interesante. O sea que sería importante tener un buen contacto ahí, ¿no?»

—Ya lo tenemos —responde Lisbeth—. Mi hija sabe mucho de análisis de mercado; está preparando una estrategia para la campaña de marketing.

Las palabras suenan totalmente cómodas en su boca; Sina debe admitirlo. No es de extrañar, puesto que Lisbeth las utiliza en sus conversaciones con Ingrid y Kat casi a diario. Pero Armand no resulta tan fácil de impresionar.

—Estupendo —dice él, y Sina reconoce la sonrisa que le dirige a Lisbeth. Oh, la reconoce muy bien—. Claro que necesitaréis a alguien que se ocupe del marketing. Pero lo que también necesitaréis es a alguien que entienda cómo funciona realmente el negocio. Alguien que esté dispuesto a lanzarse cuando haga falta y a tomar decisiones difíciles sin pestañear. Alguien que sepa realmente lo que hace.

Desconecta. Piensa para sus adentros: Lisbeth no es quien toma las decisiones. Es Kat. *El cacao de Kat, El chocolate de Kat.*

Tal vez no haya estado lo bastante furiosa, tal vez ese haya sido su error. Consternada, sí. Avergonzada, también. Y devastada, exasperada. Pero no lo bastante furiosa. Porque Sina sabe exactamente lo que quiere. Quiere que Armand se vaya. Le parece muy atrevido, pero le sienta bien pensar en ello y verbalizarlo en su cabeza. Quiere que se marche de Fiyi y que desaparezca de su vida. Quiere que la mirada de Maya vuelva a ser clara y que vuelvan a sincronizar sus pasos como llevan haciendo desde que se han reencontrado aquí. Y si a Maya le falla el paso, si se vuelve miedosa o tiene un ataque de pánico, los pies de Sina encontrarán el camino para las dos.

Decide ir a Rakiraki esa tarde. Vilivo no está por ninguna parte; suele hacerles de chófer, pero no siempre está en casa, como es natural. Probablemente esté corriendo por el campo de rugby; no se quita las zapatillas negras y verdes que supone que Armand le pagó.

Casi nunca ha conducido la furgoneta; un poco molesta, cree que Kat no confía en ella para que la lleve. No puede ser tan difícil, cuando las normas de tráfico aquí son ridículamente sencillas. Meterte por donde puedas y estar dispuesto a que los autobuses y los taxis hagan lo que les dé la gana. Se está acostumbrando a la normalidad de conducir por la izquierda, y hay una sola carretera que lleva directamente a la ciudad, es imposible perderse. Sina tiene que hacer algunos recados en Rakiraki y prefiere ocuparse ella sola.

Quiere decirle a Kat que se lleva la furgoneta, pero en su habitación no encuentra a nadie. Está impecable como siempre: la mosquitera atada en un nudo, un libro y un vaso de agua en la mesilla. Su ordenador, en una mesa baja junto a la ventana. Está encendido, y un dibujo geométrico con los colores del arcoíris da vueltas por la pantalla. Normalmente lo tiene en el escritorio del salón; es obvio que Kat debe de haber estado haciendo algo privado. Sina siente un ataque de curiosidad y toca el ratón. El dibujo se esfuma y en la pantalla aparece la bandeja de entrada de Kat. Sina se inclina hacia delante. El último email es de *evyforgad@gmail.com*. Lo abre sin vacilar.

Querida Kat:

Gracias por mantenerme informada. No te voy a mentir y decirte que no estoy preocupada, pero al mismo tiempo me admira la manera en que todas estáis llevando la progresión de la enfermedad de mamá. Todas sabíamos que no sería fácil, por supuesto. Desde el primer momento en que el médico mencionó un Alzheimer precoz como posibilidad, nos dejó muy claro que no había cura, y que eso solo podía avanzar en una dirección. Branko y yo hemos hablado de ello a menudo, de lo extraordinarias que habéis sido asumiendo esta responsabilidad.

Me dio mucho miedo lo que me contaste del incidente cuando se marchó en plena noche. Gracias a Dios que la encontrasteis antes de que le pasara nada. No sé qué decir, excepto repetirte lo que ya te he dicho antes: si en algún momento tienes dudas respecto de esta responsabilidad, me subo a un avión y voy a buscar a mamá de inmediato. Habéis hecho mucho más de lo que se espera de unas amigas, por muy íntimas que seáis. Y como también he dicho antes: has de decirles a las demás lo agradecida que estoy por todo lo que hacéis por ella. Cuando viajaban al paraíso, estoy segura de que no esperaban que también conllevaría jugar a enfermeras de alguien con una demencia severa. Y es todavía más difícil, por supuesto, cuando es imposible saber hasta qué punto es consciente ella de lo que le ocurre.

Aquí, en Trondheim, todo va bien. Tengo mucho trabajo; a menudo siento que no puedo pasar el tiempo suficiente con mi hija. Pero supongo que todos nos sentimos así.

A Sina le late el corazón con fuerza; tiene que sentarse para recobrar el aliento. «Alzheimer precoz.» «Asumiendo esta responsabilidad.» «Todo lo que hacéis por ella.»

Maya está enferma. El médico en Noruega les dio el diagnostico antes de que volara a Fiyi. Y Kat lo sabe desde el primer momento. Ha compartido el secreto con Evy y no se lo ha contado a ninguna de ellas, mientras que Evy asume que lo saben. Evy ha creído que lo han aceptado como grupo, como si fuera una especie de final tropical de viaje para su madre. Sina se siente furiosa. ¿Quién demonios se cree Kat que es? ¿Se cree con derecho a dirigir sus vidas, por el simple hecho de que pudo permitirse invitarlas? ¿A manipular la verdad y las mentiras como le dé la gana?

Sina está sentada en la cama impecable, con las manos cruzadas sobre el regazo. Se fija en la máquina de coser del rincón, rodeada de retales de tela, trozos de hilo y un par de tijeras. Hay una prenda de colores chillones doblada a un lado. Blanca, roja y naranja. El vestido de niña que provocó que Maya huyera con un ataque de pánico.

Sina nunca se ha engañado respecto de lo que conocía de lo peculiar de la vida de Kat. Las cartas ocasionales, unos cuantos encuentros breves, fragmentos de cosas que había oído... Cuarenta años no solo dan forma a los secretos, piensa. También dan forma a la manera de guardarlos. De negar o disfrazar. De silenciar y reprimir. De explicarse a uno mismo por qué las cosas han pasado de una determinada manera.

El enfado se le va calmando, como un vaso de agua carbonatada que se ha dejado al sol. Ser amiga de Maya no es una carga, es una bendición. Kat no se ha callado para engañar a nadie, sino para protegerlas. Hay secretos que es mejor preservar. Ella no dirá nada.

Sina cierra el correo. Coge las llaves del cajón de la cocina, sale de casa y pone en marcha la furgoneta. Kat no está en casa, no hay nadie a la vista a quien pedirle permiso.

Se había olvidado de lo liberador que resulta contemplar el mundo a través de un parabrisas. Sina conduce lentamente por delante de las casitas que se alinean en la irregular carretera que cruza el pueblo. Salote está fuera, en las escaleras, con una escoba; un hombre dormita bajo un toldo de plástico frente a la hilera de pirámides hechas de pequeñas naranjas. La esposa de Mosese está sentada frente a su casa con el rallador de coco entre las rodillas; un niño se abanica la cara. Sina alarga el cuello para buscar a Armand por la puerta, pero no tiene demasiadas esperanzas de verlo: duda que pase mucho tiempo con sus anfitriones, aparte de pernoctar en su casa. Hoy aún no ha aparecido por la casa de las mujeres, y nadie le ha echado de menos, piensa Sina. La rabia que siente hacia él le palpita en las sienes, a veces caliente y punzante, otras, en forma de desesperación agitada. Es lo que nadie quiere pensar de un hijo: que nadie lo echa de menos. Armand no es bienvenido.

Pero ¡ella lo quiso, lo quiso de verdad! Sina se inclina hacia delante, sus dedos se encorvan en el volante. Todavía recuerda

195

con total nitidez la conversación con su madre, junto a su cama, en la habitación diminuta que tenía en casa, después de todos los años que han pasado: los lloros y gritos, las acusaciones, los reproches. Los ruegos a Sina para que entrara en razón, para que se deshiciera del bebé. La manera como a cada uno de los ataques de su madre, su convicción se hacía más y más fuerte: quería tener al niño. Y lo haría sola.

Sina mantiene la vista fija en la carretera, da un golpe de volante rápido para esquivar una gallina que manda la rueda delantera derecha a un charco profundo, y su rodilla golpea el salpicadero. ¡Maldita sea! Baja una mano del volante y se frota la rodilla dolorida. ¿Era realmente Armand lo que quería? ¿Un bebé, la responsabilidad de criar a otra persona? Sina no estaba preparada para guiar y asesorar a alguien en el arte de vivir. Las palabras de su madre se le clavan como cuchillos: «¿Y el pequeño, Sina? ¿Crees que será fácil para él, con todos los rumores y el cotilleo?». En aquel momento no la escuchó, creyendo que su madre solo se preocupaba por su propia vergüenza. Pero luego lo vivió, por supuesto, y se dio cuenta de todo: el chico volviendo a casa con moratones inexplicados, los libros de texto con las páginas arrancadas. La cazadora que le había comprado de rebajas y que de pronto ya no quiso ponerse nunca más. Las salidas de sus compañeros a las cabañas a las que no lo habían invitado. Nunca hablaron de ello, ella no había sabido cómo ayudarle. Había creído que, a veces, callarse y mirar al frente es la única manera de proceder. Y él, ¿pensaba como ella? ¿Le ha servido para salir adelante?

Sina se mete por la carretera asfaltada que lleva a Rakiraki y encuentra palabras para explicar la tristeza que ha reemplazado a la rabia y al dolor en la rodilla. Lo único que quería era algo que le perteneciera a ella. Algo que no tuviera nadie más.

Nunca se imaginó que Lisbeth decidiría ofrecerse a rescatarla. Cuando su amiga superó finalmente su asombro —«¿Qué has hecho, Sina?»— tan fariseo —«¡No sé ni cómo se te ocurre tenerlo!»—, dio la sensación de que intentaba tomar también las riendas del problema. Ofreciéndole un trabajo en el almacén, cediéndole las migajas del festín que ella y Harald compartían: «Al menos tendrás algo, ¿no?».

Sina pisa el acelerador. Oye la voz de su madre tratando de convencerla de lo contrario: «No puedo creer que Høie quiera contratarte, ¡con el lío en el que te has metido! Deberías estar agradecida de ser amiga de Lisbeth. ¡Mira cómo te lo está organizando todo!».

Que se lo organizaran todo no había sido el plan de Sina. En realidad, no había tenido ningún plan. Aparte de no volver a pensar nunca más en aquellos escasos minutos en el lavabo de hombres del gimnasio del instituto, cuando el baile de fin de curso había terminado y los únicos que quedaban eran los miembros del equipo de limpieza. «¿Te gusta, Sina? A que te pone, ¿no?» La voz ronca del chico en su oído, la peste a licor en su boca húmeda. Su mano apretándole el pecho con fuerza, la cabeza de ella golpeando la pared cuando la penetró con fuerza. «Te gusta, ¿eh?» La manera en que abrió la puerta del baño nada más terminar, su mirada precavida hacia el pasillo antes de salir. El patio del instituto al lunes siguiente, cuando él ni siquiera se volvió cuando ella le dijo hola.

Lisbeth y Harald Høie siempre estuvieron destinados el uno al otro. El príncipe siempre encuentra a su princesa, así son las cosas. Y, por supuesto, ella necesitaba el trabajo. Necesitaba el dinero. Lo que no necesitaba era la compasión de Lisbeth. No necesitaba la misericordia condescendiente de su amiga, mezclada con un alivio mal disimulado por haberse asegurado su propio premio. Segura en el castillo de la colina con el rey.

Pero se lo hizo saber, más claro que el agua, y sabe que a Lisbeth jamás se le ha olvidado. «Soy yo la que tiene algo, Lisbeth. No tú.»

Sina no está muy segura de por qué nunca dejó su empleo en el almacén. El trabajo nunca fue ninguna maravilla, probablemente podía haber encontrado algo más interesante en otro lugar, aunque solo tuviera el bachillerato. Pero siguió allí, el trabajo no era exigente, y era estable. Se las han arreglado, ella y Armand. Nunca han sido una carga para nadie, maldita sea.

Sina ha terminado de hacer sus compras. Gel de ducha, levadura y harina de patata, zumo de manzana para Maya y una bolsa del arroz especial de Kat. Papel higiénico suave, azúcar blanco de repostería. Ahora pasea por Rakiraki, postergando y atrasando su último recado. Se detiene delante del cine y mira los carteles de atrevidas damas de Bollywood con sus galanes vestidos de negro. Espera frente a la aromática puerta de Hot Bread Kitchen, pero resiste la tentación de entrar. Al fin y al cabo, es mejor el olor que el aspecto; los pasteles con el glaseado azul solo saben a azúcar con vainilla artificial.

Se arma de valor y dirige sus pasos hacia la callejuela de la izquierda. El cartel de Dream Travels está descolorido y torcido; al abrir la puerta, el aire acondicionado le da la bienvenida como una pared de hielo. La muchacha india está envuelta en un chal tras el mostrador, y le hace un gesto amodorrado para ofrecerle asiento en la silla frente a ella. Sigue picando en el teclado; las largas uñas hacen un ruido con las teclas que a Sina le produce grima. Finalmente acaba de teclear.

—¿En qué puedo ayudarle?

Sina respira hondo.

—Quisiera saber el precio de un billete de avión de Nadi a Oslo, Noruega. Solo de ida.

Se guarda la hoja de papel que le da la muchacha en el bolsillo con cremallera de su bolso. Unas cuantas opciones de diferentes rutas, precios distintos para fechas distintas. Pero todas llevan en la misma dirección. Fuera de allí.

Sina deja de lado su preocupación por el dinero y le da las gracias a la chica.

34

Ateca

Tengo sueños muy tristes, Dios. ¿Es porque veo tan triste a Madam Sina?

Soñé que estaba sentada en un *bure* en la playa con Vilivo en el regazo. Era pequeñito, un bebé regordete de ojos sabios. Madam Sina estaba tumbada a mi lado; era joven y tenía el vientre abultado. Estaba a punto de dar a luz a su hijo, pero luego, cuando nacía, era una serpiente. Madam Sina estaba asustada, pero yo sabía que el niño estaba poseído. Igual que la criatura nacida de la hija del jefe, en Rewa, que fue maldecido al nacer y no podría convertirse en humano hasta que lo amara otra mujer que no fuera su madre. Yo se lo contaba a Madam Sina, pero ella no quería escucharme. Se levantaba y bajaba hacia la playa, y yo corría tras ella con Vilivo en brazos. La serpiente permanecía allí, recién nacida, sin mover un solo músculo.

Más tarde, en el sueño, Madam Sina volvía a bajar a la playa, con Madam Maya a su lado. Yo caminaba tras ellas; el aire era denso y quieto. Miraba hacia abajo, a las huellas que dejaban en la arena, y de pronto me daba cuenta de que los pies de Madam Sina eran los únicos que dejaban huella. Las huellas que dejaba Madam Maya se borraban tan pronto levantaba el pie del suelo. Un avión dibujaba un arco muy ancho arriba en el cielo; su casco blanco brillaba tanto que me cegaba. Me incliné sobre mi hijo y sujeté su cabeza muy cerca de mí.

Dios, tú sabes lo que todos necesitamos. Dame buenos sueños, alegra los pensamientos de Madam Sina. Y deja que Vilivo encuentre trabajo, para que pueda mantenerse, hacerse mayor y fundar una familia.

En el nombre sagrado de Jesús. *Emeni.*

35

Ingrid

¡Ya no lo aguanta más! El falso encanto, la arrogancia, las miradas que les lanza a Ateca y a Lisbeth. *¡Lisbeth!*

Ingrid mueve la cabeza; ¡no puede creerlo! Siente pena por Sina, por la vergüenza que le debe de hacer pasar ese patán de mediana edad. ¡Sí, eso es lo que es, un hombre de mediana edad! ¡Por Dios, si Lisbeth es amiga de su madre!

Ingrid se alegra de que los intentos de coquetear de Armand no se dirijan a ella. No sería capaz de aguantarse si le dedicara una de esas sonrisas arrogantes que le lanza a Lisbeth. Es como un hueso que le lanza y que ella roe como un perro hambriento, piensa Ingrid, con una mezcla de lástima y desdén, mientras enciende las velas de cidronela con un gesto rápido de la cerilla.

De noche, Wildrid hace apariciones más y más frecuentes en el porche. Es como si hubiera más espacio para ella en el *sulu* floreado, espacio para respirar en la playa, donde el viento vive en las hojas de palma y le da aire y volumen a su voz. Ingrid se sorprende a menudo retirándose a las sombras, junto a la hamaca, y dejando que Wildrid intervenga en las conversaciones cuando realmente empiezan a ponerse interesantes. Y hoy alcanzan nuevas cotas.

—Bueno, esto está muy bien. Tengo que confesar que no supe qué pensar cuando mi madre dijo que se mudaba a vivir a una comuna feminista al otro lado del mundo —dice Armand.

Lisbeth se ríe como si fuera su turno, y se asegura de dirigir una sonrisa hacia Armand por su lado bueno, el lado por el que no se le ve la coronilla descolorida:

—Feminista... ¡Ya ves!

Pero es Maya quien pica el anzuelo:

—Bueno, ¿con quién pensabas que se iba a vivir Sina? Y, por favor, ahórrate los tópicos sobre mujeres que no llevan sujetador y odian a los hombres.

Maya ha tenido un buen día. Tiene la voz clara, la mirada firme, y las manos tranquilas sobre el regazo, como dos pájaros en el nido.

Armand se retuerce en la silla, pero su voz suena un poco insolente:

—Ja ja, nunca se sabe en qué locuras os podéis llegar a meter, ¿eh?

Ingrid mira a Maya; ¿piensa tolerar realmente toda esta mierda? Desde luego, ella no tiene ningunas ganas de meterse en la conversación. Pero Wildrid lo hace:

—¿A qué tipo de locuras te refieres, Armand? ¿A creer que las mujeres han de tener los mismos derechos y oportunidades que los hombres?

—Vale, vale, pero no se trata de eso...

—¡Se trata exactamente de eso! ¡Ni más, ni menos! ¡No es tan complicado!

Kat también se sorprende, e Ingrid no sabe si hay afirmación o burla en su voz:

—Bueno, ¿qué te parece? ¡Sigues defendiendo tus ideas en la tercera edad, Ingrid!

Wildrid abre la boca, pero Lisbeth la adelanta; las palabras se le escapan por los labios pintados de rosa coral.

—Vale, no es que sea feminista ni nada parecido, pero por supuesto que debemos tener derechos y oportunidades.

—Vale, ¡pues entonces eres feminista! —replica Wildrid—. ¿Por qué te asusta tanto reconocerlo?

Lisbeth se apresura a dar marcha atrás.

—¿Asustarme? No me asusta, no se trata de eso...

—Pues, ¿entonces?

Kat levanta la mano discretamente, como pidiendo la palabra:

—Claro que te asusta, Lisbeth, ¡venga! A todas nos asusta que nos tachen de zorras combativas.

—¿La gente sigue realmente pensando así? ¡Por el amor de Dios, no puedo creerlo! —Todas las cabezas se vuelven hacia Ingrid. El arrebato le palpita en las sienes. Ingrid quiere permanecer sentada, pero Wildrid se levanta de la silla—: ¡Me ofende esa maldita cobardía! ¿Con quién nos estamos disculpando? ¿Por qué demonios creer en la igualdad de oportunidades nos convierte en zorras combativas?

La voz de Maya conserva la calma.

—Bueno, no es exactamente así. Pero, para muchas personas, la palabra *feminista* suena dura y llena de furia. Poco femenina, en cierto modo.

Ingrid se da cuenta de que Maya lamenta de inmediato sus palabras. Pero, antes de que pueda corregirse, Wildrid interviene:

—¿Qué estás diciendo? ¡*Femina* es la palabra latina de femineidad! Y tú llevas años educando a chicas jóvenes... ¡No puedo creer que no les hayas explicado lo que significa la femineidad.

Maya parpadea atónita tras sus lentes; levanta las dos manos como pajaritos asustados que abandonan el nido.

—Yo...

Armand ha estado todo el rato ahí sentado, presenciando la discusión que sin querer ha provocado, lo cual parece divertirle. Y ahora levanta la mano, a modo de juez que pide orden en la sala:

—¡Señoras, señoras! Calma, por favor... ¡Piensen en la presión arterial!

Wildrid está a punto de devolvérsela, pero esta vez Armand es más rápido.

—¿Podemos estar de acuerdo en que hombres y mujeres nacemos distintos? ¿En que no hay nada malo en que una mujer asuma su femineidad?

Nacidos distintos. Asumir su femineidad. Ingrid no puede creer lo que está oyendo. Pero lo único que Armand capta es su propia y rotunda brillantez.

—Os puedo asegurar que nadie aprecia el toque femenino mejor que yo. Al fin y al cabo, ¿qué seríamos los hombres sin vosotras? No hay duda de que tenéis algo que nosotros no tenemos. Lo admiramos; no podemos vivir sin eso. Pero no significa, necesariamente, que seamos iguales, ¿no?

Ingrid siente el agotamiento hundirse como un peso en los hombros. No puede, no puede soportar más toda esa basura. Le lanza una mirada a Kat: ¿no le podríamos pedir directamente que se vaya? Pero Armand sigue diciendo tonterías, y la fatiga se disipa tan rápido como llegó: ¿lo está oyendo bien, realmente?

—Todo esto del negocio, por ejemplo. No es ningún secreto que tengo acumulada una buena experiencia en este terreno, tal vez más que..., bueno, vosotras. —Le hace un gesto de asentimiento a Kat—. No es que quiera restar importancia a lo que hacéis aquí, pero asumo que vuestro supervisor está haciendo buena parte del trabajo, ¿no?

Kat hace una mueca de escepticismo; sus labios dibujan una sonrisa débil.

—¿Mosese? Él supervisa la plantación. No tiene nada que ver con el día a día de la operativa del negocio.

Ingrid visualiza en su mente el gesto incompetente del viejo capataz delante del ordenador cuando ella intentó mostrarle una página web. Ni siquiera está segura de que sepa leer. ¡Qué ingenua ha sido!

—Claro, claro, no tengo ninguna duda de que eres una gran «ceo», Kat. —La sonrisa de Armand probablemente quiere resultar irresistible—. Pero si os proponéis operar a escala «global» —hace un silencio para que la palabra resuene un poco en el aire—, ¿no sería más prudente tener a alguien que conozca el negocio al otro lado? Alguien que entienda de dólares y centavos, ¿sí? Y casualmente resulta que en los próximos meses yo dispongo de un poco de tiempo libre. Mi red de contactos es bastante amplia, por así decirlo, y podría encargarme de hacer algunos estudios.

Kat aprieta los ojos.

—¿Qué tipo de estudios? —dice.

Armand levanta los brazos.

—Nichos de mercado, posibilidades de beneficios. Hablando en plata, estudiar la pinta que tiene el mercado.

—Eso ya lo tenemos cubierto —le dice Kat, con una voz que suena dura; sus palabras, cortantes—. La hija de Lisbeth es una profesional de ese tema.

Por el rabillo del ojo, Ingrid ve a Lisbeth revolverse en su silla, enfocar el cuerpo hacia otro lado, bajar el mentón.

Él fuerza una risa, prepara otra ofensiva:

—Queridas señoras, solo pretendo ayudaros...

Sina ha estado todo el rato en silencio. Ahora apaga el cigarrillo de forma abrupta e interviene:

—Creo que es bastante obvio, Armand. En *Vale nei Kat* nos valemos nosotras solas.

La incredulidad en la cara de Armand es inmensa cuando se gira hacia su madre; Ingrid aguanta la respiración. Armand tiene la mirada emborronada; se le tensa la mandíbula y toma aire con expresión ofendida. Por un momento insensato, Ingrid lo cree capaz de abofetear a Sina y se prepara para saltar de su silla y protegerla.

Pero eso ha sido todo lo que Armand tenía que decir. Las manos le tiemblan ligeramente cuando saca un cigarrillo de la pitillera y se lo enciende. El silencio del porche solo lo interrumpe una enorme salamandra encima de la puerta: ¡toc-toc-toc!

Wildrid se tapa la boca con las dos manos para reprimir una carcajada de felicidad.

205

El aire en la plantación es húmedo y verdoso. Ingrid camina detrás de Mosese; intenta mantener su paso regular y ondulante mientras aparta los insectos que revolotean alrededor de su cara. Mosese tiene una expresión inescrutable cuando se detiene para deslizar los dedos por una baya de color rojo amarillento y la arranca del tronco con un golpe rápido de cuchillo. La abre por la mitad y levanta la parte superior para que las semillas gordas y brillantes queden expuestas, perfectamente trenzadas entre ellas en su sueño que está a punto de ser interrumpido. Ingrid no tiene que preguntar; ha estado allí fuera con él tantas veces que reconoce una fruta de cacao impecable nada más verla. Le sonríe a Mosese y deja que Wildrid hunda los dedos en la carne húmeda y blanca que rodea las semillas. Saca una de las perlas rojo parduzcas y la frota con el pulgar y el índice. Inhala el aroma agridulce, que va hacia los pulmones.

—¿Tiene ayuda suficiente para la cosecha?

Mosese responde como suele hacerlo siempre, echa la cabeza hacia atrás y luego la vuelve a bajar un poco, como si fuera un gesto de asentimiento al revés. Ingrid tardó un poco en entender que el asentimiento hacia atrás significa *sí*, o al menos, no significa *no*. Pero también puede significar que no cree que la pregunta merezca una respuesta. Ingrid debe conformarse con saber que Mosese lleva muchos años ocupándose de la cosecha del cacao en esa plantación. Si le faltaran manos, se lo haría saber. Tiene una familia numerosa; Ingrid supone que todos sus miembros estarán allí ayudando. Hace un nuevo intento:

—¿Será una buena cosecha?

Otro asentimiento hacia atrás.

Se da por vencida. Una cosa es mostrar interés; otra muy distinta es presionar y molestar a Mosese. De todos modos, Ingrid sabe que *El chocolate de Kat* necesita una buena cosecha; ha visto las cuentas y sabe que pronto necesitarán dinero para cubrir todos los gastos que han estado haciendo. En especial ahora que están en fase de inversión, renovando el material de producción, las máquinas y el sistema de refrigeración. Puede que hayan empezado con poca cosa, pero son gastos considerables. La preocupación se le va metiendo en el estómago, este asunto del chocolate fue su idea, al fin y al cabo. Todas se han llenado de ilusión con su propuesta, pero fue ella quien insistió en sacarla adelante. ¿Y si no funciona?

¿Y qué?, replica Wildrid. Fue Kat quien nos invitó a todas a venir aquí a explorar nuevas oportunidades. ¡A eso vinimos! A por pedazos de chocolate, crujiendo libre y fácilmente entre nuestros dedos. El placer fundiéndose en nuestras bocas. ¡Vamos!

Ingrid se deja convencer. Sostiene la baya madura en la mano, visualiza las semillas brillantes fundiéndose y transformándose en el producto que han ideado: un chocolate puro y negro, hecho con auténtica manteca de cacao, tal vez con un toque de coco. Puede oír la voz de Lisbeth: «Tiene que ser un producto exclusivo, pero no demasiado especializado. Debemos centrarnos en su lado saludable, "un pedacito que te sienta bien", insistir en los flavonoides del cacao que mantienen sanas las arterias y mejoran la circulación».

«Un trocito que te sienta bien.» «Porciones de felicidad.» Es un argumento de venta muy astuto. Ingrid está segura de que a las demás les sorprenden tanto como a ella las aportaciones de Lisbeth. No solo su entusiasmo; ella también ha hecho sus pesquisas, y realmente parece tener talento para esto. ¿Es posible que haya aprendido tanto de los cursos de marketing de su hija? Tal vez sea una especie de extensión natural de algo que siempre se le ha dado bien: mejorar y sacar el máximo partido de sus bienes y atributos. Acentuar las partes favorables y mostrarlas para que representen la mejor ventaja.

Ingrid quiere creer realmente en esa aventura. Lo desea tanto que el estómago le da vueltas, desea que *El chocolate de Kat* se haga realidad, quiere mandar porciones suculentas y aromáticas de felicidad a través de los mares. Pequeños bocados de amor tropical desde una playa en el paraíso.

Pero es un riesgo. Es caro y deben mantener las cuentas bajo control. Ingrid sabe lo que ella aporta personalmente a la hermandad cada mes, y un cálculo rápido le dice que, si las demás aportan lo mismo, no basta para cubrir la gran inversión que necesitan hacer, aparte de la manutención diaria de la casa y los suministros. Más el sueldo de Mosese, Ateca y Akuila. Y Vilivo. Y la estancia de Armand. Se estremece. Kat no ha dicho nada de quién paga la habitación y los gastos del parásito, pero Ingrid está segura de saber la respuesta.

¿Tal vez Kat tenga un patrimonio escondido, una fuente de ingresos aparte del negocio del cacao? ¿Podría ser que Niklas le hubiera dejado un montón de dinero? Ingrid mueve la cabeza lánguidamente, lo recuerda: el alto e imponente Niklas. Con su amplia sonrisa y sus grandes ideas. Ingrid los ha visitado por todo el mundo, y su voz retumba en el fondo de todos esos recuerdos: entusiasta, intenso, convencido de que todos los problemas estaban ahí para ser solucionados. Todo el mundo podía ver que adoraba el suelo por el que Kat pisaba... Ingrid frunce el ceño, no, *adorar* no es la palabra. La incluía en todo. Contaba con ella siempre. Sí, contaba con ella al cien por cien. En lo bueno y en lo malo. Niklas y Kat formaban un equipo distinto de todos los que había visto en su vida. Totalmente unido. Abierto de par en par, piensa Ingrid. Sin secretos.

Sí, cree, es posible. Puede que Niklas dejara algo para ella.

Pero Kat no quiere hablar de dinero.

—No os habría invitado a todas a venir aquí si estuviera arruinada —dice con desenfado cuando Ingrid la pilla a solas al cabo de unos días. Desestima la oferta de repasar los números y el presupuesto una vez más—: La cosecha será como siempre, correcta. Cada año es más o menos igual; es natural que el presupuesto suba y baje de una estación a la otra. Esto no es el County Bus Service, ¿sabes? —Se ríe y le da un golpecito con el codo a Ingrid—. Vamos, no te preocupes. ¿No eras tú la que quería hacer chocolate? ¡Pues tendremos que correr con unos cuantos riesgos!

Ingrid no tenía intención de preguntarlo, pero le sale sin querer:

—¿Te dejó Niklas un poco de reserva? Antes de... —El rictus de Kat hace que Ingrid se arrepienta de inmediato de sus palabras—. Perdona, ya sé...

—¿... que no tenía planes de ahogarse?

Ingrid siente que se le tensa el cuello, titubea en busca de las palabras adecuadas:

—Kat, ya sabes que no quería decir que...

Pero la mirada de su amiga ya está muy lejos de allí. La respiración bajo su camisa blanca es serena y regular cuando se levanta de las escaleras del porche donde estaban sentadas.

—Ven —es lo único que le dice.

Tan solo faltan unos minutos para que anochezca; la marea está baja y Kat coge ritmo andando por la playa. Sus pies levantan pequeños abanicos de arena a cada paso, y guarda silencio mientras se acercan a una hilera de barcas varadas en la arena, esperando en silencio. Cuando las alcanzan, se vuelve de espaldas al mar y se dirige hacia la franja de hojas de palma, algas, botellas de plástico y cabos que marcan el límite de la marea alta. Ingrid la sigue unos pasos por detrás y la ve detenerse a la sombra del casco de una de las barcas más grandes, varada bajo una gran palmera. Se vuelve y permanece inmóvil, mirando hacia abajo, a la franja de algas y restos de maderas a la deriva, o tal vez hacia el mar. La puesta de sol dibuja un amasijo naranja de rayos y, en pocos minutos, el día es succionado, desaparece como por un desagüe rosa y violeta.

Kat, que sigue bajo el árbol, le hace un gesto a Ingrid para que se le acerque.

—Mira —le dice, y señala hacia el agua, que ahora es tan solo una superficie oscura y ondulante a lo largo del horizonte.

Ingrid fija la mirada en ese punto y le parece percibir la silueta de un barco cerca de la orilla, como un animal oscuro e inamovible.

—¿Qué estoy mirando? —pregunta—. Ha oscurecido tan rápido.

Kat no responde. Continúa un rato inmóvil antes de agacharse y quitarse una sandalia. Le retira unas cuantas algas y se la vuelve a poner.

—Si seguimos aquí, los mosquitos nos comerán vivas.

Después de la cena, Ingrid tiene ganas de estar sola. Cierra la puerta de su habitación y enciende la luz desde el interruptor de la pared. Un movimiento en el borde del espejo la sobresalta; el destello de una sombra que se detiene en el marco del espejo cuando ella se acerca. La salamandra se queda paralizada, con sus ojos negros y brillantes y su piel gris verdosa. Repugnantemente gomosa, la pequeña salamandra no tiene ni pizca de belleza para compensar. De pronto, Ingrid se apiada del horrible reptil e intenta quedarse inmóvil hasta hacerse invisible.

—Pobrecita —dice en voz baja, y se le acerca cuidadosamente con un dedo. Su cuerpo grumoso no se mueve; la uña de Ingrid está a un milímetro de tocarlo cuando, de pronto, el animal pega un salto. Emite un fuerte gorjeo mientras desaparece detrás del bastidor. Una cola gris verdoso ha quedado atrás bajo el espejo, y se riza hacia dentro como si fuera una serpiente recién nacida. Ingrid pega un bote hacia atrás, pero Wildrid se inclina hacia ella, recoge la cola que se retuerce y la acuna en la palma de la mano.

36

Lisbeth

Es ridículo, claro, y sabe perfectamente que las otras se ríen de ella. Tal vez lo hablen entre ellas, aunque tal vez no. Lisbeth se oculta la cara entre las manos. A Armand le saca veinte años, ¡por el amor de Dios! Es un holgazán sin remedio; ¿no lo han llamado así ella y Harald un montón de veces? Cuánto lo siente por Sina que su hijo sea tan... inútil. Le llegó a pedir a Harald si le podía dar una oportunidad en el almacén al muchacho, pero él se cerró en banda: «Ayudamos a Sina porque es tu amiga. No es que sea precisamente un bombón tras el mostrador, pero al menos hace bien su trabajo. Pero ¿al vago de su hijo? ¡Ni hablar!».

Ya casi nunca piensa en Harald. Ha dejado de creer que le intentará pedir que vuelva a casa. Lo poco que ha sabido de él ha sido a través de Amanda: «Papá se siente traicionado», decían sus primeros correos acusadores. Y, con el tiempo: «Papá está bien». Ni una palabra de separación, ni de otras formalidades; al parecer, él finge que todo va bien. Lisbeth está sorprendida de lo poco que le duele. Y ella y Amanda tienen otros temas de los que hablar. Asuntos nuevos, con un enfoque nuevo.

De todos modos, es embarazosa la situación con Armand. No es que haya ocurrido nada... ¡Qué fuera de lugar, Dios mío! Pero ¿qué se supone que debe hacer ella? Cuando se le sienta al lado por las noches y le hace guiños después de alguno de los duros sarcasmos de Ingrid, como si ellos dos se rieran secretamente de las demás. Las llaman «lunáticas» cuando no están, y él pone los ojos en blanco cuando solo ella lo puede ver cada vez que, pasadas las diez de la noche, después de cenar, Maya pregunta cuándo cenarán.

Se quedó traumatizada el otro día cuando Ateca entró en su habitación sin llamar: «¡Lo siento, Madam Lisbeth! Creía que había salido...». La sirvienta se retiró enseguida, pero no sin antes percibir la imagen de Lisbeth frente al espejo, con el conjunto de lencería que no recordaba haberse llevado; era de encaje de seda negro, el sujetador con refuerzo. ¿En qué pensaba? Volvió a guardar rápidamente el conjunto en el cajón y se dijo que solo quería ver cómo le quedaba, aunque Dios sabe que ha engordado desde que está en Fiyi, pero quería ver si todavía le cabía.

Armand tampoco es ningún bombón, desde luego. La barriga que le ha visto sobresalir por entre los botones de la parte inferior de la camisa, los penachos de pelo rubio rojizo que preferiría no haber visto... Entonces, ¿por qué ella se retoca el pintalabios justo antes de la cena? ¿Y por qué se retoca el peinado nada más oír su «¡Hola, chicas!» en la puerta de entrada? No está segura. Pero hay algo en su mirada cuando se posa en ella, algo que lleva tiempo echando de menos. Él se presenta cada mañana, se pasa unas cuantas horas tomando café, navegando por internet, se tumba en la hamaca y comenta lo afortunadas que son: «Vivís en el paraíso, ¡espero que seáis conscientes de ello!». Como si lo hubiera enviado una especie de comité de control de la administración de la Seguridad Social para asegurarse de que no se divierten más de lo estrictamente permitido.

Las otras creen que está siendo tonta, es consciente de ello. Pero es la única manera que sabe comportarse; ¡no es su estilo rechazar los halagos masculinos! Lisbeth se levanta del borde de la cama. Pero ¡si Armand no es un hombre, ya basta! Es el hijo de Sina. Y eso es lo que convierte la situación en insoportablemente ridícula. La distancia, la sombra de hostilidad en los ojos de Sina que provoca una sensación de incertidumbre en Lisbeth. Es hostilidad y... ¿desprecio?

No son las mariposas en el estómago las que la llevan a devolverle las muecas coquetas a Armand y a reírle todas las gracias. Ni mariposas de ningún tipo, no es eso. Es tan solo la tristeza por la inevitabilidad de los años que van pasando. El joven ladrón que le robó el dinero. El olor a sudor y avaricia, el tacto de su piel bajo sus dedos. Salesi, ahora sabe su nombre. Sabe que lo más cerca que estará de él son ese par de zapatillas negras con franjas verdes.

—¿Adónde vas, Ateca?

La voz de Kat viene del salón.

—Pensaba ir a ver lo que tiene Jone esta mañana, Madam Kat. Si tiene algún pargo bueno, les podría traer uno.

Lisbeth se levanta instintivamente.

—Te acompaño, Ateca —dice, decidida—. Así me enseñas a elegir el pescado.

¿La mira Ateca con ojos raros? A Lisbeth le parece ver el rastro de la lencería negra en algún rincón de su mirada, pero sencillamente deberá superarlo. Kat asiente a modo de aprobación y Lisbeth se lleva su sombrero de paja blanco. Ese martes por la tarde, la cinta roja del sombrero hace juego con su falda.

Es como si las hubiera estado esperando. Armand aparece por entre la sombras junto a una de las cabañas de encima del muelle.

—¡Ey, chicas!

Sin pedir permiso, comienza a andar a su lado, y se queda con ellas mientras se acercan a la barca de Jone, donde sus hijos están clasificando los aparejos de pesca. Debe de haber sido una buena mañana en el arrecife: peces loro azules, brillantes boquerones plateados y un enorme mero rojo descansan en un recipiente con agua. Ateca apretuja los peces con manos expertas, comprueba que los ojos sean claros y las agallas de un naranja brillante. Finalmente se decide por dos piezas medianas y gira la mirada hacia Lisbeth.

—¡Podríamos hacer *kokoda*! ¿Lo ha probado alguna vez, Míster Armand?

A Lisbeth no le entusiasma la comida de Fiyi en general, pero el pescado crudo marinado en lima con leche de coco, sazonado con chili y cebolla, se ha convertido en uno de sus platos favoritos.

—Pero ¿no da mucho trabajo, Ateca? ¿No lleva mucho tiempo?

Ateca sonríe.

—Madam Ingrid puede rayar el coco —dice—. Tiene buenos pies. Y Madam Sina me puede ayudar a trocear el pescado.

—Yo también puedo ayudar —se apresura a puntualizar Lisbeth. Al menos puede picar las cebollas y el chili; ¡no hace falta que Ateca la trate de inútil!

—*Kokoda,* suena bien. —Armand le dedica a Ateca su mejor sonrisa—. Tiene que enseñarme a preparar esa especialidad. En la cocina de un soltero hay demasiada cocina de lata y platos preparados, ya se lo imagina, ¿no?

Ateca mira a Lisbeth, que de pronto no puede evitar una sonrisa sarcástica; la búsqueda de Armand de la misericordia de Ateca ha caído en saco roto. Es obvio que Ateca no es capaz de visualizar la imagen del *bosso* Armand solo en la cocina, cocinando sin una mujer cerca.

—Al menos puedo ocuparme de llenar las copas —insiste, y avanza un paso hacia ella—. Y de poner la mesa con Maya. Y ayudarle a contar hasta seis.

Lisbeth no puede creerse que le esté haciendo un guiño. Y una risita burlona con un aleteo de pestañas. Algo se rompe en su cabeza, como un globo que revienta; siente una pequeña explosión. La cara enrojecida de Armand se le aparece de pronto borrosa; le tiembla la voz, pero no de pena:

—Claro que puedes ayudar —le dice—, pero deja en paz a Maya.

Por suerte, no las acompaña cuando vuelven con el pescado. Ateca se va directamente a la cocina, y Lisbeth se detiene al ver a Maya de pie en la puerta de su habitación, agarrada al marco de la puerta. Va con sombrero y camisón, y tiene el miedo reflejado en la mirada. Lisbeth lo entiende al instante. La luz de la tarde le dice a Maya que es la hora de su paseo por la playa, pero no sabe el camino y Sina no está.

Pero la Estrella del Mar está aquí. Maraia aparece de pronto a su lado y suelta la mano de Maya de la puerta.

—Vamos, *Nau* —le dice, y la lleva de vuelta a la habitación. Lisbeth se retira. Cuando reaparecen, está sentada en una silla de mimbre en el porche. Maya con su viejo vestido azul, Maraia con un vestido *bula* que Lisbeth no había visto nunca. De colores llamativos y alegres; rojo y blanco sobre un fondo naranja. Cuando Maraia pone su mano en la de Maya, Lisbeth se da cuenta de que encajan como una llave en su cerrojo.

—¡*Sushi!* —exclama Armand, después de devorar su tercera porción—. Incluso en nuestro país, tierra de carne con patatas, la gente empieza a apreciar las exquisiteces que el resto del mundo tiene por ofrecer. Por supuesto, los que hemos viajado bastante hemos probado algo más que la pizza congelada y el atún estofado, y tenemos el paladar un poco más refinado, pero esto... —se detiene y lanza una ancha sonrisa a todas las comensales—, no hay mucha gente que pueda decir que ha probado esto.

Lisbeth le dedica una mirada cansina. No se molesta en corregirlo, en puntualizar que el *kokoda* no es *sushi*. ¿Qué cambiaría si lo hiciera? Armand siempre sabe más que nadie, pase lo que pase. Pero Maya tiene una buena noche y, con un suspiro profundo, explica:

—El *kokoda* no es *sushi*, es pescado cocido en zumo de lima. El ceviche, que se hace en Centroamérica y en América del Sur, se prepara del mismo modo. Es un proceso químico; el ácido cítrico desnaturaliza las proteínas de la carne del pescado, de modo que sus moléculas cambian de estructura y...

—¡Vale, eso ya lo sé!

Su interrupción no es simpática, es brusca, y Maya se muestra confusa. Se inclina hacia el borde de su asiento y prosigue:

—Es muy interesante, de verdad. No recuerdo exactamente de dónde procede el método; lo he leído, pero...

—No, no siempre es fácil acordarse de todo, ¿verdad, Maya? Pero al menos hoy te acuerdas de dónde vives y sabes con quién estás, y esto es agradable, ¿no? ¿Brindamos por ello, señoras?

Armand levanta su copa y mira a su alrededor con una sonrisita, haciéndoles una mueca a cada una. A Lisbeth algo vuelve a estallarle en la cabeza, la misma sensación de que algo se hunde. Maya está inmóvil y boquiabierta, una ola de rubor se va apoderando de su rostro. Sina está aferrada al borde de la mesa; Ingrid se levanta de la silla y empieza:

—¿Sabes qué?

Pero ahora es Kat quien se pone al mando de la situación. Kat, que deja tranquilamente la cuchara y el tenedor encima de la mesa y mira a Armand directamente a los ojos:

—Hay un viejo dicho que dice que los invitados, como el pescado, al cabo de tres días empiezan a apestar. Llevas aquí tres semanas, Armand, y el hedor es ya bastante intenso. No sé cuánto tiempo tienes previsto quedarte en Fiyi, pero en cualquier caso, esta es tu última velada en mi *vale*. En adelante, tendrás que ver a tu madre en otra parte.

Como si estuviera aquí para ver a su madre, piensa Lisbeth, y su mirada se traslada reflexivamente al final de la mesa. Sina tiene la misma expresión de siempre: la mandíbula apretada, las líneas de la frente marcadas, las comisuras de los labios contraídas. Y ahora se levanta, arrastra la silla con fuerza y abandona la estancia con gesto enérgico. Regresa con el bolso en la mano y Lisbeth se pregunta fugazmente si habrá ido a buscar el pasaporte y la cartera porque también se quiere marchar de allí. Pero Sina se acerca a Armand, saca un sobre azul claro del bolso, y lo pone con un golpe sobre la mesa frente a él. Y es a Maya, no a Armand, a quien mira, cuando le dice a su hijo con los dientes apretados:

—Aquí tienes tu billete. Sales desde Nadi el sábado que viene.

37

Ateca

Querido Dios:

Sé que los hijos son el mejor regalo que nos das, pero también son nuestra mayor fuente de preocupación. Tú creaste a todas las madres, Señor, de modo que nos entiendes tanto a mí como a Madam Sina. Su chico ya es mayor, pero, de todos modos, ella sufre por él. Lo que no había entendido hasta esta noche, Señor, es que está asustada. Igual de asustada que estoy yo cuando Vilivo ha pasado demasiado tarde junto al cuenco de grog y vuelve a casa dando tumbos en mitad de la noche. Es el mismo miedo que vi en la cara de Madam Sina cuando se dirigía a casa de Mosese y Litia. Dijo que quería darles las gracias por dejar que Míster Armand se hubiera alojado allí, pero creo que lo que realmente temía era que no se hubiera comportado correctamente. Aunque sea un hombre mayor con pelos blancos en la cabeza.

Me sabe mal que no hayamos preparado un *itatau*. Míster Armand se marcha dentro de un par de días, de modo que no habrá tiempo para una fiesta de despedida con un *lovo*. Pero ¡yo debería haber pensado en el *itatau*! Intenté explicarle a Madam Sina que es una de nuestras tradiciones, una manera de agradecer el tiempo compartido. El huésped agradece al anfitrión el haberle acogido con los brazos abiertos, y se disculpa si no se ha comportado de manera correcta. Míster Armand ha vivido cómodamente en casa de Mosese y Litia. Agua caliente para ducharse y galletas australianas con su té por la mañana. La costumbre es que el huésped dé las gracias y el anfitrión le desee un buen viaje y lo invite a volver. Le dije a Madam Sina que no teníamos que hacer una fiesta demasiado grande, simplemente comprar un poco de *yaqona* para poder beber *kava*. Pero se preocupó y pensó que era porque Míster Armand había hecho algo malo.

«Estamos dispuestas a pagar más», me dijo. ¡Pagar más! Es una *kaivalagi,* no conoce nuestras maneras. ¿Cómo podría entender que ofrecer más dinero es un insulto?

Madam Sina es a quien conozco menos, Señor, pero adivino que tiene el mismo dolor en el corazón que yo. «No se preocupe —le dije—. Vilivo puede traer el *yaqona*. Nosotros nos ocupamos del *itatau*, Madam Sina. No se preocupe.»

Y ya viste lo que ocurrió, Señor. Cómo se le crispó la mirada, como un pájaro que parpadea, y le resbaló una gota de la nariz hacia los labios. «Gracias», me dijo. Yo buscaba un pañuelo, de modo que no le vi la cara cuando añadió: «Pero no va a volver».

Calma la preocupación de Madam Sina por su hijo, Dios querido. Y calma mis temores por Vilivo. Deja que encuentre trabajo, para que pueda mantenerse, hacerse mayor y fundar una familia.

En el nombre sagrado de Jesús. *Emeni.*

38

Kat

El plan siempre ha consistido en usar las primeras bayas maduras. Habría sido mucho mejor, por supuesto, que Johnny hubiera estado aquí mientras experimentábamos con la elaboración del chocolate, pero no ha podido venir. Las hijas y las nueras de Jone quitan la cáscara de los granos secos; sus conversaciones y sus risas se convierten en una ondulante banda sonora de fondo llena de ilusión mientras permanecen sentadas en la sombra, seleccionando y descascarillando.

Hemos cosechado, fermentado y secado. Las bayas, amarillas, rojizas y doradas, se han cortado de los troncos, las semillas y la pulpa de la fruta se han dejado reposar al sol, envueltas en hojas de banano hasta fermentar. Mosese sabe exactamente cuándo hay que abrir las hojas; saca un grano de cacao morado oscuro y lo sostiene entre las manos, examinándolo de cerca antes de mostrármelo.

—Mire esto, Madam Kat. Este es exactamente el color que han de tener.

Hemos secado los granos en estores en el patio, los hemos volteado delicadamente, ni muy rápido ni muy lento. Maya ha asumido la responsabilidad del horno y la torrefacción: «Ninguna de nosotras sabe hacerlo, claro —dijo, con acierto—, pero ¡al menos yo he sido una buena repostera, y tengo intención de hacerme amiga de este horno!». El horno parece estar de acuerdo, y seguimos meticulosamente la receta para moler y calentar, hasta que conseguimos tener el gran cuenco de acero lleno de masa de cacao. Una masa rica, líquida, fuerte y amarga..., ¡nuestra propia masa de cacao! Nos miramos las unas a las otras y sonreímos; Ingrid abre sus largos brazos y nos abraza de una en una.

Cometemos un error tras otro. No alcanzamos a saber cómo prensar la masa para extraer correctamente la manteca. Fracasamos en el intento con varias proporciones distintas de masa de cacao, grasa y azúcar. Después de unos diez resultados demasiado amargos, hasta llegamos a añadir leche, a pesar de las objeciones de Lisbeth: «¡No, tiene que ser chocolate negro, nada más! No podemos vender chocolate con leche como "un pedacito que te sienta bien"».

Molemos y removemos sin llegar a obtener un chocolate lo bastante suave. El sistema de refrigeración se estropea y se niega a mantener lo bastante baja la temperatura de la casa dulce.

Pero ninguna nos damos por vencida. Ingrid es la primera en llegar cada mañana, Sina y Maya encuentran maneras de trabajar en equipo. Lisbeth se pasa tiempo al teléfono y frente al ordenador, pero tiene tanto polvo de cacao y tantas manchas marrones en la ropa como el resto de nosotras. Nos ha comprado delantales; delantales largos y verdes que lo cubren todo y se atan delante. Ateca también tiene el suyo; la primera vez que se lo puso le dio tanta risa que tuvo que sentarse.

El concheado es el mayor reto; me aguanto la respiración y maldigo mis gafas empañadas cuando la masa de chocolate caliente se decanta en las placas de piedra fría y empezamos a revolver. Hacia adelante y hacia atrás, una y otra vez, un proceso interminable que desprende mareantes olores dulces hasta que la masa cambia de consistencia; cuando un ojo experto sería capaz de ver que la temperatura está por debajo de 34 grados. Pero no nuestros ojos. Nos calzamos bien las gafas en la nariz, apretamos los ojos y manipulamos los termómetros, los cucharones, los medidores, y lo dejamos todo perdido.

Pero de pronto, un día damos en el clavo. La masa de chocolate sale perfectamente sedosa y se mantiene a la temperatura correcta; se adapta suave y maleable a los moldes. Finas y brillantes tabletas de chocolate, de un grosor de ocho milímetros, se presentan relucientes ante nuestros ojos; son negras y tentadoras: ¡muérdeme, saboréame, cómeme! ¡Deja que me funda en tu boca!

El sonido lleno de promesas cuando parto un pedazo de felicidad suena a música celestial, Sinfonía del Chocolate n.° 1. Lo dejo reposar en la lengua y espero todo lo que puedo para tragármelo. El sabor de los dioses en las semillas de un lila parduzco me llena la boca hasta que la inunda y se derrama por mi garganta. Cierro los ojos y pienso en Niklas. En que él habría querido esto para mí.

Sina ha decidido finalmente seguir el consejo del doctor de mujeres. Pensé que tal vez habría preferido operarse en Noruega, pero cuando se lo pregunté, se quedó estupefacta y negó con la cabeza.

—¿Por qué tendría que ir a casa? ¿Crees que Armand vendría corriendo a cuidarme? ¿Que se sentaría junto a la cama a leerle en voz alta a su madre enferma?

Me habría reído si no llega a ser por lo terriblemente poco divertido que me pareció.

—No, es cierto. Armand no parece ser ese tipo de hijo.

Lo único que deseaba era consolarla y darle ánimos. Tranquilizarla respecto a que nos ocuparíamos de ella. Pero antes de encontrar las palabras adecuadas, ella ya se había vuelto a embarcar en sus preocupaciones por los asuntos de dinero.

—Quiero hacerlo aquí. He mirado lo que costará y el seguro cubre la mayor parte del tratamiento. Y si hay algún extra necesario, estoy segura de que podré...

—¡No pienses en el dinero, Sina!

¿Cuántas veces le he repetido esta frase desde que llegó a Fiyi? Su ansiedad constante y tediosa por el dinero me rompe el corazón. Me hace sentir incómoda, pero más que nada, triste. Yo tampoco soy millonaria, pero tener un hermano experto en finanzas me ha ayudado. Gracias a él, la herencia de mis padres creció hasta una suma considerable después de vender la casa de Noruega, e incluso después de la inversión en la producción de chocolate, queda una buena tajada. Y Sina, que ha trabajado duro toda su vida, que nunca se ha comprado nada para ella y ha dedicado todo lo que tiene a esa aspiradora perpetua de dinero que está a punto de cumplir cincuenta años, tampoco debería preocuparse por si puede permitirse que le extirpen el útero.

Mientras estamos sentadas en el murete frente al cementerio, ella me lo acaba de contar todo de nuevo. Sobre los dolores y las pruebas, y el médico que le recomendó que se lo extirparan todo.

—Dice que puede haber algo que no esté del todo bien. —Me mira; sus ojos no revelan nada, pero sus palabras son firmes—: Puede. Dice que probablemente no sea cáncer. Y a Maya se lo quitaron todo hace muchos años y dice que no es para tanto.

Espero. Hay más.

—Es solo que...

Sina tiene los ojos enrojecidos e hinchados; sus pestañas son cortas y rubias. De pronto, me doy cuenta de que nunca la he visto llorar.

—Pensaba que, ahora..., aquí...

La rodeo con el brazo. Sina tensa el cuello, pero yo la estrecho con más fuerza y su cabeza acaba por apoyarse con reticencia en mi hombro. Aquí en Fiyi, se suponía que Sina finalmente podría tener un respiro. Se suponía que había llegado su turno de hundir los pies en la arena y llenarse la boca de leche de coco. Es lo que yo le había prometido.

—Lo sé —susurro, y la atraigo más hacia mí, mirando hacia su cabeza, que brilla blanca entre los mechones de pelo rubio grisáceo.

Su hombro se tensa bajo mi brazo; levanta la cabeza:

—Quiero a mi hijo —dice, y me mira directamente a los ojos. Tiene una mirada dura y desafiante—. Fue mi elección.

Fui yo quien decidió que tenía que crecer en un apartamento de dos habitaciones en Rugdeveien, sin padre, y con unos esquís de segunda mano comprados en un mercadillo. Nunca nadie le preguntó; tienes que recordarlo.

Sé que es cierto. Y también sé que es algo que nunca podré tocar.

—Lo sé —le digo otra vez.

Hago llamadas. Organizo las cosas. Compruebo el historial del cirujano y pago la reserva de una habitación individual. Si todo sale como está previsto, la operación de Sina será un lunes y le darán el alta al cabo de unos días, en el caso de que las pruebas salgan bien. Soy la única que la acompañará a Suva, aunque a Maya, lógicamente, le ha dolido la decisión. Creo que entiende el porqué, pero no he tenido la energía de comentarlo con ella. Yo soy a quien Sina más necesita ahora mismo.

El viaje de Maya alejándose de nosotras continúa en fases irregulares. Las preguntas reiteradas, las palabras que se le escapan, la confusión en sus ojos cuando busca el peine y no es capaz de recordar cómo se llama: «¡No encuentro lo del pelo!».

Pero no siempre es así. Entre medias, hay períodos en los que nadie sería capaz de advertir que no está bien. Maya se sienta con un viejo atlas, le explica a Maraia cosas de los océanos. Recuerda fechas históricas y títulos de libros y qué vacunas le pusieron a su hija cuando era niña. Y al día siguiente pierde el hilo, masculla palabras lentamente y lucha por acabar una frase. Es algo más que despiste y distracción; todas lo hemos visto y lo hemos entendido. Lo han asimilado y parecen aceptar que no sacaremos nada bueno de comentarlo abiertamente. No necesitamos darle un nombre. Trataremos los días de Maya tal como vengan. Mientras podamos hacerlo.

Sé lo que nos espera. He leído que los enfermos como Maya al final son incapaces de cumplir con las tareas más

223

sencillas. Se vuelven apáticos y pierden interés por todo lo que antes les gustaba. Se muestran hostiles sin motivo, cuando el miedo y la paranoia llenan de tinieblas su mente y su corazón.

Pero todavía no hemos alcanzado esa etapa. Maya aún recuerda más de lo que olvida. Todavía no tenemos que tomar ninguna decisión importante. Es difícil saber cómo debo comunicarme con Evy; mis correos electrónicos son cada vez más evasivos. La hija de Maya no es tonta; estoy segura de que entiende que las cosas han empeorado. Pero de momento nos las arreglamos. Todavía podemos cuidar las unas de las otras. Es como un juego de las sillas en el que a veces es Maya, a veces es Sina la que se queda sin sitio.

Gracias a Dios por Ingrid. Ingrid sostiene el peso de la casa en Korototoka; no tengo que preocuparme de eso. La silla de plástico en la sala de espera en el Suva Private Hospital me destroza la espalda; me han dicho que la intervención en sí duraría aproximadamente una hora y media, más el tiempo que tardará en despertarse de la anestesia. Pero hace más de cinco horas que me he despedido de Sina en el mostrador de altas, y una médico india y delgada —no aparentaba más de veinticinco años; ¿cómo pueden ser tan jóvenes?—, con los labios pintados de rojo, me ha asegurado que era totalmente normal: «Podrá visitar a su hermana esta noche; estará lo bastante despierta para hablar con usted».

¿Puede ser que algo haya salido mal? La recepcionista nocturna está al teléfono; hay un guardia de seguridad repantingado en una silla junto a la puerta, con los ojos medio cerrados. No me he traído nada para leer; me sé de memoria el cartel de la pared. «Antes de abandonar el hospital usted debe solventar su cuenta.» Si Ingrid estuviera aquí, se habría reído conmigo de esa expresión.

¿Debería preguntar otra vez por Sina? «Su hermana sigue dormida, madam», es la respuesta que me han dado ya tres veces. «Alguien le avisará tan pronto se despierte.»

Debo de haberme dormido, y me despierto gracias a una enfermera con bata verde que me toca el brazo delicadamente.

—Madam, ya puede entrar.

La habitación está a oscuras; las cortinas están cerradas y solo entra un poco de luz a través de la puerta entreabierta del baño.

—¿Cómo te encuentras, Sina? ¿Tienes dolor?

La cabeza sobre la almohada se mueve lentamente de un lado a otro.

—No mucho. Tengo un poco de náuseas.

Su voz suena ronca, chirriante.

—Al menos ya ha acabado. Dicen que ha ido todo como esperaban.

Sina asiente levemente con la cabeza. Permanece tumbada con los ojos cerrados y no sé si se ha vuelto a quedar dormida. Le tomo la mano. Su palma blanca es suave; tengo una sensación de intimidad, como si le acariciara la barriga.

—Que duermas bien —le digo—. Volveré mañana.

Tengo muchos amigos en Suva. Australianos que clavaron las piquetas de su tienda en la isla para siempre, personas de ONG con las que Niklas y yo hemos trabajado a lo largo de los años. Muchos de ellos diligentes y cumplidores; otros, idealistas e indolentes. Algunos no tienen un lugar al que volver; otros han dejado demasiadas cosas que les esperan en casa.

Esta noche me quedo en casa de Deb y Steve. En sus pasaportes pone que son neozelandeses, pero podrían ser de cualquier lugar del mundo; pertenecen a la categoría «aterrizamos y nos quedamos aquí». Han navegado por todo el mundo, han viajado y explorado y han hecho inmersiones y han vivido, y acabaron aquí, en las afueras de la capital de Fiyi, donde su *Vale ni Cegu,* «Lugar de descanso», ofrece abundante comida, camas confortables y noches de tranquilidad. Suelo quedarme aquí cuando visito la ciudad; *Vale ni Cegu* se autoproclama «alojamiento familiar» y esto es precisamente lo que ofrece: una sensación de hogar, un lugar en el que puedes meterte en la cocina y mirar qué hay en la nevera si el estómago te empieza a rugir antes de la cena. Y finalmente he dejado de discutir con mis anfitriones para pagar mi estancia. «Tus historias sobre la selva son un pago más que suficiente», me asegura Steve mientras camina por las baldosas alrededor de la piscina con una botella de vino y tres copas. Hay una luna pequeñita y nueva, y el cielo sobre Suva resplandece claro y profundo.

—Bueno, qué noticias tan emocionantes —me dice, y se sienta—. ¿Cómo van los planes del chocolate? ¿Os resultó útil hablar con Johnny?

—Johnny era exactamente lo que necesitábamos —le respondo—. Gracias por ponernos en contacto. Ha sido más importante para nosotras de lo que te imaginas.

—¡Estupendo! —Steve llena las copas—. ¿Y ahora podemos brindar por *El chocolate de Kat?*

—Eso espero —respondo, y me imagino la sonrisa de Lisbeth, y la cara de Ingrid cuando me rodeó con los brazos: «¡Lo hemos conseguido!».

—Todavía no está todo controlado, pero al menos hemos encontrado el sabor que buscábamos. ¡Y es muy rico!

Bebemos a la salud de *El chocolate de Kat,* y les digo que nos orientamos al mercado de la alimentación saludable.

—Es donde están ahora las oportunidades, según la hija de Lisbeth.

—Comida sana, ¡exacto! —Deb se ríe—. ¡El delicioso, irresistiblemente pecaminoso chocolate sano de Kat!

Asiento.

—Y ahora tenemos que diseñar un envoltorio adecuado. Algo que sea a la vez elegante y apetitoso.

Los dos dicen que sí con la cabeza. Elegante y apetitoso, así es como debe ser.

—¿Y las damas de Noruega están contentas? —pregunta Steve—. ¿Han conseguido soltar amarras y dejar toda la nieve, la fatalidad y las tinieblas atrás?

¿Fatalidad y tinieblas? Lo miro, sorprendida.

—¿Por qué nos consideras tan sombrías?

Steve se encoge de hombros.

—Lo supongo. ¿No dijiste que todas se habían pasado la vida en una zona muy fría, cerca del Polo Norte? Por mi experiencia personal, puedo decirte que la franja entre Irlanda del Norte y las islas escocesas es un lugar al que no tengo ningunas ganas de volver. Mar gris, cielo gris, paisaje gris, ¡y mucho frío!

Le sonrío y me doy cuenta de que no es algo que pueda explicarles a Deb y Steve. No es del clima deprimente, de lo que Sina, Ingrid y las demás se han alejado. También de eso, quizá, pero yo prefiero pensar que se han acercado a algo: al *sulu* tan suelto que les envuelve las caderas y les permite ensancharse. A una olorosa flor de franchipán en el pelo. A las risas sin motivo. A la libertad que otorga la distancia.

—Aquí están bien —digo, sin darle importancia, y tomo un sorbo de vino—. Ahora solo tenemos que preocuparnos de que Sina se recupere, y luego volveremos a la selva, como tú lo llamas.

—Pero ¿lo entienden? —pregunta Deb, y se inclina hacia delante—. Quiero decir que..., ellas no han vivido como nosotras, y...

¿Y qué? ¿Se refiere a que no han experimentado la otra cara de nuestra loca vida de vagabundos, las épocas en las que no sabíamos de dónde sacaríamos el dinero para pagar los sueldos de los trabajadores de un proyecto? ¿A que mis amigas nunca han sufrido malaria en un lugar en el que nadie hablaba su idioma? ¿O a que no han percibido la injusticia de que nosotros tengamos tanto mientras los que nos rodean tienen tan poco? ¿O tal vez se refiere a la sensación de vulnerabilidad que siempre nos rodea? ¿A la incertidumbre que personas como ella y yo siempre sentimos a la vez que nos aferramos a una manera de vivir que nunca estamos del todo seguras de entender?

—Están aprendiendo —respondo—. Saben que la vida aquí no son solo cócteles a la sombra de un cocotero y comida que cae de los árboles.

Ella arruga la frente y se encoge de hombros.

—Bueno, en cierto modo, casi es así. Aquí la gente puede saciar buena parte del hambre con lo que crece en sus patios.

Niego con la cabeza, y de pronto siento que el agotamiento me presiona la frente como si tuviera un alambre de espino clavado.

—No era eso a lo que me refería, en realidad. Pensaba más bien en... —Es difícil de expresar—. Pensaba en cómo mucha gente, en nuestro país, se imagina que es nuestra vida aquí. Que nos pasamos el día tomando copas y mirando al mar.

Hago un gesto con la mano por encima de las copas de vino; la buganvilla cuelga pesada y violeta contra la pared.

Deb asiente.

—Entiendo a lo que te refieres —dice—. Pero tus damas noruegas, ¿entienden que esto no es emocionante y... extraordinario todos los días? ¿Qué aquí también hay una rutina?

¿Que si lo entienden? Visualizo a Ingrid con el rayador de coco en el regazo, a Sina desenterrando *cassava* para la cena con Ateca. Asiento convencida.

—Sí, por supuesto. Pero la libertad que tenemos..., la opción que hemos elegido, no es gratis, ¿no? Hemos pagado un precio.

—¿Qué quieres decir?

Deb esconde sus delgadas pantorrillas en la silla.

—El hecho de... no pertenecer a este lugar.

La expresión de Deb hace pensar que está a punto de soltar una carcajada.

—¡Oh, vamos, no me vengas con esas chorradas! Tú siempre has dicho que es de mentes estrechas, y totalmente erróneo, definir las raíces en términos geográficos. Que tus raíces están en los valores en los que crees, a lo que te agarras cuando las cosas se ponen feas.

Steve se acerca por detrás de la silla de Deb y le echa una chaqueta ligera sobre los hombros. Ella levanta los ojos y le dedica una sonrisa cariñosa, y de pronto siento la añoranza como un hueco en el estómago. Deb tiene a alguien. Pertenece a alguien.

¿Qué intento decir? Que el precio que pagamos es una especie de intercambio. Libertad por seguridad, esta es la elección que hemos hecho. Hemos renunciado al esquema habitual: familia, vecinos, amistades de toda la vida. Hemos sacrificado un poco de una cosa para tener más de la otra. La extraordinaria.

—Yo no me arrepiento —le digo a Deb—. Pero todo tiene un precio, ¿no?

—Exacto. Las cosas que no puedes tener. A las que has tenido que renunciar.

Deb lo entiende. Entiende el vacío que dejó Niklas, entiende que no me queda nada. Ni familia, ni pareja, ni hijos... ¿Soy realmente tan convencional, al final?

—Pero ahora tienes a tus amigas —dice; su voz suena amable y reconfortante—. El colectivo. Eso te vincula con tu pasado. Tenéis una larga historia en común, y eso ya constituye una sensación de pertenencia.

Steve se ha ido al interior de la casa, y Deb y yo nos quedamos un rato en silencio. Pienso en Sina, en su mano pálida y suave apoyada en la manta. En Maya, el nudo que llevo en el estómago: ¿cuánto tiempo nos podremos ocupar de ella? La historia que te aporta pertenencia. Y una pertenencia que te hace asumir responsabilidades.

Me acabo la copa y me levanto. Es hora de acostarse. Mañana quiero ir al hospital a primera hora para ver cómo se encuentra Sina.

39
Ingrid

Es una persona con los pies bien firmes sobre la tierra, nadie puede negarlo. Ingrid Hagen tiene una percepción clara de la realidad y poca paciencia con las supersticiones y las bobadas. Cuando cuesta creer que algo es cierto, normalmente significa que no lo es.

Pero hay algo que la está abriendo, aquí en Fiyi. La clorofila que provoca que los colores de las hojas resplandezcan de verde, la luz que te obliga a tener los ojos abiertos. Y Wildrid, su gemela interior, que se expresa con libertad o que se arranca a bailar, últimamente cada vez más a menudo.

Cuando Mosese lleva tres días sin presentarse, Ateca es la primera en comentarlo. Ingrid también está un poco preocupada; el capataz siempre ha sido la viva imagen de la fiabilidad.

—Pasaré por su casa esta noche, cuando me marche, Madam Ingrid —dice—, tal vez esté enfermo.

Cuando Ateca se dispone a salir por la puerta con el bolso bajo el brazo, Ingrid dice, impulsivamente:

—Voy contigo. Si Mosese está enfermo, tal vez pueda hacer algo por ayudar. —Les echa una mirada a Lisbeth y Maya, que están medio dormidas en sus butacas en el porche, tras la cena—. ¿Estaréis bien?

Ateca la mira con expresión inescrutable antes de asentir mansamente y abrir la puerta. Se dirigen enseguida camino arriba. Cuando llegan frente a la casa con dos sillas de plástico a la entrada, Ateca grita «¡*Bula!*» y la nuera de Mosese se asoma y las acompaña al interior. Mientras saludan a Litia, su esposa, a Ingrid le sorprende ver a Mosese sentado solo frente a un pequeño televisor, en el rincón del fondo de la estancia. Tiene el volumen muy alto y el hombre no hace ningún gesto de volverse hacia ellas; la atención de Ingrid se desvía hacia las imágenes parpadeantes de la pantalla. Se ve al primer ministro sentado escuchando un discurso, en un salón de actos, con un *salusalu* alrededor del cuello, la guirnalda de honor hecha con hojas secas de banano y flores frescas, que parece que le produce picor, puesto que se rasca y parece impaciente.

Finalmente Mosese se vuelve hacia ellas:

—*Bula.*

Se levanta un poco de su butaca y entonces Ingrid advierte el vendaje que lleva en la espinilla, un gran trozo de gasa justo debajo de la rodilla. Le da un vuelco el estómago; algo en este vendaje blanco manchado le produce malestar.

—Mosese, ¿qué te ha ocurrido en la pierna?

No puede ocultar su asombro. La manera en que Ateca se hace rápidamente a un lado le indica a Ingrid que ha mostrado una falta de respeto, pero no le da tiempo de valorarlo del todo.

Mosese se deja caer de nuevo en su butaca. Murmura algo y desvía la mirada. Litia se les acerca y le habla solo a Ateca:

—Se ha quemado.

—¡Quemado! ¿Con qué?

Litia mira con aire esperanzado a su marido, pero él mantiene los ojos pegados a la pantalla.

—El *lovo.*

Litia lo dice casi con un bufido. Si hay algo que Mosese ha hecho más de mil veces, es el *lovo.*

—Habíamos preparado la comida, y él iba a abrirlo para comprobar si las piedras estaban lo bastante calientes. Pero lo abrió demasiado rápido y sin prestar atención. —Litia mueve la cabeza y le echa a su esposo una mirada de reproche—. Y un ascua de madera saltó disparada y le abrasó la pierna.

—*¡Isa!*

Ateca junta las manos con un gesto repentino de compasión.

—¿Duele?

Ingrid se da cuenta de inmediato de lo tonta que suena su pregunta. Mosese no habría abandonado sus deberes si hubiera podido andar.

Litia mantiene la mirada fijada en Ateca mientras explica:

—No se le cura y sigue supurando.

—¿Habéis probado con *domele?*

Litia mira a Ateca con expresión ofendida, como si el jugo de las hojas de albahaca machacadas no hubiera sido lo primero que probó.

—Claro. Y le puse hojas de *tavola* en la herida rápidamente, pero no mejora.

Mosese gime suavemente en su butaca, y Ateca se arrodilla frente a él:

—¿Puedo ver la herida?

El hombre se inclina hacia delante y se suelta un poco el vendaje impregnado. Ingrid se estremece. La herida está gravemente infectada, con costras amarillas y verdosas. Exuda un pus claro de la fina membrana que no llega a cubrir los vasos sanguíneos de debajo.

—Tenéis que...

—¡Ir a buscar a alguien a Beqa, ya lo sé! —El tono de Litia es cortante—. Ya lo sabemos, pero es difícil llegar a ningún sitio si él no puede andar.

Ingrid no lo entiende: ¿Beqa? La islita frente a la costa de Suva queda a cinco o seis horas de coche, más el trayecto en barco... ¿Por qué demonios tendrían que ir hasta allá?, quiere preguntar, pero Ateca se le adelanta:

—En Beqa hay una mujer casada con un hombre de un pueblecito no muy lejano. El problema es cómo llevar a Mosese hasta allá, si no puede ni ponerse de pie.

—Le podría llevar en la furgoneta. —Ingrid lo dice sin reflexionar—. Iré a buscar la llave.

Se dirige a la puerta, oye las protestas de Ateca, ignora la mirada desconfiada de Litia. No sabe qué tiene que ver Beqa con todo eso, pero llevar a Mosese en la furgoneta es lo mínimo que puede hacer para ayudarle. Lleva la imagen de la herida supurando clavada en el cerebro mientras baja el camino a grandes zancadas.

Para cuando aparca el vehículo frente a la casa de Mosese, las náuseas se le han pasado. Wildrid nunca ha conducido la furgoneta, pero tiene el control total tras el volante. ¡Pase lo que pase, está lista!

Los hijos de Mosese le ayudan a subir y lo acomodan en el asiento de atrás con la pierna tendida, mientras Ingrid, Litia y Ateca se apretujan delante. Uno de los hijos insiste en acompañarlas y tiene que montarse en el remolque de la furgoneta. Se echa una chaqueta por encima de la cabeza para protegerse del polvo.

Ingrid mira a Ateca; le parece que le tiene que pedir una explicación.

—¿Qué pasa en Beqa? ¿Hay una especie de curandera?

Siente la mirada de Litia clavada: «¿qué sabrá esta *kaivalagi?*», parece decirle, pero ella pone el vehículo en marcha e intenta esquivar los peores socavones del camino.

—La gente de Beqa —empieza Ateca, reclinándose en el respaldo— tiene poder sobre el fuego.

Ingrid la mira fugazmente:

—¿Qué tipo de poder tienen sobre el fuego?

Ateca vacila un momento, buscando las palabras adecuadas.

—La gente de Beqa, Madam Ingrid...

—De Navakeisese —la corrige Litia. Mantiene la mirada fija en la ventanilla—. Los que son sawau.

—La gente del clan sawau —rectifica rápidamente Ateca—, ellos aguantan el dolor. De las quemaduras. Pueden impedir que el fuego queme el cuerpo.

Ingrid se vuelve y la mira, y Ateca le señala hacia el camino:

—Madam Ingrid, ¡cuidado!...

Wildrid toma el mando dentro de Ingrid. Siente un cosquilleo por todo el cuerpo: detener el fuego. Dioses, espíritus y poderes sobrenaturales.

—¿Qué quieres decir, Ateca?

La narración se va desplegando en el asiento delantero a oscuras. Le cuenta cómo hace muchos, muchos años, un guerrero sawau metió la mano bajo una roca en una fuerte cascada. Y se creyó que había capturado una anguila, pero descubrió que era un pequeño espíritu. El espíritu le suplicó que le salvara la vida y le ofreció al guerrero todo tipo de dones a cambio de su libertad, pero el hombre los rechazó hasta que le propuso el don del poder sobre el fuego.

Lo ojos de Ingrid vuelven a desviarse del camino.

—¿Y eso qué significa? —pregunta.

—El espíritu cavó un agujero que llenó con piedras al rojo vivo —prosigue Ateca—. Entonces anduvo por encima de ellas sin quemarse, e invitó al guerrero a hacer lo mismo. Y lo hizo, y tampoco se quemó. Ni la más mínima señal en las plantas de los pies.

—Y entonces...

Wildrid aferra el volante con más fuerza.

—Por eso la gente de Beqa tiene poder sobre el fuego. Son capaces de andar sobre rocas ardientes sin quemarse, y pueden ayudar a las personas que se han quemado.

—¿Ayudar a Mosese? ¿Cómo?

Ateca mueve la cabeza.

—Lo verá cuando lleguemos.

La mujer abre la puerta cuando ve la furgoneta detenerse frente a la casa. Seguro que está acostumbrada a recibir visitas inesperadas a horas intempestivas, piensa Ingrid. El hijo de Mosese salta del vehículo y la saluda educadamente.

—Venimos de Korototoka; mi padre necesita ayuda.

234

La mujer asiente en silencio y abre la puerta del todo; ayudan a Mosese a entrar en la casa. El marido de la mujer murmura una bienvenida discreta y sale de la estancia. Acto seguido, la mujer se sienta en un taburete y se coloca la pierna de Mosese sobre el regazo. Sin preguntar nada, retira el vendaje de la herida empapada y le da unos golpecitos lentos. Mueve los labios, pero resulta imposible oír lo que dice. Lo único que se oye es el rumor de un animal encaramado al tejado, el gorjeo agudo de una salamandra en el rincón.

Permanecen así un buen rato. La mano se desliza hacia delante y hacia atrás en la penumbra y va extrayendo lentamente el fuego y el dolor de la pierna de Mosese. Ateca está sentada junto a la pared y parece medio dormida; los párpados de Litia también van cayendo. Solo Ingrid está despierta. Su mirada sigue atentamente la mano que empuja y tira; el humo de la lámpara de queroseno le impregna la lengua. Las voces del hijo de Mosese y del marido de la mujer le llegan a través de la ventana abierta.

Después de lo que parecen varias horas, la mujer de Beqa se levanta de la silla. Mosese está tumbado boca arriba en el suelo, se tapa la cara con el brazo. Ingrid se inclina a mirarle la herida. Ahora tiene un aspecto pálido y rosado, está cubierta de una membrana seca y suave.

En el camino de regreso a Korototoka van en silencio. Mosese duerme durante todo el trayecto.

40

Ateca

Querido Dios:

Por favor, haz que Madam Sina se recupere del todo. Ya hace cinco días que ella y Madam Kat se marcharon. Ahora Madam Sina solo debe descansar unos días en Suva, luego volverán. Gracias por hacer que los análisis de los médicos hayan salido bien. Y gracias por dejar que la mujer de Beqa ayudara a Mosese con su pierna anoche. Sabes nuestros nombres y nos procuras todo lo necesario.

Pero Madam Maya no está bien, Señor. Está inquieta y asustada porque Madam Sina no está aquí. Se pone bien cuando Maraia viene a visitarla. Hoy han estado jugando al océano. Madam Maya sujetaba una almohada en los brazos mientras movía la cabeza al ritmo de una canción que oía en su cabeza. Maraia estaba sentada en el suelo, rodeada por las conchas brillantes y rosadas que normalmente están en el alféizar de la ventana.

Las señoras de esta casa son como un collar hecho de caracolas, de la misma playa, pero cada una un poco distinta. Cada una se preocupa por la siguiente de la cadena: Madam Lisbeth por Madam Sina, Madam Sina por Madam Maya, Madam Ingrid por Madam Kat, Madam Kat por todas ellas.

Yo también me preocupo por todas ellas. ¿Cómo podría no hacerlo, cuando el aire en *Vale nei Kat* es denso como el trueno? Como si la casa estuviera a punto de explotar.

Cuando vuelva Madam Kat, será más fácil para todas ellas. Querido Señor, tiende la mano a las damas hasta su regreso. En el nombre sagrado de Jesús. *Emeni*.

41

Maya

Se pregunta cuándo vendrá Evy. Ha pasado ya mucho tiempo desde que su hija estuvo aquí, ¿no? «Tienes que venir a vernos, mamá», le dice siempre. Pero Maya no puede soportar el largo y aburrido trayecto en tren, el viaje a través de las montañas hasta Trondheim en un vagón atiborrado de gente, en el que la calefacción casi nunca funciona. Sería mejor que viniera Evy. Tal vez no disponga del tiempo necesario. Pero ya hace mucho que no viene, ¿no?

Maya empuja la puerta de su habitación y se queda inmóvil, paralizada en el umbral. Algo está mal; no reconoce el lugar. ¿Son sus ojos? Se los tapa con las manos y los vuelve a descubrir. Lo mismo de antes. Se esfuerza por llevar las palabras a su frente, las palabras que le explicarán qué es lo que no funciona. Están ahí, lo siente, aunque no logra alcanzarlas. Sin las palabras, no sabe de qué tiene miedo, pero sabe que tiene miedo. Un miedo frío y sin conciencia.

La oscuridad. Está obviamente oscuro. Sus pies se niegan a retroceder del precipicio negro, su estómago se retuerce... ¡No quiere caer! Se agarra al marco de la puerta con las dos manos, hay un vacío frente a ella, el mareo le recorre todo el cuerpo. No alcanza a mover las piernas, no entiende qué le ocurre. Con un gemido, se suelta y cae de espaldas al pasillo.

Desde la silla junto a la mesa bajo la ventana, Ingrid se levanta de un salto:

—Maya, ¿qué ocurre? ¿Te has hecho daño? —Arranca rápidamente la tela que había colocado en la ventana para tapar el sol, que le hacía reflejo en la pantalla del ordenador—. ¿Te has equivocado de puerta? Deja que te ayude.

De: kat@connect.com.fj
A: evyforgad@gmail.com
Asunto: Maya

Querida Evy:
Estoy segura de que te estarás preguntando por qué no te ha escrito tu madre. Lamento decirlo, pero no creo que puedas esperar recibir más cartas o correos de ella si la situación no mejora. Y temo que no es probable que lo haga. Tiene días buenos y malos, pero tengo que ser sincera y decirte que cada vez pasa más tiempo encerrada en su propio mundo. Excepto por unos pocos días realmente difíciles aquí y allá —y creo que es cuando se da cuenta momentáneamente de que hay una enorme e insuperable distancia entre la que había sido y la que es ahora—, todavía parece estar bien. Se la ve tranquila y apacible. No me gusta utilizar esa palabra, y no pretendo ser condescendiente: incluso como alma silenciosa e introspectiva, tan lejos de la amiga enérgica y activa que conocí, sigue siendo una persona maravillosa para tenerla cerca.

He mencionado antes que, en el terreno médico, aquí en nuestro pueblo de Fiyi no hay mucho que podamos ofrecerle. No toma ningún medicamento, aparte de los que tú le dejaste, y no tenemos acceso a ningún especialista en Alzheimer. Podemos ver que la tendencia al olvido y los sueños ocupan cada vez más espacio en su tiempo a medida que pasan los meses; lo único que podemos ofrecerle es el amor que todas nosotras sentimos por ella. No siempre recuerda nuestros nombres, pero en general confía en nosotras y sabe que siempre haremos lo mejor por ella. Cuando tiene días malos, en los que llora por los enormes agujeros negros que lleva dentro y a su alrededor, una de nosotras le

239

da la mano, o la llevamos a pasear por la playa, a escuchar el rumor del mar.

Hay una niña llamada Maraia que nos visita a menudo. Maya siempre se alegra de verla, a veces salen juntas a pasear. Por lo demás, pasa la mayor parte del tiempo con Sina. Como las conozco a las dos desde que íbamos al instituto, me resulta reconfortante ver cómo los viejos lazos de la amistad siguen resistiendo, incluso entre amigas que en aquel momento no estaban tan unidas, si no recuerdo mal. En cualquier caso, me alegra que mi idea de la casa de mujeres parezca funcionar. Todos necesitamos a alguien, y este es un lugar en el que todas podemos ser «alguien» para las demás.

Sé que te debe de provocar preocupación leer esto. No quiero esconder el hecho de que la demencia está empeorando, pero también quiero asegurarte que la estamos cuidando lo mejor que sabemos. Creo que su experiencia de la vida cotidiana aquí es generalmente buena, y eso es lo fundamental que quiero transmitirte. Físicamente está bien, aunque, si la vieras, advertirías que ha perdido peso. No siempre quiere comer o recuerda que debe hacerlo.

Sabes que en cualquier momento en que decidas venir a visitarnos serás más que bienvenida. Maya pregunta a veces por ti, pero nunca con miedo ni tristeza; no me gustaría que este mensaje te asustara ni te hiciera sentir culpable. Si quieres que vuelva a casa, lo entenderemos y encontraremos la manera de hacerlo realidad, pero quiero insistir en el hecho de que no es ninguna carga para nosotras, incluso en la realidad en la que vive ahora, que no podemos compartir con ella. Y si su camino acabara aquí, en Korototoka, también estaremos dispuestas a acompañarla de la mano en su último tramo.

Todo lo mejor para ti y tu familia,

Kat

42

Sina

Se sigue sintiendo fatal. Le duele la cicatriz, anda encorvada como un ciruelo cargado de fruta madura y mueve las piernas a pasitos lentos. Y a las otras tampoco parece importarles demasiado. Es cierto que Ateca empieza cada día preguntándole cómo se encuentra, y que Lisbeth la mira con cara de preocupación. Kat la ha llevado de vuelta a casa, de modo que probablemente cree que ya ha cumplido con su deber. Ingrid la llevó a un aparte nada más llegar y le contó una historia sobre Mosese, que había estado enfermo, lo que había retrasado el embalaje y la preparación del cacao. Y que la hija de Lisbeth quería saber cuándo podría recibir el primer envío de chocolate. Sina lo comprende, por supuesto; al fin y al cabo, se supone que esto será su nuevo *modus vivendi,* y Kat obviamente necesita volver a ponerse a trabajar. Con todas las idas y venidas, esta historia de mi hospitalización le ha hecho perder dos semanas, piensa Sina, frustrada. Por no hablar de lo mucho que le habrá costado.

—Lo más importante es que no han encontrado nada malo —dice Kat, dejando de lado los asuntos de dinero—. Ya hablaremos de eso en otro momento. Nos mandarán una factura.

Sina sabe que es mentira; vio con sus propios ojos que Kat sacaba la tarjeta de crédito y hablaba en voz baja con el tipo de detrás del mostrador mientras ella rellenaba los papeles del alta hospitalaria. Pero ¿qué puede hacer?

Sina se arrastra el último par de pasos y se deja caer en la silla de mimbre del rincón del porche. Ni siquiera puede salir a pasear con Maya; el médico le ha ordenado descanso durante al menos tres semanas.

—¿Cómo te encuentras? ¿Te duele?

Lisbeth la ha seguido y se sienta en un lado del peldaño superior de la escalera, con el paquete de cigarrillos en la mano. Su voz dócil y nerviosa le taladra los oídos a Sina. Su culito flaco tiene aspecto de querer salir disparado en cualquier momento; Sina se siente cada vez más irritada.

Intenta analizar sus sensaciones: ¿está celosa porque a Lisbeth se le ha otorgado de pronto un papel estelar en la nueva aventura empresarial de *Vale nei Kat?* ¿Porque tiene contactos y conocimientos mientras que ella no pasará nunca de ser mano de obra no cualificada? ¿O es solo la incomodidad que percibe que siente Lisbeth a su lado?

—Me das un pitillo.

No ha sido una pregunta, más bien ha sonado a mensaje escueto entre un matrimonio que lleva cincuenta años juntos. ¿Por qué no puedo evitar estar siempre a la que salta con ella?

Lisbeth le lanza el paquete, con un gesto tan rápido y ansioso que cae más allá de la mesa y los cigarrillos se esparcen por el suelo.

—Lo siento...

Se levanta y empieza a recogerlos. Le da uno a Sina y hurga para encontrar el mechero. Sina se inclina hacia delante para alcanzarlo y siente una punzada de dolor en la cicatriz.

—¡Au!

Lisbeth se levanta de un salto, y Sina siente que de pronto se le llenan los ojos de lágrimas. ¡Maldita sea! ¿Por qué no puede actuar con normalidad, sin poner siempre esos ojos de ciervo cegado por unos faros?

—¡Siéntate! —le ordena bruscamente—. ¡Basta ya de hacer comedia, maldita sea!

—No hago comedia, solo iba a...

—Vale, vale.

Fuman un rato en silencio. Ateca aparece por el rincón con un cesto de ropa bajo el brazo y Lisbeth se levanta de nuevo.

—¡Te doblo la ropa! —dice.

Pero Ateca niega con la cabeza.

—No hace falta, Madam Lisbeth. Puedo hacerlo yo misma. Es mejor que le haga compañía a Madam Sina.

Cuando Lisbeth vuelve a sentarse y recupera el cigarrillo del cenicero, le tiembla la mano. Me tiene miedo, se le ocurre a Sina. La idea le golpea como un rayo caído del cielo: ¡Lisbeth tiene miedo cuando le hablo!

Los ojos se le vuelven a llenar de lágrimas y se le forma un nudo en la garganta. La cirugía, los calmantes. El dolor en la cicatriz. Está muy cansada. Simplemente tiene ganas de que todo acabe.

Sina da una calada profunda al cigarrillo y mira a Lisbeth directamente a los ojos.

—Harald es el padre de Armand —dice.

Es como si lo hubiera soñado. La cara pálida, helada de Lisbeth mientras se levantaba y se marchaba, escaleras abajo, y se alejaba por el camino. Maraia, que apareció de pronto a los pies del porche y la miró sin decir nada antes de dar media vuelta y salir detrás de Lisbeth. Ingrid y Kat, que le ayudaron a entrar y a meterse en la cama: «Sina, cariño, tienes que tomártelo con calma ¿No sabes que tienes que descansar? ¡Si estás agotada!». Las lágrimas que no dejaban de caer. Por Armand y por su patética vida. Por Lisbeth y por ella misma. Por todo.

Sina está tumbada sobre su espalda, respira por la boca entreabierta. Debe de haberse dormido; a través de los párpados temblorosos percibe la penumbra en la habitación. Tiene ganas de ir al baño, pero le faltan las fuerzas para levantarse.

Ateca abre un poco la puerta. Lleva un cuenco en la mano:

—Tiene que comer algo, Madam Sina. Le he calentado un poco de sopa.

Deja que Ateca la incorpore en la cama; intenta evitar cualquier tipo de presión sobre la vejiga. ¿Ha vuelto ya Lisbeth? ¿Ha hablado con las demás? Tendrá que hablar ella con todo el grupo. La traición, la suya propia, la de Harald, pesan demasiado para el cuerpo tan delgado de Lisbeth.

—Tome un poco de sopa —le repite Ateca, a la vez que le ofrece el cuenco—. Tiene que recuperar fuerzas, Madam Sina.

Las fuerzas. Está exhausta. La sangre le circula densa y pegajosa por las venas, como si fuera una infección. Aparta el cuenco.

—Tengo que ir al baño —murmura.

Ateca la espera en la puerta mientras ella se sienta. Se vuelve de espaldas y arregla el jabón junto a la pila mientras Sina hace pis, larga y pausadamente. Cuando se agacha a subirse la ropa interior, posa la vista en su vientre. La franja pálida y ancha de piel, como si fuera una barra larga de pan sin cocer, apoyada sobre sus muslos. El vendaje arrugado, vertical. Se pone de pie y deja que Ateca la acompañe de vuelta al dormitorio.

La puerta está abierta y Maya está sentada en la butaca, encima de la pila de ropa. Ateca ayuda a Sina a meterse en la cama, retira la sopa y cierra la puerta después de salir. Sina se apoya en la pared y le lanza a Maya una sonrisa cansada. Lo único que le apetece es dormir. Pero Maya no deja de mirarla, con una expresión en la que se mezclan la paciencia y la sorpresa. Sus dedos juguetean con una tira larga y blanca de algún retal de tela.

—El vestido —dice Maya—. Lo he cosido.

Sina reconoce la cinta.

—Kat —dice, con tono reflexivo—. Fue Kat quien cosió el vestido de Maraia, ¿te acuerdas?

—Lo cosí yo —repite Maya, más alto. Deja caer la cinta y ata un lazo imaginario con las manos al aire—. Verde y rojo.

Sina ya no discute. El zumbido de los insectos en el exterior de la ventana marca el paso de los minutos. Se deja caer sobre la cama y cierra los ojos. Tantas cosas nos mantenían ocupadas, piensa. Todo lo que antes importaba. Y ahora, lo único que nos queda es el color de un vestido.

Cuando Sina vuelve a abrir los ojos, la puerta está entreabierta y percibe dos siluetas negras recortadas contra la luz. Los hombros estrechos de Lisbeth y la cabellera rizada de Maraia. Sina está a punto de decir algo cuando al fondo del pasillo se oye la voz de Kat:

—Ahí estás, Lisbeth. Maraia, ¿qué haces aquí tan tarde? Tu madre debe de estar preocupada por ti.

La serenidad en su vocecita:

—Solo le estaba ayudando a encontrar el camino de vuelta.

Todos sus otros sentimientos se funden ahora en este. Sina nunca se había dado cuenta de que la pena se manifiesta como un dolor de muelas pegajoso y grisáceo. Como una niebla densa que nunca se disipa, que la envuelve como una montaña de trabajo duro que se acumula por todos lados. Se ha convertido en el dolor de todas. No solo de ella y de Lisbeth, sino también de Maya, hasta de Ingrid. Y de Kat. Nada existe ni se siente antes de que pase por Kat. Es el filtro por el que todas deben pasar.

—¿Lo sabe Armand? —Es lo único que le preguntó a Sina.

Sina negó con la cabeza.

—Nadie —respondió—. Nadie lo ha sabido nunca.

—¿Ni siquiera Harald?

No le respondió. Está segura de que Harald lo sabe. Él también sabe contar, fechas y meses. Pero nunca se han dicho una palabra sobre ello. ¿Y que la empresa debería llamarse Høie & Son Building Supplies, a esas alturas? Ella nunca lo piensa. Nunca jamás.

Lisbeth no le preguntó nada. Nada de ella. En la película a cámara lenta en que se han convertido ahora los días, eso es lo peor de todo. Se lo ha contado a Lisbeth y ahora todo es distinto, aunque nada haya cambiado. No tenía planeado decirle nada; ni siquiera sabía que la frase sin pronunciar seguía al acecho, en algún punto al fondo de su lengua. ¿De qué serviría? Ahora eso forma parte del pasado, está abandonado en una cuneta que queda detrás de ella, es algo usado y por lo que ya ha pagado.

—Entonces, ¿por qué se lo has contado ahora?

Sina ni siquiera tiene la energía de molestarse por el hecho de que sea Ingrid quien se lo pregunta. No llega a encontrar las palabras que podrían explicar el más malicioso de los dolores: por saber que tienes el poder de aplastar a otra persona. Y saber que está en tus manos utilizarlo. La conciencia de que la única manera de mitigar el dolor de jugar con ventaja es abandonar las armas.

Se encoge de hombros y fija la mirada en Maya, sentada en la silla a la cabecera de la mesa. Sus ojos claros, totalmente liberados de historia.

43
Lisbeth

No alcanza a pensar. Lisbeth es plenamente consciente de que nunca ha jugado en la misma liga que Maya, o que Ingrid, cuando se trata de inteligencia. Nunca le ha importado; ella siempre ha tenido otros atributos por los que era envidiada. Pero ninguno de ellos importa ahora y se encuentra desorientada. Se siente indefensa cuando el espejo le devuelve la mirada sin decirle cómo se supone que deben mejorar las cosas. Y tiene la cabeza vacía. Sina, Harald, Armand; no sabe por dónde empezar. Dónde clavar una uña afilada al grueso caparazón de la esfera que palpita en su cabeza y empezar a retirar capas, una tras otra.

Lo peor es Sina. Que ella hubiera insistido en darle a Sina un trabajo en el almacén. Que todos esos años fuera ella, Lisbeth, quien se hubiera asegurado de que Sina y el pequeño tuvieran un techo sobre sus cabezas y comida en la mesa.

Lo peor es Harald. Imaginárselo a él con la Sina de pecho plano. Su despectivo comentario sobre Armand: «¿Darle trabajo al vago de su hijo? ¡Ni hablar!».

Lo peor es Armand. Que ella se emperifollara por él, con su blusa verde de seda. Sus guiños en la mesa. El sofoco que la invadía y le oprimía la garganta cuando se recordaba probándose frente al espejo el conjunto de lencería de encaje negro.

Lisbeth nunca ha recurrido demasiado a Dios. Nunca ha necesitado nada que no pudiera solucionarse con su estuche de maquillaje o con el dinero que llevaba en el billetero. Ha contemplado con una sonrisa condescendiente el entusiasmo de Ingrid por explorar todos los aspectos de la vida de los nativos ahí, en Korototoka, incluido el aspecto religioso. Los cánticos y el café en la parroquia nunca han sido el estilo de Lisbeth Høie.

Para Lisbeth Karlsen, muchas cosas son distintas. Una de las consecuencias más raras de la revelación de Sina ha sido que ella, de inmediato, mentalmente se ha cambiado el apellido. Ha recuperado su apellido de soltera para volver a ser la persona que era antes de Harald. Tiene que alejarse del nombre de su marido. ¿Es posible regresar de nuevo a quien fuiste?

Lisbeth Karlsen recupera también sus plegarias nocturnas. No está segura de si de veras ha creído alguna vez en Dios, y tampoco le preocupa demasiado. Pero cuando se acuesta en la cama, de noche, junta las manos y repite para sus adentros la plegaria que su madre les decía a ella y a su hermano cada noche: «Del dolor, del pecado y del temor, protégenos con tu ángel, Señor». Es un poco tarde para el pecado y el dolor, pero al menos tal vez pueda dormir toda la noche sin sentir miedo. Lisbeth Karlsen es libre y está abierta a todo. Libre como solo lo puede ser alguien que lo ha perdido todo.

Ahora entiende la hostilidad, el resentimiento en la voz de Sina, los dejes que sonaban a algo parecido a la burla. ¿O no? Ella, Lisbeth, es la que fue traicionada; si alguien tiene derecho a sentirse indignada, es ella. El disgusto le escuece como una bilis verdosa en la garganta. ¡Y ella era la que ha estado sintiendo lástima por Sina todo este tiempo! Andando sobre ascuas a su alrededor para evitar frotar con sal la herida de lo patética que resultaba. Ella y su vida estrecha. ¡Que Sina se atreviera a emplear aquel tono tan malicioso con ella! ¡Con lo que cargaba en su conciencia!

Pero la cara de Harald está siempre presente. Su tono de condescendencia cuando hablaba de Sina: «No es precisamente un bombón tras el mostrador». El golpecito en las nalgas, el regalo de su cincuenta cumpleaños: «Creo que debería comprarte un culo nuevo. Un culo recauchutado». El cumplido, las palabras más cariñosas que podía esperar de él: «Tienes un culito muy excitante, ¿lo sabes?».

Se mira al espejo. Sus ojos sin rímel se ven secos y las raíces grises de su pelo la miran fijamente, burlándose de ella. Culito excitante. Eso siempre le bastó. Y Sina ni siquiera ha disfrutado de eso. Tan solo ha tenido los genes de Harald en forma de un hijo que la quiere tanto como a un cajero automático que falla a menudo.

De pronto, la idea le golpea como una explosión, estallándole en la cabeza: ¿se trata de la empresa familiar? Høie Building Supplies, que ha cubierto los gastos de todos ellos durante tantos años: ella, Joachim y Amanda. Sina y Armand. Harald es la tercera generación. La cuarta, Amanda y Joachim, no quiere tomar el relevo. Pero ¿y Armand? ¿Es eso lo que quiere Sina? ¿Meter a Armand en el ruedo para que luche por hacerse con el control del negocio familiar? Es el hijo mayor de Harald Høie. Los derechos de primogenitura, ¿es eso lo que busca Sina? En su cabeza se forma una tormenta; el test de paternidad, el legado en vida y el testamento. Si esta noticia inconcebible es cierta, destripará la red de seguridad que protege a Amanda y a Joachim. ¿Se lo ha dicho, Sina? ¿Sabe Armand quién es su padre? Su ancha y brillante sonrisa: «Vivís en este maravilloso corral de gallinas. ¡Y sin un gallo que os moleste!».

Tiene que hablar con Sina. Necesita preguntarle si es eso lo que tiene planeado. Si lo que ella y Harald hicieron hace casi cincuenta años —no es capaz de imaginárselo— va a destrozar el futuro de sus hijos.

De pronto añora a Joachim. ¿Cómo ha dejado que su hijo se le escapara? ¿Cómo ha permitido que el desprecio de Harald —«Bueno, ¡si eso es lo que quiere hacer con su vida!»— la expulse a ella de la vida de Joachim? Su hijo, tan discreto y considerado. Ella dejó que desapareciera hacia una vida distinta y hacia una familia a la que ni siquiera conoce. Sus hijas, Viva y Sara, ¿recuerdan tan siquiera quién es su abuela?

La pequeña bolsa de fin de semana se aparece absurda a sus pies. Permanece en el suelo, con su color gris plateado y su estilosa asa retractable, en perfecta combinación con los pantalones ligeros de lino sobre las uñas de los pies recién pintadas. Ingrid la ha acompañado a la estación de autobuses de Rakiraki; ella insistió en tomar el autobús sola desde allí hasta Denarau, donde los hoteles se alinean uno tras otro a lo largo de playas de arena blanca e inmaculada. La isla artificial justo frente a Nadi, a escasos quince minutos del aeropuerto, donde los turistas australianos desfilan cada semana en dirección a habitaciones de hotel de camas recién hechas con colchas de estampados *masi,* y flores amarillas decorando los lavabos de los baños. Jardines impecables, piscinas de baldosas relucientes y toallas a rayas, balnearios con masajes de piedras calientes, masajes de pies, masajes con leche de coco. Capillas nupciales con cortinas de raso y vistas al mar, campos de golf, antorchas y ceremonias de *kava* cada tarde a las cinco.

Lisbeth necesita estar sola. Todas lo entienden, nadie hace preguntas. Cuando llevaba más de una semana sin hablar con nadie, fue Kat quien finalmente se lo sugirió: «¿Por qué no pasas unos días sola, Lisbeth? Vete a Denarau, túmbate al sol en la piscina. Visita el *spa,* usa el gimnasio, contempla la puesta de sol desde el bar».

Y ella asintió, sin más. Ni siquiera preguntó cuánto le costaría. Y ahora se embarca en el viaje, y se sienta en una butaca junto a la ventana en el bus con destino a Nadi y Denarau, con tres días en el Royal Davui Plaza por delante. No tiene previsto pensar. No tiene previsto llorar. No tiene previsto hacer nada de nada.

Cuando entra en la habitación la envuelve el aire fresco y seco. Su maleta ya está colocada sobre la banqueta, junto a la pared, y se vuelve hacia el joven que ha abierto la puerta introduciendo la tarjeta en el surco de la pared: «*Vinaka vakalevu*, ¡muchas gracias!». La observa un breve instante, lo suficiente para que ella se pregunte si espera una propina —pero ¿no le dijo Kat que allí no es costumbre dejar propina? — antes de hacerle una reverencia apresurada y cerrar la puerta tras él. Se tumba en la cama, fija la mirada en los estores de bambú de la puerta de la terraza. A través del cristal oye el ruido de la piscina, un batiburrillo de voces y griterío sobre un fondo de música. Sus ojos recorren la habitación, se detienen en el bol de fruta sobre la mesa, envuelto en celofán. La tortuga de madera tallada en la pared, encima del minibar. A Armand le habría gustado estar ahí, se le ocurre de pronto. El susurro tranquilo y suave del lujo. Las educadas reverencias de hombres jóvenes y más guapos, por debajo de su estatus social.

Armand. Analiza sus pensamientos. ¿Qué es el sabor que le viene a la boca? ¿Náuseas? ¿Vergüenza? ¿Rabia? Tiene la vaga sensación de que algo falla en su circuito interno. Debería sentir algo; la imagen de Armand debería provocarle algún tipo de reacción, pero no siente nada. Una leve incomodidad, pero nada que la indigne, que la moleste, que la asfixie. Prueba con otra imagen, poniéndose a prueba: Sina. ¿Qué siente por ella?

Es como si lo hubiera dejado todo fuera al entrar por la puerta de la habitación 206. Sina y Armand, la traición; lo dice en voz alta:

—¡Ella me traicionó!

Pero no pasa nada; el asunto ha quedado ahí fuera, tan lejos como el griterío de los niños en la piscina infantil. La mirada inexpresiva de su amiga, el vacío en su voz cuando se lo dijo. Como si las palabras no significaran nada. Lisbeth levanta una mano de su regazo, la lleva lentamente hasta su corazón. Se lo acaricia por encima de la blusa de lino con sus finos dedos. Pero no siente nada. No hay nada roto. No siente que las lágrimas estén a punto de embargarla.

Lisbeth se levanta de la cama, abre la botella de vino blanco del minibar y empieza a deshacer la maleta.

No le cuesta en absoluto bajar a cenar sola. Sabe que tiene buen aspecto. El vestido blanco que no se había puesto desde que llegó a Fiyi le envuelve vaporosamente las piernas, y el gran collar de cuentas le da a su conjunto un toque de espíritu libre y artístico. Se sienta a una mesa libre con cuatro sillas, y acaba de pedir la bebida cuando se le acerca una pareja, bastante más jóvenes que ella, y le preguntan si las sillas están ocupadas. Alan y Donna, son de Sídney, le dicen. Es la tercera vez que vienen a Denarau, la primera que se alojan en el Royal Davui. «¡Y está muy bien de precio, ahora que es temporada baja!»

Alan le sonríe, y ella se siente asaltada por un viejo reflejo: ¿había alguna intención especial en el rabillo de su ojo? ¿Un brillo especial cuando vuelve la cabeza para que su esposa no lo perciba?

Pero Donna no ve nada. Ya ha colgado el bolso en el respaldo de la silla y se dirige al bufé, la larga mesa repleta de alimentos dispuestos en dos niveles para que los huéspedes se sirvan: pescado a la brasa, pasta fresca, un enorme cuenco de gambas, costillas de cordero acompañadas de espárragos bañados en mantequilla. Pollo al curry, buey *rending*... Un delicado puesto de barbacoa en el que chefs con sus gorros altos te sirven tu corte favorito: «¿*Roast beef*, madam? ¿Un poco de cerdo?».

La mujer del vestido blanco lo pasa en grande en la mesa con sus nuevos amigos. No la conocen, ni ella los conoce; ellos nunca han estado en Reitvik, nunca han comprado nada en Høie Building Supplies. No tienen ni idea de cuántos hijos tiene Harald Høie. Cuando le preguntan si ha ido sola de vacaciones, ella asiente sin ofrecer más detalles. «Las señoras me permitirán que las invite a una copa de champán», declara Alan con galantería, y Donna y Lisbeth aceptan sonrientes.

Y cuando los platos del postre ya están vacíos —Lisbeth se contenta con una pequeña ración de macedonia de kiwi y fruta de la pasión–, ella se levanta y sonríe. «Creo que me retiraré pronto, puesto que es mi primera noche —dice, con tono desenfadado, y les agradece la excelente compañía—. ¡Que paséis una velada agradable!»

El vestido revolotea un poco más alrededor de sus piernas mientras se dirige hacia la salida; siente la mirada de Alan a su espalda. Sigue las baldosas alrededor de la piscina y por el camino que lleva hacia el edificio del hotel. Oye tras ella el rumor de las olas en la playa. De pronto se le antoja lo inofensivo que es todo. Soy solo yo, piensa Lisbeth Karlsen. Y todo va bien. Puedo cenar con gente agradable que acabo de conocer en un hotel. Y puedo disfrutar de la idea de irme a la cama sola.

A la mañana siguiente se despierta pronto. Saborea la tranquilidad en la habitación, el brillo pálido a través de las persianas le indica que el sol ha emprendido su ruta diaria a través del cielo. Lisbeth abre la puerta corredera de la terraza y se apoya en la barandilla, disfrutando del delicioso albornoz. El Royal Davui Plaza cobra vida poco a poco. Un hombre con el uniforme beis del hotel coloca toallas limpias en el estante junto a la piscina; una mujer un poco mayor empuja un carrito con fregona, escoba y un cubo por el sendero. Los jardineros recolocan los aspersores por el césped. Llevan gorras de tela fina del mismo color del uniforme; se mueven por allí abajo como pequeñas hormigas obreras, cortando una rama inoportuna por ahí, recolocando unas cuantas piedras decorativas por allá. Dos trabajan en equipo, arrodillados, medio ocultos a la sombra de un gran arbusto. Uno de ellos se ríe de algo que ha dicho el otro y le da unos puñetazos en el hombro, bromeando. Lisbeth lo admira, se fija en su musculatura que se mueve bajo la camisa de algodón. El chico se quita la gorra y se seca el sudor de la frente. Cuando vuelve la cabeza y el sol le ilumina el rostro, Lisbeth se sobresalta: ¡es él! ¡Él, el ladrón, el amigo de Vilivo! El joven que le hizo suspirar de deseo mientras la amenazaba con un cuchillo. Es Salesi, con las zapatillas de rugby, arrodillado en el césped, ahí en el jardín. La sangre le sube a la cabeza; el cigarrillo se le cae al suelo de la terraza. Ahora, el segundo jardinero sale de la sombra y Salesi se levanta. Recogen sus herramientas y se dirigen hacia una puerta lateral del hotel. Lisbeth corre a refugiarse en su habitación. Cierra la puerta de la terraza de golpe y se queda paralizada, recobrando el aliento. Entonces golpea el marco de la puerta con la palma de la mano: «¡Maldita sea!».

Su voz suena ronca e irreconocible, y mira a su alrededor, temiendo que alguien la pueda haber oído. ¿Por qué maldice? ¡Está muy bien que Salesi haya obtenido un puesto de trabajo en Denarau! Un joven desempleado menos en Korototoka. Uno menos echando a perder su vida, holgazaneando debajo de un árbol y esperando que pase algo.

Deja caer el albornoz al suelo y se mete en la ducha.

En el desayuno se vuelve a encontrar a la pareja de la noche anterior.

—Ya hemos ocupado las tumbonas de la piscina —le dice Donna, con una sonrisa complacida—. ¿Sabes cuál es el truco? Ocuparlas con toallas distintas a las del hotel.

—¿Ah sí?

Lisbeth la mira, extrañada.

—Sí, así la gente ve que están ocupadas. Nos hemos traído toallas de casa para eso —le explica, y la lleva hasta la ventana—. ¿Las ves?

Desde luego, hay dos tumbonas contiguas en el mejor rincón de la piscina, con toallas amarillo limón y granate extendidas encima.

Lisbeth asiente, admirada de la astucia de su nueva amiga.

—Eres más que bienvenida a instalarte con nosotros... ¿Te has traído algo que puedas poner en la tumbona?

—Oh, gracias —le responde ella rápidamente—, pero pensaba ir a echar un vistazo al *spa* después de desayunar. Intentaré hacer una reserva para más tarde.

Salen juntos del comedor donde sirven el desayuno y deambulan por la espaciosa recepción, que se abre delante del mar; se oye el sonido del agua que mana de una fuente, el aroma del café y de las flores de franchipán. Bajan las escaleras hasta la planta baja, donde Donna se desvía a la derecha, en dirección a la piscina, y Lisbeth a la izquierda, siguiendo el rótulo con letras talladas del «Heavenly Bliss Spa». Cuando levanta la mano a modo de despedida, la puerta de las escaleras que quedan detrás de ella se abre automáticamente. Un jardinero con el uniforme del hotel aparece a su lado, le sonríe educadamente y está a punto de saludar con el habitual «*¡Bula!*» cuando se queda paralizado y boquiabierto. Los ojos de Salesi son igual de claros, sus facciones igual de suaves y jóvenes a como las recuerda de aquella noche. Y él la reconoce. La confirmación de que así es se extiende por su rostro cual una cortina que se abre despacio, y farfulla un confuso «¿Madam? *Bula...* madam».

Ella siente al instante que se está ruborizando y le sube una punzada por la garganta. Lisbeth se da cuenta de que Donna la está mirando y advierte su expresión apabullada. Aparta la mirada de Salesi y lanza un rápido «*¡Bula!*» al aire. Donna frunce el ceño, perpleja —¡se ha dado cuenta de que nos conocemos! — y los mira, al uno y al otro, sin mediar palabra. Y antes de que Lisbeth tenga la oportunidad de decir algo, el momento se desvanece. Salesi se retira, le lanza una mirada insegura antes de volverse y bajar apresuradamente por el sendero con sus sandalias baratas y desgastadas. Ella percibe apenas unas líneas de color azul verdoso en sus brazos, bajo las costuras de las mangas de la camisa, como animales tratando de escapar.

—Seguro que nos vemos más tarde —le dice Lisbeth a Donna, con un gesto de despedida, tratando de esquivar su mirada llena de curiosidad. No reconoce el sabor que le viene a la boca. Algo parecido a la vergüenza, combinado con la visión de los hombros caídos que se apresuran hacia la esquina más próxima, que acaba en una bola de decepción y pudor.

Se fijó nada más llegar en el cartelito del vestíbulo que anunciaba «Free Wi-Fi», y algo sobre el horario de la sala de negocios. Los pensamientos de Lisbeth vienen y van perezosamente bajo los dedos expertos del masajista. Ruedan por las sienes, siguen un recorrido regular a través del cráneo, le arrancan un gemido cuando alcanzan un nódulo dolorido en el cuello. Un pequeño punto de presión y un destello violeta se dispara por sus párpados. ¡Oh!

—¿Duele?

Lisbeth asiente hacia el agujero de la mesa de masajes.

—Un poco, pero siga.

Se había autoconvencido de que no le duele recibir noticias tan espaciadas de Joachim. Parte de ella sintió tanta decepción como Harald cuando su hijo renunció a seguir los pasos de su padre, aunque en el fondo sabía que Joachim estaba eligiendo lo más adecuado para él. Su hijo es un hombre solidario, delicado. Disfruta cuidando de los demás. Es totalmente distinto de su hermana. Amanda nunca ha negado que sus propias necesidades y deseos son lo primero.

Sus mensajes por correo electrónico los muestran exactamente como son, piensa Lisbeth, mientras se ducha y deja que el agua caliente se lleve los restos de aceite de coco que le quedan en la piel. Amanda ha insinuado varias veces durante los últimos meses que no le importaría hacer una escapada a Fiyi. Lisbeth podría encontrarle un buen hotel y, puesto que es residente, tal vez le podría conseguir la tarifa local... A ella y a su pareja les gustaría «uno de esos bungalós frente a la playa, esos de techos de paja, ya sabes». Pero con aire acondicionado, por supuesto, y el hotel ha de tener gimnasio. Amanda ni se plantea visitar a su madre en Korototoka, «sería muy complicado, y no nos podemos permitir dejar el trabajo más de una semana». Pero tal vez Lisbeth podría ir a Denarau y pasar algunos días con ellos.

Desde que está en Fiyi, los correos de Joachim han sido pocos y relativamente breves. Nada de arrebatos ni acusaciones cuando se marchó, ni una palabra de Harald. Solo le pregunta cómo le va y si necesita algo.

Los correos de Joachim son sobre Lisbeth. Los de Amanda, sobre Amanda.

Mientras se seca y se vuelve a vestir, piensa en las niñas de Joachim. En los mensajes apenas las menciona. Hay tanta distancia entre ellos, piensa, y se detiene frente al espejo con el cepillo del pelo en la mano. Sus nietas. Apenas sabe más de ellas que sus nombres y su edad. De pronto, se le ocurre: él cree que no me importan. Harald lo rechazó, y yo me desentendí del asunto.

Se guarda el cepillo en el bolso y se dirige al vestíbulo a paso ligero. «¿Podría alguien indicarme cómo van los ordenadores del centro de negocios?»

De: lisbeth.hoie@hotmail.com
A: joachim.hoie@telia.com
Asunto: Hola desde Fiyi

Hola, Joachim y familia:
Os escribo desde el Royal Davui Plaza Hotel, en la isla de vacaciones de Denarau. Sé que suena muy lujoso, ¡y lo es! Acabo de volver de un tratamiento en el spa, después de un apetitoso desayuno tipo bufé, y estoy a punto de bajar a la piscina. Aquí hay al menos tres piscinas, una de ellas con varias rampas deslizantes y una máquina de olas. Todas las noches hay actuaciones y baile, meke (la danza típica), y a veces organizan un lovo, en el que se cuece la comida enterrada en un agujero en el suelo. Suena raro, pero la envuelven muy bien con hojas de banano y es todo muy limpio y seguro. ¡La carne sale increíblemente jugosa y tierna!

Hay una playa paradisíaca justo debajo del hotel, y cada tarde unos chicos que pasean con caballos y te ofrecen si quieres montar. Casi siempre se ven a niños montados en las sillas, paseando arriba y abajo de la playa, pero seguro que si tienes experiencia y quieres montar por tu cuenta, puedes hacerlo.

No sé si os podría interesar, pero sería fantástico que vinierais a visitarme. Creo que a Viva y a Sara les encantarían la playa, la piscina y los caballos. También estaría bien que me visitarais en casa. Tengo una habitación bastante grande en casa de Kat, y tal vez no os importaría que nos apretujáramos un poco algunos días.

Sé que los billetes de avión son caros, pero os puedo ayudar. Tampoco sé cómo estáis de tiempo, pero ¿tal vez el año que viene? Me encantaría que conocierais a mis amigas. Me gustaría mucho enseñaros cómo es mi nueva vida.

Hace una pausa. Borra la última frase. La vuelve a poner. Se despide y firma: *Abrazos de mamá.*

Envía el mensaje.

44

Ateca

¿Puedes cuidar de Maraia, Señor? Hay algo especial en la hija pequeña de Sai. Siempre está dispuesta a ayudar y es fácil de amar. No me extraña que Sai prefiera tenerla en casa y todavía no la haya mandado al colegio.

Sabes que la vida ha sido difícil para Sai, Señor. Su marido desapareció, nadie lo ha vuelto a ver desde que se marchó a Suva a buscar trabajo. Sai hace lo que puede con sus verduras y sus pollos, pero apenas saca lo bastante para los libros y el uniforme del colegio para una de sus pequeñas. La mayor es la más lista; Sai dice que será médico. Maraia es considerada y sabia, puesto que conoce el secreto de las tortugas marinas, o por qué la flor del *tagimoucia* es del color de las lágrimas de sangre.

Me da un poco de miedo llevármela muy a menudo a la casa de las señoras. Todas la quieren, este no es el problema; ¡Madam Lisbeth hasta le regaló una cadena de oro! Y cuando Madam Maya se pierde y está oscuro, Maraia la toma de la mano y le muestra el camino.

Pero ¿ves que se ha vuelto un poco descarada, Señor? Como hoy, cuando Madam Sina y yo estábamos preparando *roro* y Maraia nos ayudaba a limpiar las hojas. Madam Kat ha entrado en la cocina y se le ha iluminado el rostro al ver a la niña. Pero cuando le ha preguntado si su madre le había enseñado a lavar el *roro*, Maraia ha negado con la cabeza y ha respondido «¡No, yo ya sabía hacerlo!».

Madam Kat no se ha molestado, Señor. Se ha limitado a acariciarle la mejilla y los ricitos del pelo, sin tocarle la cabeza, que es pura y sagrada. *«Tulou»*, le ha dicho. Disculpa.

Bendice a Maraia, Señor. Deja que la Estrella del Mar brille para toda las damas de *Vale nei Kat*.

En el nombre sagrado de Jesús. *Emeni*.

45
Kat

Fue muy buena idea dejar que Lisbeth se marchara unos días a Denarau. Desde que Sina reveló su secreto, los papeles han cambiado, se ha alterado el equilibrio de la casa. Sina sigue pálida y agotada; se tambalea al andar, como una nave en plena tormenta. Pero también ha asumido una especie de dignidad; la confesión ha devuelto la vida a sus hombros caídos. Y Lisbeth, Dios mío, su vida ha dado un vuelco; necesitaba alejarse un tiempo.

Si queremos sobrevivir, así tendrá que ser. Lisbeth deberá vivir con esta nueva realidad y Sina deberá aceptar que todas nosotras la miremos de manera distinta.

Cada una ha encajado la noticia sobre Armand a su manera. ¡Su padre es nada menos que Harald! Tengo mil preguntas en la cabeza que no haré nunca, y estoy segura de que a las demás también les asaltan un montón de enigmas. La reacción de Ingrid fue típica de Ingrid: una mezcla de asombro y disgusto, como si la revelación de la paternidad del chico no hiciera más que confirmar la mala impresión que ya tenía de él. También fue quien sacó la cuestión de si tenía algún derecho sobre la herencia. Sin previo aviso, soltó el tema, sin preámbulos, un día mientras desayunábamos.

—Entonces, ahora tendrán que compartir la herencia entre los tres. El legado de Harald, cuando llegue la hora.

Lisbeth se puso rígida; la mano con la que sostenía la taza le tembló tanto que derramó café por el borde. Miró a Sina sin ninguna expresión. Yo contuve la respiración y silenciosamente me enfurecí con Ingrid. Por el amor de Dios, ¿era necesario? Sina fue la única que no se alteró. Se limitó a seguir masticando y se tragó el bocado de tostada antes de responder:

—Armand no sabe quién es su padre. Ni lo sabrá nunca.

Para ser sinceros, no me sorprendió. Hace cincuenta años que Sina arrastra ese secreto; dudo mucho que tenga algún plan de sacar ahora a Armand, cual as en la manga, en la última mano de la partida. Pero, para Ingrid, la respuesta no resulta lo bastante satisfactoria:

—¡No hablas en serio! Obtendrá lo que por derecho le corresponde, ¿no?

Si llego a estar lo bastante cerca de ella, le hubiera dado una patada en la espinilla. ¡Ingrid no es nadie para meterse en eso! Puede que Sina sea pobre, pero no es avariciosa. Armand es ambas cosas, pero, esta vez, Sina no quiere darle la oportunidad de demostrarlo.

Fue como un baile muy bien coreografiado: Sina tomando otra tostada, Lisbeth posando la taza sobre la mesa. La confusión reflejada en sus ojos redondos y grises; el alivio estremeciéndole el cuerpo delgado. Sus hombros temblando mientras Sina cortaba un trozo de queso sin levantar la vista.

—Siempre nos las hemos arreglado solos. Yo nos he mantenido a los dos, a Armand y a mí. Ahora le toca a él mantenerse por sí mismo, maldita sea.

Pero Ingrid seguía en sus trece, infatigable, con sus ojos paseándose de Sina a Lisbeth.

—¡Estamos hablando de mucho dinero! Høie Building Supplies es una empresa muy próspera. Y, al fin y al cabo, ¡él tiene derecho a su parte!

Entonces Lisbeth por fin abrió la boca. Estaba sofocada, y tenía la voz entrecortada:

—La justicia no es siempre blanca o negra. ¡No tienes derecho a reclamar algo de lo que nunca has formado parte!

Después, Ingrid se calló, pero yo me fijé en la cara de Sina. Una expresión abierta y llena de asombro. Y de algo más, de respeto.

Resulta difícil saber qué percibe Maya de toda la conmoción de las últimas semanas. Se mantiene al lado de Sina, como siempre, pero no ha mostrado ningún síntoma de entender el asunto de su hijo. O tal vez lo han comentado durante sus paseos, qué sé yo. Pero no es que su relación se base en la conversación.

¿Y Ateca? Tampoco estoy segura de si lo ha entendido. Al menos no preguntó nada cuando Lisbeth hizo la maleta y se marchó unos días. Pero estoy segura de que Ateca tiene su opinión, como siempre. Su opinión y sus conclusiones.

Un paseo junto al mar siempre resulta tranquilizador. La arena cálida y acogedora; me detengo un momento y tomo un puñado. La dejo deslizarse por entre los dedos antes de seguir hacia la playa, que está casi totalmente desierta a esta hora tan temprana de la mañana. Pero Jone está despierto y saludo a la figura robusta que baja hacia su barca.

—¡*Bula*, Madam Kat!

—*Bula*, Jone. ¿Sales tan pronto?

La risa le estalla por los labios como si fuera caramelo líquido.

—No hay más remedio, si quiero pescar algo.

Me quedo por ahí unos minutos mientras él prepara sus artes de pesca; al cabo de un rato aparece uno de sus hijos para ayudarle. Trabajan en silencio; el sol empieza a calentar apenas se encarama un poco por el horizonte. Jone levanta la mano y se despide antes de meter la *Vessel of Honor* al agua, sorteando las olas, y saltar dentro.

Sigo con la vista la embarcación mientras sube y baja al entrar en el mar. El momento se paraliza a mi alrededor, el reflejo en el agua, el aire que acaricia suavemente las palmeras. Esto es lo que somos. Todo lo que vemos, todo lo que nos hacemos los unos a los otros, al final no es nada. Lo único que importa es tener los pies bien plantados sobre la tierra. Sentir tu respiración hacia dentro y hacia fuera.

Un sonido a mi lado, un movimiento imperceptible. A través de las gafas de sol miro a la pequeña con el pelo de caramelo.

—Estás muy silenciosa, *Nau* —dice la Estrella del Mar. Su expresión seria me provoca un estremecimiento de felicidad.

Maraia sigue andando sin decir nada y yo la sigo. Sus pies saben adónde se dirigen. Pasamos más allá de los otros botes que se preparan para hacerse a la mar, hacia el lugar donde la hilera de cocoteros se interrumpe y empieza una franja oscura y empantanada de manglar. Hasta el punto bajo un árbol donde una embarcación más grande estaba varada aquella noche, en la costa, con el casco agrietado. Una barca que proyectaba una sombra lo bastante larga como para que una persona desapareciera en ella, aunque la luna brillara grande como un *balolo* y la playa estuviera llena de gente.

Maraia se detiene y se agacha en una postura que mis rodillas reconocen. Fue aquí donde yo no me senté. Aquí fue desde donde no vi a Niklas inclinarse hacia delante con su cámara. Fue donde yo no grité cuando él resbaló y cayó. Donde yo no pedí ayuda cuando su cuerpo se hundía en el agua y se quedaba allí.

Los ojos de Maraia brillan como granos de arena al sol. Cuando vacilo, da unos golpecitos al suelo, a su lado, y me siento. No nos decimos nada. Tras mis ojos abiertos, la película empieza a proyectarse de nuevo: el hombre con la bolsa de la cámara colgada a la espalda. La voz titubeante de Ateca: «Habría gritado si hubiera necesitado ayuda, ¿no? Pero nadie oyó nada. Tiene que creer que le falló el corazón».

A mi lado, Maraia dibuja en la arena con un palito. Un corazón, y marca los contornos más y más fuerte. De pronto me mira: «Nadie oyó nada», dice.

Mantengo la mirada fijada en el corazón de la arena y siento que el sol me abrasa la espalda.

Caminamos juntas de vuelta a casa, con su mano pequeña y fuerte en la mía. Tengo la cabeza entumecida, los pensamientos me dan vueltas, sin formas ni palabras. ¿Tal vez sea esto lo que le ocurre a Maya? La sensación intensa de que está ocurriendo algo; lo sabes, quieres saberlo, pero no alcanzas a definirlo. Por encima de todo, siento la necesidad de llorar. Como si algo entre Maraia y yo se hubiera establecido y destruido al mismo tiempo. Como si supiéramos algo la una de la otra de lo que nunca hablaremos.

Nos detenemos un momento al pie de las escaleras que llevan a la terraza.

—¿Quieres pasar? —le pregunto.

Asiente con la cabeza y subimos los cuatro peldaños de la mano. No quiero soltarla. Quiero que sus deditos cálidos y diminutos recuerden la presión de los míos. Los nuestros. Míos y de Niklas.

La llevo hasta el rincón del salón donde está el escritorio; en una esquina de la mesa, el pisapapeles que aglutinaba sus días: una estrella de mar de cinco puntas en madera pintada de azul. Los brazos con puntas suaves y redondeadas, alisados por sus dedos. Vigilando pacientemente el flujo entrante y saliente, todo lo que viene y va. Cinco dedos de una mano, cinco mujeres en una casa.

Pongo la estrella en la mano de Maraia.

—Para ti —le digo.

Sus dedos se cierran, toman posesión y comprenden.

—Sí —dice—. Soy la Estrella del Mar.

Encontramos a Maya en la cocina. Tiene una taza en la encimera frente a ella y está vaciando de manera lenta y deliberada todo el contenido del estante de abajo de la despensa.

Bolsitas de té, azúcar, especias. Miel, sal, avena. Ateca cepilla el suelo con movimientos delicados; con el rabillo del ojo vigila a Maya, que está absorta en lo que está haciendo. El estante ya está vacío, todos los ingredientes alineados sobre la encimera.

Le pregunto a Maya si está buscando algo.

—¿Buscas el té de limón? Creo que ya no queda.

Maya me mira y niega con la cabeza.

—No —se limita a decir.

Se vuelve de nuevo hacia la encimera y mira los productos que ha sacado. Ateca ha dejado de barrer. Todo permanece quieto mientras esperamos a Maya. Vuelve a poner la taza vacía en el estante. Luego se vuelve hacia Maraia y le sonríe:

—Puedo enseñarte algo —dice—. Soy maestra. Puedo enseñarte algo.

Sale de la cocina y Maraia la sigue. Sus manitas sujetan fuerte la estrella azul. Miro a Ateca, pero ella no me devuelve la mirada. Simplemente deja la escoba y se pone a ordenar el té y las bolsas de especias.

Vuelvo al escritorio. La pila de papeles, cartas y facturas está esparcida por encima de la mesa. La recojo, elijo una piedra plana y blanca de debajo del porche y la pongo encima de la pila.

Ingrid ha impreso unos cuantos artículos que cree que debo leer; desdoblo el primero: «¡Reduce el riesgo de coágulos!» ha escrito en los márgenes, con sus grandes letras mayúsculas. Es un texto sobre los flavonoides del cacao, sobre cómo incrementan el aporte de oxígeno al cerebro y te ayudan a estar más despierto y alerta. Arrugo el papel y lo tiro a la papelera. Lisbeth ya lo ha comentado.

Paso al siguiente artículo, pero lo vuelvo a dejar sin leer. Siento la inquietud en forma de hormigueo en todo el cuerpo. ¿Adónde llevaba Maya a Maraia?

La puerta de la habitación de Maya está entreabierta. Están las dos sentadas en el suelo, con un atlas grande abierto en el regazo de Maya; su fuerte y torcido dedo índice sigue la silueta de Viti Levu en un mapa del Pacífico Sur.

—El océano es muy grande —dice Maraia.

Maya asiente con solemnidad.

—La isla es solo un poco más grande que mi dedo.

—Y nosotras somos todavía más pequeñas.

Maya asiente:

—Más pequeñas que un puntito.

—¿Es porque el océano es muy grande?

Maya madura la respuesta:

—Sí —dice finalmente—, somos muy pequeñas porque el mar es muy grande.

Los pasos arrastrados detrás de mí me dicen que se acerca Sina. Me separo rápidamente del umbral de la puerta, como para proteger el juego entre las dos. Pero Sina ya no protege a Maya con tanta contundencia como antes. La revelación, la confesión, el anuncio —como quiera que prefiera considerarlo— la ha vuelto menos feroz. O, no feroz... menos intensa, quizá. No tan brusca y cortante como antes. Eso es más evidente en su relación con Lisbeth, por supuesto. El equilibrio de fuerzas entre ellas ha cambiado. Pero Sina no actúa como una pecadora arrepentida, sino más bien al contrario. Parece casi aliviada; ¿tal vez eso ocurre cuando un viejo secreto se libera? Ya no aprieta la mandíbula, las líneas de su frente están menos marcadas que antes.

Me vuelvo hacia Sina y, para distraerla de las dos que juegan en el suelo detrás de mí, le pregunto si quiere sentarse un rato fuera.

—¿Sabes dónde está Lisbeth, por cierto?

Se encoge de hombros, en su voz no hay ninguna intención:

—En el ordenador, creo. Quería escribirle a su hijo.

Tal vez es la imagen de la estrella azul de Niklas en la mano de Maraia. O quizá porque Sina se ha sentado en la silla más cercana a la puerta, donde siempre se sentaba él. Sea lo que sea, él está ahí, su presencia es más fuerte de lo que la he sentido en mucho tiempo. Siento un cosquilleo en la nariz, líquido en los ojos y la garganta, siento que estoy a punto de llorar, aquí mismo, delante de Sina. Se inclina hacia mí; está atónita:

—Kat, ¿qué pasa? ¿Kat?

Muevo la cabeza, me obligo a hablar:

—Nada, es que... Echo de menos a Niklas —consigo decir. Es una frase segura, como parte del guion. Tengo derecho a decir que echo de menos a Niklas.

Sina asiente.

—Yo echo de menos a Armand —dice.

Y pienso para mis adentros, «ni que fuera lo mismo».

—Y ahora ya no es solo mío.

De pronto, entiendo lo que dice. Ahora que está todo sobre la mesa, pertenece a todo el mundo. Siento que debo decir algo de consuelo, pero Sina prosigue:

—Ojalá hubiera tenido otro hijo.

Alarga las manos y me sujeta por las rodillas.

—¿Tú no? ¿No te hubiera gustado tener hijos, quiero decir?

Es tan irreal que ni siquiera me asombro. Lo único que reverbera en mi cabeza es la vocecita de Maraia. «Nadie oyó nada.»

Sina prosigue, como ida, ahora sin ningún tacto ni sensibilidad. Tiene los ojos febriles y distantes a partes iguales.

—Durante años, pensé que con Armand me bastaba. Todo lo que iba a ser. —Retira las manos y las coloca sobre su estómago, que sobresale bajo su falda suelta—. Tal vez, si hubiera sido una niña...

—Si hubiera tenido hijos, habría preferido una niña —digo—. Alguien en quien pudiera verme reflejada, de alguna manera. Como un reflejo de mí misma en el espejo.

Sina me mira directamente a los ojos:

—¿Fue Niklas quien no quiso tenerlos?

¿Me está preguntando realmente esto? Miro las manos de esta nueva Sina, y mis propias manos se repliegan sobre mi barriga, imitando su gesto, descansando sobre el músculo que nunca ha tenido la oportunidad de mostrar cómo es capaz de contraerse y estirarse. ¿Fue Niklas quien nunca lo quiso? Hay tantos fallos en esta pregunta que resulta imposible ni siquiera buscar la respuesta.

Él nunca lo dijo, que no quisiera tener hijos. Simplemente, nunca tuvo la prioridad suficiente en la lista. Estaba siempre al final de la agenda, no al principio. A menudo he pensado que también fue culpa de mi debilidad. De mi necesidad de ser quien yo creía que él quería que fuera: la paciente, compasiva y generosa Kat. ¿Temía perder mi categoría de socio a partes iguales del Proyecto Save the World? ¿Podríamos haber sido padres, juntos, si yo hubiera sido lo bastante valiente como para decirlo? «Niklas, quiero tener hijos. Quiero tener hijos contigo».

¿Cómo puedo responder a la pregunta de Sina? «No lo sé.» Esa es la verdad. Nunca lo pregunté, porque temía la respuesta.

¿Cómo puedo explicarle la sospecha que creció en mi interior, lenta y reticente, sobre el hombre por el que lo había arriesgado todo? A quien los aldeanos de Malawi y los miembros de las asociaciones de mujeres de Paquistán le dedicaban discursos, a quien habían despedido con lágrimas en los ojos cuando se marchaba. Una certidumbre que se formó a base de pequeños indicios: las orejas extrañamente estrechas de la niña, casi sin lóbulos. El matiz de caramelo dorado en el color de su pelo. La nariz corta y ancha. Su madre, Sai, que nunca venía a nuestra casa. ¿Cuándo fue que todas las piezas empezaron a cuadrar hasta formar una especie de convencimiento? Una certeza que puso las palabras en mi boca, preparada para soltarle: «Maraia es tuya, ¿verdad?». ¿O disfrutaba yo del hecho de ser quien lo sabía? Eso era algo que le podía explicar a Sina. El poder de ser la que sabe y no dice. Ella lo entendería.

Pero no fue así. No fue por venganza, yo no quise herir. Ni a Niklas ni a nadie. Fue la decepción. El dolor de que él lo supiera y lo hubiera ignorado. La pena de ver el lado mezquino del gran Míster Niklas. Que no fuera mejor que un Harald Høie cualquiera.

¿No confiaba lo suficiente en mí? ¡Lo podíamos haber resuelto! ¿No me podía haber permitido aquella realidad, a los dos? La felicidad por la Estrella del Mar, podríamos haberle dedicado tanto espacio y tanto tiempo... ¿Por qué no confió en mí?

—Así es mejor para todos —fue la respuesta que obtuve la noche que finalmente pregunté. No, no le pregunté. Simplemente le dije que lo sabía. Y lo único que quería era que lo compartiéramos. Compartir a Maraia como habíamos compartido todo lo demás.

Al principio pareció atónito, casi asustado. Luego avergonzado. A la defensiva. Yo me sorprendí de mi propia reacción: tuve ganas de acariciarle el pelo, de animarlo, de tranquilizarlo y de decirle que todo iría bien. Tuve que dejar de lado a la Kat-miembro-del-equipo y oír mi propia voz, aguda y desconocida:

—¿Cómo pudiste no decirme nada? Lo habría aceptado, Niklas, ¡le podría haber dado la vuelta a la situación! ¡Podríamos haber sido... sus padrinos, algo! En vez de esta... ¡cobardía!

Aún estaba a tiempo de salvar la situación. Podía haberse levantado, decir que lo intentaría, que hablaría con Sai. Podíamos haberlo discutido, seguir siendo el Equipo Kat & Niklas. Encontrar soluciones que funcionaran a la luz del día. Le podíamos haber dado la vuelta. Podía haber sido algo bueno.

Pero se marchó. Se levantó de la silla y me soltó: «Estás histérica y cansada. Cuando estás así no se te puede hablar. Me voy a la cama».

«¡Le robaste el marido a Sai! —quise gritarle—. ¿Crees que es casualidad que se marchara? ¡Dejaste a Maraia sin padre! ¡Me dejaste a mí sin...».». Pero ya había cerrado la puerta tras él. Su mochila con el material fotográfico estaba preparada en un rincón. Y aquella noche llegaba el *balolo* con la luna llena.

Vuelvo a replegar las manos encima del estómago. Como una imagen en el espejo de Sina, que se sienta delante de mí y que hace mucho rato que ha dejado de esperar una respuesta.

46

Ateca

Querido Dios:
Esta noche no logro conciliar el sueño. Las nueces del árbol del *vonu* son duras como cáscaras de tortuga y caen ruidosamente al suelo. Vilivo no ha vuelto a casa, y el ulular de un búho me encoge el corazón y me llena de temor. Ayúdame a mantenerme vigilante. Indícame el camino.

¿No son todas las olas parte del mismo océano, Señor? La aldea de las señoras está en otro mar, un mar mucho más frío, pero todas las historias se encuentran y se mezclan en el agua; todas comparten sus secretos. De modo que las olas que bañan la costa del pueblo de Madam Kat deben de saber lo que sucedió en una playa aquí en Fiyi. Todo está conectado, y el océano no miente.

El *balolo* llegará dentro de tres días, cuando vuelva la luna llena. Madam Ingrid quiere salir a verlo, es la única en *Vale nei Kat* que quiere ir. El año pasado fue más fácil, las damas eran nuevas en Korototoka y no sabían nada del *balolo*. Pero ahora Madam Ingrid se cree que lo sabe todo. Le he dicho que a los *iTaukei* no les gusta que haya *kaivalagi* con ellos cuando llega el *balolo*. Sé que me perdonarás esta mentira.

Te he preguntado muchas veces, Señor, si era un sueño lo que tuve aquella noche. La noche del *balolo* de hace dos años, cuando el mar tenía los colores del arcoíris bajo los botes y las mujeres corrían por la playa con cubos, ollas y sartenes. Hablaba en serio cuando le dije a Madam Kat que nadie había visto nada. Que nadie había oído gritar a Míster Niklas, que debió de haber caído. Pero en mis sueños es cuando oigo con más claridad, Señor. Lo que ha ocurrido y lo que tengo que hacer. Y no es seguro que Madam Kat oyera con sus oídos o viera con sus ojos. A veces las olas se llevan lo que hemos visto; la imagen no tiene suficiente tierra pegada a las raíces para mantenerla plantada.

¿Fue real, Señor? ¿Fue un espíritu? Solo una imagen fugaz, algo que apenas parpadeó en mis ojos antes de desaparecer de nuevo. Una figura con camisa de cuadros y pantalón claro desapareciendo por la oscuridad detrás de una barca.

¿Fue una señal, Señor? ¿Debería decirle a Madam Kat lo que vi? Por favor, dime qué debo hacer.

En el nombre sagrado de Jesús. *Emeni.*

47

Ingrid

A Ingrid siempre se le ha dado bien aceptar la realidad y salir adelante. Percibe que el equilibrio en casa de Kat está alterado, pero mantiene la cotidianeidad que se ha construido: cuidar del huerto, poner el chocolate en los moldes en la casa dulce, y conducir la furgoneta. Se ha convertido en la chófer habitual, ahora que Vilivo ya no está. Ateca estaba muerta de preocupación la mañana siguiente a que Ingrid dejara al chico en la estación de autobuses en Rakiraki. ¿Cómo podía saber ella que no le había dicho a su madre que se marchaba? Habían charlado, le había comentado que había oído hablar de una oportunidad laboral, algo sobre una obra de construcción de un puente. Ni se le pasó por la cabeza que no hubiera avisado a Ateca.

Por supuesto que se da cuenta de que el equilibrio de poder entre Sina y Lisbeth ha cambiado: una está más serena que antes, la otra lleva la cabeza más alta, de una manera nueva, como si la opinión de los demás ya no le afectara. Es mejor no decir nada, cree Ingrid. Dejar que las cosas fluyan.

Pero la Wildrid que lleva dentro quiere más. El drama, las corrientes internas del escándalo, la traición y la vergüenza la llenan de energía y le hacen bullir la mente de ideas entrecruzadas. Mantiene a Sina bajo una estricta vigilancia, encantada de que su rictus huraño haya desaparecido, y siente una punzada de alegría al sentir que a Lisbeth parece importarle un comino. Wildrid se pone un pañuelo naranja en la cabeza y se

273

quita el sujetador bajo la camiseta antes de salir al porche, de noche. E invita a una botella de vino que ha comprado en la ciudad.

—¿Celebramos algo? —pregunta Kat, tendiendo su copa.

Ingrid le sirve y se encoge de hombros.

—¿Que hemos llegado hasta aquí? *El chocolate de Kat.* Hemos creado algo, ¿no vale la pena celebrarlo?

Kat levanta la copa.

—Desde luego —dice—, vale mucho la pena.

—¡Un brindis por las damas del chocolate! —interviene Lisbeth— ¡Puro y simple!

Su tono es tan desenfadado que Ingrid tiene que mirarla dos veces.

Sina pone cara de querer decir algo, pero luego vuelve a cerrar la boca. Wildrid advierte la alegría de Lisbeth y posa la botella sobre la mesa:

—¡Tenemos que probarlo! —exclama, eufórica—. Una porción de felicidad ahora mismo, ¡nos la hemos ganado! —Cruza el patio a grandes zancadas, abre la puerta de la casa dulce y regresa con una bandeja de paquetitos envueltos delicadamente en papel celofán, que coloca en el centro de la mesa.

»Comamos, bebamos y seamos felices —dice, contenta, y se lleva un trozo de chocolate a la boca. Cierra los ojos mientras inhala la dulce exquisitez, deja que se funda y que circule por todo su cuerpo. Se lame los labios y suelta un suspiro—. Esa deliciosa sensación —dice—, una y otra vez.

Kat desenvuelve un trozo y dobla el celofán entre los dedos mientras mastica despacio, reflexiva.

—Quién habría dicho —musita— que podríamos hacer algo así. Sabe a...

—¡Éxito! —interviene Lisbeth—. ¡Sabe a éxito! —Se mete un trozo oscuro y brillante en la boca y pega los labios mientras saborea con lengua de catadora experta—. Redondo y profundo —afirma—. Con una pizca, solo un rastro diminuto, de coco. El sonido de las olas rompiendo en la arena y del viento peinando las palmeras.

—¿Puedes oír el chocolate? —bromea Sina. Se mete un trozo en la boca. Una sombra de delicadeza se extiende por su rostro, las líneas tensas de su frente se relajan—. ¡Qué bueno! —dice. Su voz expresa sorpresa, como si fuera un descubrimiento que acabara de hacer—. ¡Caramba, está muy rico!

Maya permanece con su trozo de chocolate envuelto en la mano; sus dedos no son capaces de recordar cómo se desenvuelve. Wildrid se lo arrebata y le arranca el celofán:

—Vamos, Maya. ¡A ti también te toca celebrarlo!

Maya cierra la boca y degusta con delicadeza la aromática pieza; sus labios tiemblan levemente mientras deja que se le funda en la lengua. El chocolate le deja manchas marrones en las comisuras de los labios y ella sonríe.

—Sabe a felicidad —dice—. A todo lo que siempre habíamos deseado.

Kat la mira, y sonríe con una amplia sonrisa mientras vuelve a levantar su copa:

—¡Eso es! —exclama—. Todo lo que siempre habíamos deseado. —Recorre la estancia con la mirada—. ¿Qué creéis, chicas? ¿Ha salido todo como queríamos?

—Bueno, yo no lo cambiaría por nada —responde Lisbeth sin perder el ritmo. A Wildrid le parece advertir cierto desafío en su voz, y recoge el guante:

—Quieres decir, ¿ni por la gran casa de la colina?

Lisbeth la mira, atónita:

—Pues... Sí, eso es a lo que me refería. Ni por un marido cabrón que solo piensa en él.

Sina levanta la cabeza; Wildrid advierte que la mirada prevenida de sus ojos se ha transformado en una especie de asombro. La tensión provoca chispazos por las paredes, los hombros se tensan, y Wildrid siente una placentera euforia en el estómago. Le lanza la pelota a Maya.

—¿Y tu, Maya? ¿Lo cambiarías? ¿Preferirías estar en Noruega? ¿Con Evy?

No sabe por qué ha añadido esto último. ¿Para insinuar que Maya necesita una cuidadora esté donde esté? Desearía poderlo retirar.

Maya sostiene la copa en su regazo, agarra el tallo con las dos manos.

—Yo era muy buena dibujando —dice—. Y pintando. Branko pinta. El marido de Evy; es pintor.

Ingrid mira a Maya, atónita. ¿Ha tenido algún sueño, más allá de su pupitre de maestra? Los visualiza con claridad, a Steinar y Maya. Con objetivos, con una claridad meridiana sobre lo que deseaban. Estabilidad constante. ¿Es posible que Maya no hubiera tenido todo lo que deseaba?

Wildrid comprende, un pequeño triunfo bajo su bandana naranja.

—Los colores, ¿no, Maya? ¿Son lo que nos falta en casa, colores? —Se levanta y da unos pasos hacia el jardín. Desaparece un momento y vuelve con una flor amarilla, que coloca en el pelo de Maya—. No es demasiado tarde, Maya. Nunca es demasiado tarde.

Se inclina y le da un abrazo. Ingrid advierte que Maya da un pequeño bote hacia atrás y que ha derramado un poco de vino en su regazo, pero Wildrid la estrecha con más fuerza.

—Puedes dibujar, Maya. —Y las palabras fluyen como si tuvieran vida propia—. Maraia puede dibujar contigo.

Su mirada se desvía involuntariamente hacia Kat. Buscando la aprobación de Kat. La bendición de Kat. Ninguna conversación concluye hasta que escuchan a Kat.

Pero no hay ninguna reacción desde la silla de mimbre junto a las escaleras. La frente fruncida bajo el flequillo, la vista perdida en el horizonte. Kat está en otro lugar.

—¿Y tú, Kat? ¿Hay algo que cambiarías? ¿Algo que harías distinto si pudieras emprender el viaje de nuevo, desde el principio?

Ingrid oye su propia voz, pero la que habla es Wildrid. Kat e Ingrid se conocen desde siempre; Ingrid nunca le habría hecho esa pregunta. Ha visto a Kat con Niklas, ha visto todo lo que han conseguido juntos. Los ha visto apasionados, extasiados, agotados, resignados. Los ha visto pelear tanto que saltaban chispas, los ha oído hacer el amor a través de paredes finas. Ingrid está segura de que Kat no cambiaría ni una sola coma de su historia.

Pero Wildrid recibe otra respuesta. Kat desvía los ojos de la playa:

—Solo podemos ver un paso tras otro —dice—. Nunca el viaje entero; y de pronto, ha terminado. Pero soy feliz. Ha sido maravilloso.

Sonríe delicadamente, como si se dirigiera a sus propios secretos.

—¡Todavía no ha terminado! —objeta Wildrid—. Todavía quiero hacer muchas cosas.

Kat asiente con un gesto lento de la cabeza, como si estuviera de acuerdo, e Ingrid siente algo que la roe por dentro: ¿está Kat tan autocomplacida con su colorida y emocionante vida, que lo único que le queda es relajarse? ¿Disfrutar de los recuerdos de sus dramas y sus éxitos mientras siente pena por aquellos que vivieron en segundo plano, aplaudiendo desde los márgenes?

—Nunca te has dado cuenta, ¿no? —dice Wildrid con brusquedad—. Nunca has entendido que eras la vara de medir de todo; nunca has percibido cómo las demás nos esforzábamos por parecernos un poquito a Kat, ¡a una fracción de lo que tú eras! ¿Ni tampoco lo ves ahora, rodeada de nuevo de tus fieles súbditas?

Ingrid está horrorizada. Quiere levantarse y abrazar a Kat, decirle que no piensa ni una palabra de lo que acaba de decir. Que Kat siempre ha sido para ella una fuente de inspiración, que no hay nadie a quien quiera tanto. Quiere decir que está cansada, que ha bebido demasiado, ¡que no lo quería decir!

Pero Wildrid se lo impide. Wildrid abre los brazos bien abiertos y se vuelve hacia las demás:

—¡Lisbeth! ¡Sina! ¡Decidme que no sabéis de qué hablo!

Sina levanta la cabeza, las mira a una tras otra:

—Si ha sido así —dice—, no tenía ni idea. Yo solo me sentía agradecida. —Suelta una bocanada de humo y se vuelve hacia Lisbeth—. Pero si volviera a empezar, estaría mucho menos agradecida.

Lisbeth se encoge de hombros:

—Yo siempre he sabido que no era como tú, Kat. Nadie podía ser como tú. Pero me daba igual; yo tenía otras cosas.

Ingrid quiere hacerlas callar a todas; callarse ella. ¡No fue así! Siempre habrá una líder. Alguien a quien admirar, alguien que escribe las normas. Alguien a quien las demás intentan complacer. Pero eso no la convierte en... ¡una especie de tirana!

¿No?, pregunta Wildrid. ¿No le ha convenido siempre a Kat que estuvieras ahí, dispuesta a alabarla y admirarla? A seguirla de cerca, cámara en mano, dispuesta a documentar los asombrosos logros de ella y de Niklas? ¿Por qué no podías ser tú el centro de la imagen? ¿Por qué no se te permitió brillar a ti?

Ingrid mueve la cabeza, negando. Nadie brilla con unos pies de la talla 42. Con unas manos enormes y nudosas y con una media académica de notable, cuando eres honesta y de fiar y vas subiendo lentamente por el escalafón. Pero los honestos y de fiar no atraen la atención. Los sólidos y pacientes no le aceleran el pulso a nadie.

Siente la mirada de Kat sobre ella. Se vuelve y la mira a los ojos.

—He amado tan poco —dice.

El silencio zumba en los oídos de todas ellas, presionándolas como una espiral, con Kat en el centro. Finalmente abre la boca:

—No es demasiado tarde —dice—. Tú misma acabas de decirlo. Siempre puedes encontrar algo. Nunca sabes qué forma adoptará.

Wildrid toma la mano de Ingrid. «Esa deliciosa sensación», le susurra al oído. «Una y otra vez.»

De noche, Ingrid no cierra las cortinas de su habitación. Le gusta ver los juegos de sombras que proyectan las ramas en la pared exterior de ladrillos moteados, y la ventana está lo bastante arriba como para impedir que el vigilante pueda ver el interior.

Se sienta al borde de la cama, se desata el pañuelo de la cabeza. Comprueba si Wildrid sigue ahí, golpeándole el pecho, pero no. La casa está tranquila, hasta la salamandra de la pared, encima del interruptor, sigue paralizada bajo la luz de la luna. He amado tan poco... Visualiza la cara de Kat, la de Sina. ¿Ha amado Sina? ¿Y Lisbeth? «Nunca sabes qué forma adoptará.» Maya y Steinar. Sina y su hijo.

Ingrid busca en su corazón. Saca lo que hay dentro con dedos temblorosos: Simon y Petter. Kat. Un par de ojos asombrosamente jóvenes que la miran a través de una guirnalda de arrugas de reírse: «Te estaba esperando. Pensaba que vendrías».

Se tumba en la cama, siente el viejo dolor en la espalda. Piensa para sus adentros que mañana llevará a Sina a ver el huerto. Tienen judías en abundancia. Y de ocra. ¿Tal vez Sina podría plantar flores? Flores de jengibre y allamandas amarillas. Flor del ave del paraíso. Delicados franchipanes. Ingrid sabe el lugar ideal. En el rincón derecho bajo el porche, con el sol justo, sin sombra excesiva. Sina podría crear algo bello, allí.

Ingrid se vuelve hacia la pared. Mañana escribirá a Kjell y le pedirá que venda su piso.

48

Ateca

Esta noche he soñado con unos nubarrones negros, Señor. Estallaban con los rugidos de los truenos y el agua inundaba la tierra. El océano se levantaba para juntarse con la lluvia, y las olas se estrellaban contra la tierra. Los campos se anegaban y los pueblos desaparecían. Pasada la tormenta, el océano yacía tranquilo y se estremecía, sin vida. Solo unas ramitas flotaban en la superficie, y un bote rojo vacío. Cuando me he despertado, sabía que algo importante estaba a punto de ocurrir.

No les he dicho nada a las señoras. Los *kaivalagi* no entienden los sueños como nosotros. Para ellos, un sueño es algo que una vez se ha hecho de día, el corazón no se atreve a recordar. Algo viejo de lo que no te puedes librar. Para nosotros, son sobre el futuro. Una esperanza sobre la que podemos crear cosas.

Tuve miedo cuando recibí la siguiente señal. Hace muchos años desde la última vez que escuché el repicar de la muerte, pero reconocí el sonido de inmediato: el latido lento y fuerte es inconfundible. Cuando el *lali* toca el ritmo de la muerte, no es intenso y apasionado como un *meke*, ni ligero y alegre como cuando nace un niño. Es profundo y oscuro, y deja que el eco de un latido reverbere plenamente antes de que suene el siguiente.

Sabía que era el tambor de la muerte porque Akuila no lo había oído. Permaneció a mi lado fuera de la casa, y a medida que el fuerte ritmo sonaba en mi cabeza, él seguía hablando y riéndose como de costumbre. Desvié la atención y escuché el sonido. Pero se iba volviendo cada vez más débil, y finalmente se transformó en silencio.

Dices que debemos confiar en ti, Señor. Que nos guiarás y protegerás a través de la tormenta. Ayúdame a ser fuerte y valiente.

Y a Vilivo, Señor. No sé dónde está, pero sé que volverá. Mientras, protégelo. Ayúdale y deja que encuentre trabajo, para que pueda mantenerse, hacerse mayor y fundar una familia.

En el nombre sagrado de Jesús. *Emeni.*

49

Maya

No recuerda lo que dijo Evy. Evy es su hija. Y dijo algo. Debería haberlo anotado, piensa, Maya. Lo que dijo Evy.

La cocina que la acoge le resulta familiar. Lo que hay en la encimera, donde se mete el pan; cuando las rebanadas salen, están doradas y huelen un poco a quemado. El ruido crujiente cuando se abre la puerta detrás de ella le hace pensar en pájaros. La mujer de pelo rizado oscuro que siempre le prepara el té sonríe y le ofrece una taza. Maya le devuelve la sonrisa, pero ¿quién es?

—Evy dijo que la decisión es tuya —dice Kat —. Si quieres seguir viviendo aquí con nosotras, o si prefieres volver. Dice que te puede arreglar una habitación agradable y acogedora en su casa de Trondheim.

—Trondheim —repite Maya. Evy vive en Trondheim.

Kat asiente. Maya asiente. Le gusta que coincidan en el mismo gesto. Algo en su pecho hace clic. Baja la vista. Cada vez que mueve la cabeza, la cosa que le sirve para ver que lleva colgada con una cadenita golpea un botón de su blusa. Sigue asintiendo con la cabeza, clic, clic, clic.

—Maya —dice Kat, y la agarra del brazo. Ahora ya no asiente. ¿Qué le dice? Tiene la boca muy cerca de la cara de Maya—, Evy te quiere mucho. Y nosotras también te queremos. Eres tú quien debe decidir dónde prefieres vivir.

Es tu decisión. Es tu decisión. Es importante que entienda lo que le están diciendo. Debe recordarlo. Tiene que anotarlo.

Una mujer muy anciana le devuelve la mirada a través del espejo, sorprendida. Lo raro es que cuando ella parpadea, la mujer del espejo parpadea al mismo tiempo. Maya prueba con cerrar un solo ojo, para comprobar que ve correctamente, y la mujer hace lo mismo. Tiene también unas cosas de ver colgadas del cuello con una cadenita. Maya desvía la vista de la mujer del espejo; parece contrariada. Quiere encontrar a la mujer de pelo rizado oscuro que siempre le prepara el té. ¿Ha cenado ya? No se acuerda.

—Maraia ha venido a verte —le dice Kat.
Una niña pequeña entra y se sienta en el suelo.
—Podemos mirar cuentos —dice la niña—. Buscaré uno.
Miran el libro grande con banderas y océanos
—Estamos aquí —dice la pequeña, y señala un punto en un gran campo azul.
—Sí —dice Maya. No sabe lo que le dice, pero comprende que es posible ser un punto. Ser como un punto—. Conocí a alguien que pintaba cuadros —le dice a la niña—. Puntos de color encima de otros colores. No recuerdo quién era.
La niña la mira fijamente:
—¿No tienes miedo cuando no te acuerdas? —le pregunta.
Maya no lo sabe. ¿Tiene miedo? ¿De qué se supone que debería tener miedo? Mira la mosquitera que cuelga como una nube blanca enrollada por encima de su cama. Se supone que debe temer las picaduras de mosquito.
Mira el vestido que lleva la pequeña. Naranja, con flores rojas y blancas. Abre la boca.
—Bol —dice, y mira a la niña con ojos maravillados. No sabe por qué lo ha dicho, pero la niña sonríe:

—*Bula* —responde, y se alisa el vestido con los dedos—. Vestido *bula*. Me lo hizo Madam Kat.

Maya niega con la cabeza. Fue ella quien cosió el vestido. Ella cosió toda la ropa de Evy. No tienen mucho dinero, Steinar y ella, y resulta muy útil que ella sepa coser todo lo que su hija necesita.

—Puedo enseñarte a coser —le dice, en noruego.

Pero la chiquilla niega con la cabeza:

—No entiendo lo que me dices —responde. Habla un idioma distinto, y Maya se alegra de que pueda entenderlo. Quiere responderle, pero las palabras se le escapan, como patines de hielo en el lago Reitviksletta helado en invierno. Abre la boca y la vuelve a cerrar. Acaricia las flores del vestido con la mano. No es Evy, al final.

—*Bula* —dice la niña, y sonríe.

De: kat@connect.com.fj
A: evyforgad@gmail.com
Asunto: Alegría de verte

Querida Evy:

Me alegré mucho de verte. Sé que no fue fácil para ti marcharte el domingo, y creo que tomaste una decisión muy valiente y compasiva. Estoy convencida de que dejar que Maya se quede con nosotras le dará los mejores días posibles. No sabemos cuántos más tendrá, pero haremos que se sienta tan bien como esté en nuestras manos.

Maya todavía disfruta del tiempo que comparte con nosotras en la casa dulce, ¡y creo honestamente que un par de trozos de chocolate al día son buenos para cualquiera, independientemente de nuestro estado de salud! Le gusta pintar; se sienta a menudo en el porche con las acuarelas y se pone a pintar con la pequeña Maraia, a quien conociste. Parece que cada día le cuesta más hablar en inglés, pero ella y Maraia se entienden igualmente.

Sigamos en contacto.
Con cariño,
Kat

Anda junto a la niña por la playa.Van de la mano y se dirigen
hacia una barca roja varada en la arena bajo unas palmeras. Un
hombretón de espalda ancha extiende su red encima del bote,
como una telaraña que gotea océano.
—*Bula*, Jone —le dice la niña.
—*Bula vinaka*, Maraia.
Maya se quita la cosa de la cabeza que le provoca calor.
Mira a la niña, que le hace un gesto con la cabeza, animándola
a decir algo:
—*Bula vinaka* —repite Maya.
El hombre se ríe; la niña también se ríe. Maya se queda
inmóvil y asimila las risas, como una ola cálida y redondeada
que se desliza hacia ella. No recuerda qué ha hecho tanta gracia, pero la risa le parece suave y reconfortante, una melodía
que atraviesa su mente. Cierra los ojos para visualizarla: una
corriente roja tras sus ojos, un temblor. Siente que el viento
le levanta el pelo, se siente vacía y ligera. Hay algo que debería recordar, pero la arena bajo sus pies es tibia, aquí en la
sombra, y siente en la boca el sabor de algo dulce. Maya inhala
profundamente por la nariz, oye un grito sobresaltado desde
algún punto lejano. Una sensación de deslizarse lentamente
por el tiempo, unos brazos que la abrazan con fuerza mientras
irrumpe la gran canción y la llena hasta desbordarla.

50

Sina

Pasa frente a la habitación de Maya. Se asoma por la puerta entreabierta y ve un libro con mapas grandes abierto en el suelo, y una pila de ropa planchada encima de la cama. Hace una tarde húmeda y calurosa, y Sina se pregunta si debería bajar a la casa dulce. Hay que limpiar moldes, doblar cajas de cartón, cortar papel de aluminio y celofán... Se está más fresco y probablemente no haya nadie; Kat está en la cocina e Ingrid, en el huerto. Dentro de unas horas, cuando en Noruega empiece la jornada laboral, Lisbeth se pondrá a hacer llamadas a los contactos de clientes potenciales. Maya ha salido a pasear con Maraia. Sina decide ir a echar un vistazo al rincón debajo del porche, donde sus orquídeas Vanda y sus crisantemos están en plena floración. Y gracias al compost que hace Ingrid con los restos orgánicos, los iris están espectaculares.

Baja los cuatro escalones hacia el jardín antes de verlo. Jone se acerca caminando por la playa hacia la casa; lleva algo en brazos, algo pesado e inmóvil. Una persona bajita camina a su lado. Por su ritmo, los pasos lentos y sin prisa, Sina se da cuenta de que hay algo para lo que ya es demasiado tarde.

Lo peor son los ojos negros y enormes de Maraia. Está simplemente inmóvil, no llora, no dice nada. Es peor mirarla a ella que al fardo sin vida que es ahora Maya, el sombrero que Sina le quita con cuidado, el cascarón que es su cuerpo. Kat intenta hablar con Maraia, preguntarle qué ha ocurrido, pero no obtiene ninguna reacción. Es Jone quien habla. Les cuenta que cuando Maya y Maraia han llegado paseando por la playa, Maya tenía un aspecto completamente normal, pero que, de pronto, se ha detenido y se ha desplomado.

Cuando llega el médico, Sina oye algo sobre un accidente cardiovascular fulminante y que «lo más probable es que ni siquiera haya tenido tiempo de sentir nada». Pero no le interesa ni el porqué ni el cómo. Ya está, todo ha terminado, lo supo al instante que reconoció la silueta grande y oscura de Jone acercarse por entre las sombras.

Sina quiere bañar y vestir a Maya, y quiere hacerlo sola. Rechaza la ayuda de Ateca, y busca un recipiente con agua y trapos de la cocina. Coloca la cubeta de plástico en el taburete que Maya usaba de mesilla de noche. Anoche estuve lavando arroz en él, recuerda. Se sienta al borde de la cama, sobre la sábana que todavía tiene su olor. Una de las manos de Maya descansa con la palma hacia arriba, la boca abierta como la de un animal hambriento. Cuando Sina le da la vuelta y la coloca paralela al cuerpo, siente los dedos secos y fríos.

Se asegura de que el agua esté tibia. Retira el vestido por encima de la cabeza, le acaricia el pelo. Parece marchito, como hierba seca. Le desabrocha la ropa interior y se la retira con cuidado.

Nunca había visto a Maya desnuda. Los pliegues de piel blanca, las venas y los moratones en un mapa silencioso de sesenta y siete años vividos. El trapo suave la acaricia lentamente, poco a poco, lavando, terminando. El final. Nuestro tiempo en la tierra.

Como un rumor suave, oye de fondo a Kat que habla con Evy por teléfono, a Ingrid en el porche, recibiendo a los que han venido a dar el pésame. A esas alturas, todos en Korototoka saben que a una de las señoras de *Vale nei Kat* le ha llegado el último suspiro. Las esteras llegarán pronto, piensa Sina.

Lisbeth entreabre la puerta:

—¿Puedo ayudarte?

Sina abre la boca, preparando un desaire, pero en cambio, se oye decir:

—Puedo hacerlo sola. Pero entra y me haces compañía.

Evy quiere que el féretro de Maya sea trasladado a Noruega; será enterrada en casa, en Reitvik. Su hija quería embarcarse en el primer vuelo a Fiyi, pero Kat la ha convencido de que no es necesario: «Podemos organizar el transporte desde Nadi».

Al principio Sina no entiende por qué Ateca parece aliviada, hasta que se lo explica:

—Nos dará tiempo a organizar un *reguregu*.

Sina nunca había oído esa palabra.

—¿Es una especie de ceremonia de funeral?

Ateca reflexiona un momento.

—Es algo más —dice finalmente—. Es la despedida.

Sina tiene tantas preguntas.

—En Noruega, la cremación es bastante habitual —dice—. ¿Aquí no?

Ateca asiente con su gesto hacia atrás.

—No mucho, pero a veces se hace. Lo más importante es que Madam Maya tenga un lugar con Dios, entre los ángeles. No importa si va en un ataúd o en forma de cenizas.

Lo teme. No quiere que su despedida de Maya sea algo extranjero y desconocido, una ceremonia incomprensible que resulte ajena. El dolor de Sina es contenido, casi precavido, como si también con esto tuviera que proteger a Maya.

El *reguregu* es, desde luego, extranjero, y un poco extraño, pero no inadecuado. Ni aterrador. Puesto que Maya no tiene aquí a su familia, los estores se extienden a los pies de Kat. Akuila ha traído una gran *tanoa* de su casa para el *kava;* el pequeño cuenco que ellas tienen en el estante es solo decorativo. El porche se llena de gente; una procesión silenciosa va entrando en la casa y circula alrededor de la mesa del comedor, donde se ha instalado el féretro. Se beben un *bilo* tras otro y se dicen muchas palabras amables por Maya. Sina piensa en Evy, en el resto de la familia, y en los amigos que a Maya le quedaban en Reitvik, y que no podrán vivir esto. La despedida concurrida y sentida de los que estaban cuando su periplo acabó de manera inesperada.

El padre Iosefa está a punto de dirigir a los presentes en un cántico en el salón, y Sina sale al porche. Tiene la mirada fijada en las olas y no advierte la presencia de Ateca hasta que una mano le toma la suya. Se sobresalta, pero no retira la mano. No hasta que la canción en el interior llega a su último verso, y Ateca canta con ellos:

Y cuando las últimas nieblas del tiempo se hayan disipado
y de veras pueda ver confirmada mi fe,
a los confines en los que los males terrenales han desaparecido
entraré, Señor, para vivir en paz contigo.

Algo estalla en el interior de Sina. De pronto se pone furiosa, contra Ateca, contra los ridículos versos del himno, y retira la mano con gesto furioso

—¿Vivir en paz? —grita—. Maya no se ha ido para vivir en paz. Tuvo un derrame, ¡y ahora está muerta!

Ateca deja de cantar, pero no responde. Se queda en silencio con las manos sobre el regazo hasta que acaba el cántico.

—El dolor nos provoca pensamientos oscuros, Madam Sina —dice, cuando se hace el silencio—. No sé lo que hacen en su pueblo, pero aquí, en Korototoka, nadie olvida nunca. Volveremos a recordar a Madam Maya dentro de cuatro días. Y luego, dentro de diez. Y cien días más tarde. Aunque su cuerpo esté en otro lugar.

Sina asiente, y su rabia se disipa tan rápido como llegó. Piensa en algo que un día le oyó decir a Ateca: «Cuando dices algo en fiyiano, te pertenece». ¿Tal vez suceda lo mismo con el dolor? ¿Que debes procesarlo de tal forma que tu corazón comprenda, para que el dolor pueda encontrar el lugar adecuado en el que posarse?

—Cuando Madam Maya regrese a casa, en Noruega —dice—, la recibirá su hija, y habrá nuestro *reguregu,* un servicio conmemorativo de nuestro pueblo, según nuestras costumbres. Es distinto del vuestro, pero es donde todos los que quieren se pueden acercar a despedirse.

—¿Pueden todos hablar y decir lo que quieren?

¿Decir lo que quieren? ¿A qué se refiere Ateca?

—Sí..., cualquiera puede hacer un discurso de conmemoración.

—¿Pueden pedir perdón, y a su vez ser perdonados?

Sina no la entiende.

—¿Perdón? ¿Si se han portado mal con el muerto, quieres decir?

Ateca suspira silenciosamente y Sina se impacienta. ¿Qué le está diciendo?

—Nunca puede haber paz —dice Ateca, articulando despacio cada palabra—, ni para el finado, ni para los que se quedan, si la mala sangre y los actos nocivos no han sido resueltos. Sin que uno pida perdón y el otro perdone, el finado no puede marcharse. Y el que se queda no puede decir adiós con todo su corazón.

Una sombra se mueve a su lado, Sina y Ateca se vuelven hacia la carita estrecha y silenciosa de la Estrella del Mar.

—Somos pequeños —dice Maraia—. Somos muy pequeños porque el océano es muy grande.

Es la primera vez que Sina la ha oído hablar desde que ocurrió.

La muchedumbre reunida en el salón entona un nuevo cántico, pero Sina no lo oye. Lo único que oye son unos sollozos fuertes y profundos. Kat está justo detrás de ella, llorando con tanta fuerza que le tiembla todo el cuerpo.

51

Ateca

Quería decirle adiós a solas a Madam Maya antes de marcharme. El ataúd era tan bello, Señor. Cubierto por un *tevutevu* y bellos *masi*. Las conchas blancas que le puso Maraia.

Quise cantarle la canción de despedida a Madam Maya. *Isa lei*. Oh, cuánta tristeza. Nadie nos puede dejar hasta que le cantemos la canción del adiós.

> *Isa, isa, mi huésped querido,*
> *tu marcha me llena de pesar.*
> *No importa por qué viniste,*
> *tu marcha me llena de pesar.*

Mi corazón tembló cuando Madam Kat se puso a cantar conmigo. Nuestras voces sonaban ligeras como el viento mientras, juntas, despedíamos a Madam Maya con la última gran canción blanca.

> *Isa lei; oh, ¡tanto pesar!*
> *Me sentiré tan desgarrado cuando zarpes mañana.*
> *Te llevas la felicidad que compartimos*
> *y tu recuerdo vivirá para siempre en Korototoka.*

Querido Señor, gracias por acoger a Madam Maya cuando llegue a tu lado. Ella viaja sola, pero tú la estarás esperando. En el nombre sagrado de Jesús. *Emeni.*

52

Ingrid

No han hecho nada con la habitación de Maya. Cuando Ingrid pasa frente a la puerta cerrada, piensa que quizá debería entrar y abrir la ventana. Airear el olor a pérdida, dejar que entre la alegría de la flor del ave del paraíso. Pero no puede soportarlo; sabe que el atlas sigue allá, abierto sobre la mesa, abierto a los sueños de Maya y Maraia.

Hay un sobre en el mostrador de la cocina. Tardó un tiempo en entender cómo funciona allí el servicio postal: si hay una carta para alguien del pueblo, acaba o en casa de Salote o en el pequeño puesto que llaman comisaría de policía. Sea como sea, la carta siempre encuentra el camino desde allí hasta el destinatario. A *Vale nei Kat,* las cartas suelen llegar vía Ateca o Akuila.

Pero esta carta está dirigida a Ateca, y está abierta. Ingrid coge el sobre con curiosidad, la letra a lápiz está en grandes mayúsculas grises. Sin remitente. Mete dos dedos inquisitivos dentro, pero lo vuelve a dejar rápidamente sobre el mostrador cuando oye los pasos de Ateca frente a la puerta de la cocina.

—Madam Ingrid —la saluda Ateca, y posa su cesta de víveres.

Ingrid siente en las mejillas el rubor de casi-me-han-pillado y se apresura a dirigir la conversación. Alcanza la carta y comenta, con naturalidad:

—Iba a poner tu carta en el estante; el mostrador siempre acaba tan pegajoso.

La vergüenza le afecta todavía más cuando Ateca no se muestra en absoluto desconfiada; su sonrisa se ilumina hacia Ingrid mientras toma el sobre y lo levanta como si fuera un trofeo:

—¡Madam Ingrid —la saluda Ateca—, es una carta de Vilivo! De mi hijo. ¡Madam Ingrid, ha encontrado trabajo!

La muela que le falta crea una especie de guiño en la comisura de su boca, e Ingrid le devuelve la sonrisa. La risa fluye con ganas de los labios de Ateca, y tiene que apoyarse en la encimera de la cocina antes de proseguir.

—Le pagan bien, Madam Ingrid. Están construyendo un puente nuevo sobre el río Waimakare. Escuche lo que dice.

Ateca lee con voz lenta y solemne, como si leyera de su manoseada Biblia.

Querida Na:
Estoy seguro de que estás enfadada conmigo por haberme marchado sin despedirme. Pero sabía que Madam Ingrid te contaría lo que le dije en la furgoneta, aunque no le dije adónde me iba. Un amigo de Salesi había oído que necesitaban a gente para trabajar en la construcción del puente en Drokadroka, y decidí ir. En el autobús de Rakiraki que cruza el valle conocí a unos chicos que están trabajando en el puente nuevo del río Waimakare. Me llevaron a ver al bosso del proyecto y me dejó empezar a trabajar ese mismo día. La paga es buena, Na, te mando un poco de dinero con esta carta. Habrá más. Somos muchos los que trabajamos aquí, de diferentes pueblos, pero nadie más de Korototoka. El bosso es de China, como muchos otros.

Hago lo que me piden, principalmente cavar y sacar rocas. Le he dicho al bosso que también sé mucho de maquinaria, y hoy he conducido una de las excavadoras. Es un buen trabajo, Na, estoy contento de estar aquí. También me gustaba ayudar a Madam Kat con el chocolate, ella siempre ha sido muy buena conmigo. Pero no era un trabajo fuerte para un hombre, y necesitaba ganar más dinero. Quiero construirme una casa, casarme con una buena chica y tener mi propia familia. Y cuando seas demasiado mayor para trabajar para Madam Kat, vendrás a vivir con nosotros.

Volveré, Na, aunque puede que tarde un tiempo. Mi casa estará en Korototoka, donde está mi vanua.

Por favor, dile a Madam Kat que he encontrado trabajo. Y que Dios te proteja, siempre en el nombre de Jesús.

Tu hijo,
Vilivo Matanasigavulu

—¿Lo estás, Ateca?

Ingrid no sabe por qué lo pregunta de esa manera tan indirecta.

—¿Si estoy qué, Madam Ingrid?

—Enfadada con Vilivo. Como dice en la carta.

Ateca se tapa la boca con la mano, horrorizada.

—Oh, no, Madam Ingrid. Estoy contenta. Eso es lo que yo quería.

—¿Que Vilivo se marchara?

—Quería que encontrara trabajo. Para que así pudiera mantenerse, hacerse mayor y fundar una familia.

Ingrid vacila:

—Ajá. Pero aquí también tenía trabajo. ¿Cómo dice... «no era un trabajo fuerte para un hombre?».

Ateca asiente:

—Estaba contento de tener trabajo, y por todo lo que Madam Kat hacía por él. Pero sentía vergüenza de no poder aprovechar sus buenas manos y su espalda fuerte.

—¿Prefería el trabajo manual? ¿No era lo bastante masculino, trabajar con el chocolate?

Ingrid puede oír la voz de Wildrid asomarse aguda, y quiere acallarla. Ateca no puede derribar roles y convenciones sociales tan antiguos como los dioses que habitan en su sueños.

Pero Ateca se limita a mover la cabeza.

—Cuando se marchó, mi corazón se llenó de pesar. Pero tenía que hacerlo. Y cuando vuelva, yo volveré a cantar.

Se tarda tiempo en llenar un vacío.Y algunos nunca se llenarán, piensa Ingrid mientras observa a Sina en el porche. Ha doblado una toalla a modo de almohada para las rodillas y trabaja a cuatro patas en el parterre de las flores. La allamanda amarilla ha empezado a aferrarse a la red que ha pegado en la pared; sus flores cónicas se están abriendo en magníficos ramilletes. El rostro de Sina está protegido por la sombra de las alas del sombrero; Ingrid todavía no ha oído comentar a nadie que el viejo sombrero de Maya sigue prestando su servicio diario. Supongo que es como debe ser, piensa. Cada uno se lleva lo que necesita para seguir adelante.

Vuelve a entrar en casa, consciente de la inquietud que la embarga toda la tarde. Hace solo unos días que ella y Kat mandaron a Maya a su último viaje, un traslado silencioso hasta el aeropuerto con una carga pesada. Cuando todo estaba organizado y el ataúd listo para que lo cargaran en el avión, se sentaron en la cafetería frente al vestíbulo de salidas y, de pronto, ahí estaba. Ingrid revive el momento otra vez. Se lleva la mano a la garganta; siente cómo la invadió el rubor, la cálida alegría que le inundó el cuerpo entero cuando se les apareció delante de la mesa con un café en la mano: «¿Ingrid?» Se levantó de un salto; la sorpresa la impulsó a abrir los brazos y darle un abrazo. La cara sonriente de Kat que veía con el rabillo del ojo, la gente que circulaba a su alrededor y que la hizo volver a sentarse. No recuerda lo que le dijo, tal vez solo un «¡Oh!», o un «¡Hola!» Lo que sí recuerda, sí, está segura, es que la cara de Johnny Mattson se iluminó al verla. Como si viera algo que había estado anhelando.

Se sentó con ellas, dijo algo sobre recoger unas piezas para un motor náutico. No recuerda mucho de lo que se dijeron, solo su sonrisa, y su mano despidiéndolas mientras se alejaban. Dura y arrugada, pero fuerte. Y cálida, pensó.

No consulta los correos todos los días. Kjell ya no le escribe tan a menudo, después de un desagradable intercambio cuando ella le pidió que pusiera su apartamento en venta. Fue Wildrid quien escribió el mensaje:

> He decidido quedarme en Korototoka. Para ser sinceros, lo decidí hace tiempo; la primera noche que vi las llamas amarillas y rojas en el cielo al anochecer. No hay nada que eche de menos en casa, nada que debas organizar. Me he puesto en contacto con el banco en Reitvik, me conocen bien e invertirán el dinero de la venta del piso en un fondo de inversión. ¡Un fondo de bajo riesgo, no temas! Aquí en Fiyi nos apañamos con muy poco; ahora voy descalza, y me ahorro el dinero de los zapatos.

Wildrid se rio mientras escribía la última frase; Ingrid estuvo a punto de borrarla, pero acabó dejándola.

No hay ningún mensaje de Kjell en la bandeja de entrada. Ni tampoco de Simon o Petter; de vez en cuando le mandan un mensajito, pero no muy a menudo. Sin embargo, hay otro correo para ella. Arriba del todo de la bandeja de entrada, en negritas sin abrir, el asunto dice: «Hola desde Labasa».

> Hola, Ingrid:
> Dije que iba a escribirte pero, como habrás deducido, no se me da muy bien la correspondencia. También dije que volvería a visitaros, pero eso tampoco lo he hecho. Ahora que *El chocolate de Kat* está en pleno funcionamiento, mi trabajo ha terminado. Pero no estoy seguro de que tú y yo hayamos terminado, aunque en realidad, ni siquiera hemos empezado.
> Me alegró mucho verte en el aeropuerto, y me dio la impresión de que tú también te alegrabas. No nos conocemos bien y, con lo poco que sé, esta nota podría herirte o asustarte. Espero que no sea así. Pero estoy harto de no arriesgarme y no quiero perder más tiempo.
> Creo que tú y yo nos podríamos entender. Somos responsables de nosotros mismos, y sabemos lo que es estar solos. Este

conocimiento aporta paz y te permite mirarte directamente a los ojos. Cuanto mayor me hago, menos tiempo me queda para esperar. Quiero agarrar la vida con las dos manos, como lo hicimos aquella noche en Korototoka.

Quiero que nos conozcamos mejor. ¿Te gusta pescar? Paso más tiempo en la barca que en casa, y me encantaría sumar un nuevo miembro abordo. Si estás dispuesta a embarcarte hacia aguas profundas, prometo llevarte sana y salva de regreso a tierra.

Wildrid siente que la caña de pescar le tira entre las manos. El océano danza a su alrededor con reflejos plateados; el sol ardiente brilla en lo alto del cielo, y el barco surca las aguas rápido y ágil, de una ola a la siguiente. La caña de aguas profundas se arquea; ella se inclina hacia atrás y lucha con el carrete, suelta un poco, vuelve a tirar. Johnny está detrás de ella, ayudándole, y la envuelve con fuerza con los brazos. Siente su aliento cálido en la cabeza; una gota de sudor le resbala del mentón, y cae sobre la frente de ella. Wildrid flexiona ligeramente las piernas y se inclina hacia atrás mientras tira con todas sus fuerzas; grita de alegría cuando la enorme caballa serpentea y se resiste mientras ella la arrastra por encima de la borda.

—¡Ahí estás! —exclama Johnny, riéndose. Se quita la gorra y se seca el sudor de la cara—. ¡Con todas tus fuerzas; no cedas!

Le pone las manos, grandes y ásperas, en los hombros, finos y esbeltos.

Si crees que soy demasiado directo, no me respondas y ahí queda la cosa. Soy demasiado mayor para ofenderme. Pero si acierto en lo que creo que advertí en el aeropuerto, dime cuándo te gustaría viajar a Labasa.

Todo lo mejor de Johnny,
Que tiene muchas ganas de verte. Si tú quieres.

Ingrid se levanta de la silla. ¡Si ella quiere! ¿Está pasando de verdad? Pero no necesita volver a leer el mensaje. Sí, es real. Se mira los pies. Los dedos se encorvan hacia arriba y la impulsan a bailar. Ingrid Hagen ha bailado demasiado poco, pero tiene intención de hacer algo al respecto. Wildrid levanta las manos al aire y se ríe desde el estómago. Una carcajada enorme y potente que ni siquiera sabía que llevaba dentro.

53
Ateca

Querido Dios:
Sabes que a menudo a los *kaivalagi* les cuesta entender hasta las cosas más sencillas. Hace mucho tiempo me dijiste que debía hablar con Madam Kat. Pero antes debía hablar con Sai, de modo que anoche me acerqué a su casa. «Maraia sabe la canción de las mujeres de Namuana», le dije. «Cuando cantan a las princesas para que las tortugas salgan del mar.»

Sai no se sorprendió, Señor. Simplemente asintió: «Las hace salir a la superficie», dijo. «Lo que ya no está aquí, simplemente es porque ha adoptado otra forma, en otro lugar.»

Sentí que quería decirme más cosas, así que esperé.

«Al final todo resulta claro», dijo. «Hasta para los que no quieren ver.»

Lo entendí de inmediato, Señor. Ella pensaba en Madam Kat. Madam Kat, que no ha querido ver.

Me tomó totalmente desprevenida, lo juro. Cuando siguió hablando, el cielo retiró la nube y la luna se mostró blanca, como una mentira desvelada. «Míster Niklas lo sabía», me dijo. Cerré los ojos con fuerza, no era capaz de mirarla mientras me contaba. De su marido, que siempre pensó que su hija era demasiado pálida. De Míster Niklas, que tuvo la verdad en los ojos desde el mismo día en que nació Maraia. De Madam Kat, cuyo corazón conoce la verdad.

¿Fui demasiado dura, Señor? No encontré otra manera de hablar con Madam Kat. «Usted estaba enfadada con Míster Niklas cuando él murió —le dije—. Por eso se quedó sentada a la sombra tras la barca. Por eso se limitó a mirar.»

No quería oír su respuesta, Señor. Sabes que no quiero que haya ninguna vergüenza entre nosotras, pero Madam Kat tenía que decir lo que dijo: «¡Ni siquiera las miraba! ¡Eran su hija, y su madre, y ni siquiera las miraba! ¿Qué tipo de hombre hace esto, Ateca?», me preguntó. «Era eso lo que yo no podía perdonar. Este era el motivo. ¿Lo entiendes?»

Lo entendía; lo entiendo desde hace mucho tiempo. Tú también lo entiendes, Señor. Y ahora Madam Kat también lo entiende. Que debe hacer un *bulubulu*. Pedir perdón.

«No es usted quien tiene que perdonar a Míster Niklas», le dije. «Tiene que pedirle a Míster Niklas que la perdone a usted.»

¿He hecho lo correcto, Señor? Madam Kat es mucho más que mi *bosso*. Es mi amiga, me ayuda y me protege. Pero ahora soy yo quien debe ayudarle.

Bendice a Maraia y a Madam Kat, Señor. Deja que sus sombras estén siempre quietas bajo la luz de la luna.

Y gracias por Vilivo. Gracias por conseguirle trabajo. Ahora se puede mantener, hacerse mayor y fundar una familia.

En el nombre sagrado de Jesús. *Emeni*.

54

Kat

¿Pedir perdón? ¿Es eso lo que debo hacer? Me he quitado las chancletas, el agua que me acaricia los pies lleva espuma. El sol está a punto de ponerse, tengo que apresurarme y llegar antes de que anochezca. La duda me revuelve el estómago, me siento estúpida y falsa. Una ceremonia *bulubulu* de reconciliación representa hacer discursos y ofrecer regalos valiosos. No tengo ninguna *tabua,* el gran diente de ballena, para ofrecer; no me he preparado ningún discurso. No hay hombres solemnes sentados en posturas ceremoniales esperándome en el lugar bajo el árbol en el que estaba varada la barca.

A Ateca le costó mucho decírmelo. Nunca oculta sus opiniones, pero sigue siendo muy raro que me insista para que haga algo. Le pregunté si me lo pedía por Sai.

—¿Es por Sai? ¿Para obtener su perdón?

Pero Ateca negó con la cabeza, y por una vez no hubo risa en su boca.

—Sai no tiene nada que perdonar; ella no ha perdido nada. Tiene a Maraia. Ha recibido en abundancia. —Me insistió en que debía hacerlo por mí misma—. Aquel que nunca pide perdón, nunca encontrará la paz. —Y que debía hacerlo por Niklas—. Él no puede abandonarla con el corazón inquieto, Madam Kat.

No sé cómo voy a hacerlo. El sol ya ha alcanzado el horizonte; el mar se lo está tragando con un sorbo gigante. Un estallido rosado baila alrededor de las palmeras segundos antes de que la playa quede sumida en el silencio y la oscuridad.

Ateca enviudó mucho antes de nuestra llegada; nunca conocí a su marido, pero ella opina a menudo sobre el matrimonio y las relaciones. «Los motivos de desacuerdo entre hombre y mujer son tantos como hojas hay en los árboles y peces en el mar. Por suerte, el viento sopla, las olas rompen, y las hojas y los peces son arrastrados por ellos.»

El viento sopla y las olas rompen. Me detengo al borde del agua y me quedo quieta. Un buen rato, hasta que siento que el agua me acaricia las rodillas. El océano ha girado, la marea está subiendo. Vuelvo hacia la arena y sigo andando. La luna me alcanza, me apresura el paso y proyecta destellos blancos, chispeantes, sobre la arena.

No sé de quién era la barca de aquella noche, y sigo sin saberlo. Pero está allí, con las canoas montadas a ambos lados, como brazos. Ven, parecen decir. Ven a sentarte. La sombra está allá, esperando, como un refugio en forma de triángulo entre la barca y los árboles. Me deslizo hacia la seguridad que me ofrece el casco silencioso, hacia el olor salado de las redes secadas al sol.

No traigo ninguna ofrenda, y aquella por la que llevo pensamientos amargos ya no está. La apelación de perdón debe dirigirse a los miembros de la familia del que ha sufrido injustamente, pero los padres de Niklas murieron hace mucho tiempo. Tampoco cumplo ninguno de los requisitos restantes de la ceremonia, y la parte ofendida no está presente para darme la absolución que persigo. Pero he venido a pedir perdón. *Bulubulu* significa enterrar. Enterrar el resentimiento y poner fin a la amargura.

¿Debo hablar en voz alta? ¿Susurrar? Si lo digo mentalmente, no será distinto de las interminables conversaciones que he mantenido conmigo misma todas las noches desde que ocurrió. Debo decirlo en voz alta.

Las palabras parpadean a mi alrededor, a oscuras.

—¿Entiendes que apenas veía nada? —empiezo—. Estaba oscuro y reinaba el caos y la playa estaba repleta de gente. Y yo creía que estabas en el mar, en una barca. Las sombras en el manglar se movían incansables, y me distraje con todo lo que ocurría.

Espero un momento, pero Niklas no responde.

—Sabes en quién estaba concentrada, ¿no? Sabes que tenía los ojos calvados en tu hija. Tu hija, Niklas. Maraia y su madre. La Estrella del Mar brillaba en la oscuridad delante de tus narices, pero tú le dabas la espalda. ¿No veías que también me dabas la espalda a mí? ¿A la felicidad que habíamos podido tener? ¿A la nueva historia que podíamos haber compartido?

Hago una pausa, escucho mi propia voz. Siento cómo golpea y abre grietas de furia en el silencio. Pero no es a esto a lo que he venido. No he venido a exigir, ni a acusar. Entierro las dos manos en la arena, dejo que las cenizas húmedas del mar me refresquen las palmas.

—Ateca dice que no podrás alcanzar tu destino si no te pido perdón. Por mi decepción y mi resentimiento. Por quedarme aquí, bajo la luz de la luna, e ignorarte. Por no sujetarte cuando caíste.

El viento hace crujir la madera de la barca con un sonido seco, como un lamento.

—No lo hice porque quisiera que te ahogaras. Lo hice porque me sentía traicionada, porque quería llevarla a nuestro barco, con nosotros, compartir nuestro viaje con ella.

Levanto la mano, recuerdo la sensación del pelo de Maraia en la piel fina de mi palma. La cabeza de Maraia, para los fiyianos, la parte más sagrada del cuerpo, tan cálida bajo mis dedos. «Tulou», le dije. Perdóname. Por tocar tu cabeza inviolable con mi mano grande y áspera. Un resquicio de luz contra mi salvavidas.

—Perdóname —le digo a Niklas–, necesito decirlo, y trato de ser sincera. Si no lo hago, jamás saldré de estas sombras.

Perdona nuestros pecados, como nosotros perdonamos a los que nos ofenden.

Cuando regreso, Ingrid está sentada sola en las escaleras.

—Has estado mucho tiempo fuera —me dice.

Asiento.

—Había algo que necesitaba hacer.

—Ha venido la madre de Maraia.

La madre de Maraia.

—¿Qué quería?

—No lo sé. Ha dicho que Maraia empezará a ir al colegio después de Navidad. Ha preguntado por ti.

De pronto, tomo una decisión.

—Voy a verla.

Ingrid se levanta:

—¿Quieres que te acompañe?

—Si quieres.

—Ahora es mayor —dice Sai, una vez sentadas frente a su casa. Tiene un pequeño cuenco con mejillones a los pies; los va abriendo con un cuchillo mientras habla—. Cumplirá siete años en agosto, cuando el Ivi florezca. Tiene que ir al colegio, para aprender cosas.

Siento la tristeza, plana y gris, en el estómago.

—Sí, supongo que sí —digo.

Ni atlas abiertos ni conchas brillantes esparcidas por el suelo.

—Te ayudaré, *Nau*.

Ingrid pregunta antes de que me dé cuenta de que lo tengo en la punta de la lengua:

—¿Y la matrícula, Sai? Es..., ¿será un problema?

Un par de ojos marrones se clavan en los míos:

—Creo que nos las arreglaremos. Hay muchas personas que quieren a Maraia.

Lo comprendo de inmediato. Ateca ha estado aquí. Ateca ha hablado con Sai y le ha dicho que todo irá bien. Le ha contado que Madam Kat ha hecho su *bulubulu* y que seguirán adelante.

—Me gustaría ayudar con los gastos —me oigo decir. Suspiro con fuerza y hago brotar las palabras—. Es lo que Míster Niklas hubiera querido.

Solo un recuerdo, al fondo de la mirada de Sai. Ninguna amargura, ningún dolor, solo el pasado.

—Estrella del Mar —dice—. Fue él quien lo dijo. Aquella noche. Tenía una estrella de mar azul en la mano y dijo que llevaba el nombre de la Virgen. Así que la llamé Maraia.

Espero; hay más cosas.

—Él no quería herir a nadie —añade—, solo estaba buscando.

—¿Qué buscaba?

Mi voz es un susurro. ¿Lo quiero saber? Ahora ya lo he preguntado.

Sai tarda en responder. Meticulosamente, limpia la hoja del cuchillo con su *sulu,* sin mirarnos.

—Un lugar en el que varar su barca en la arena —dice—. Una playa.

Un *koki* pía histérico detrás de la casa. Sai hunde la mano en el cubo y saca otro mejillón, separa la cáscara con la punta del cuchillo. De su pecho surge la risa, que ahora brota como una carcajada burbujeante.

Volvemos a casa por el camino largo. Frente al colegio, hasta el *bure* del jefe, y hacia abajo por el campo de rugby, donde se ha posado el polvo de todo el día. Hay solo tres o cuatro muchachos sentados debajo de un árbol y sus risas llegan hasta nuestros oídos. Ingrid me mira:

—¿Sabes qué? Sigo sin entenderlo.

—¿El qué?

—De qué se ríen.

—¿De qué se ríen?

—Sí..., en todo tipo de ocasiones. Cuando tú y yo lloraríamos, o nos disculparíamos, o lo que sea, ellos se ríen. Se ríen a carcajadas y se golpean los muslos. ¿Por qué?

Por humildad, quiero decir. Por todo lo que no saben cómo expresar, que los supera y excede a las palabras que osamos llevarnos a la boca. Lo que nos avergüenza porque queda más allá de lo que sabemos o de lo que vemos. De eso se ríen, o por eso se ríen. No es por negación, ni por burla. En vez de analizar o discutir lo innombrable, ellos han encontrado una manera de expresarlo que no hiere ni ofende.

Palabras, palabras, palabras. No ofrecen ninguna respuesta que pueda darle a Ingrid. Mi parloteo es todo lo contrario de la risa profunda de Ateca, de la carcajada de Sai mientras limpia los mejillones.

—Se ríen de lo que la vida les trae —digo—. Las cosas demasiado grandes. Demasiado bellas. Que las palabras son demasiado nimias para explicar.

Ingrid lo entiende.

—Sí —dice—. Lo que nos creemos que somos capaces de conquistar hablando de ello. Pero no se trata de ganar nada, ¿no?

No. No se trata de ganar.

En el porche de *Vale nei Kat,* la silla de mimbre más grande se acerca a la hamaca, de la que cuelgan los pies de Sina. Lisbeth está sentada con un *sulu* azul claro, hojeando un taco de papeles. Asomo la cabeza por encima de su hombro. Peces y conchas. Barcas hechas con pinceladas coloridas. Olas en explosiones atrevidas dibujadas en los márgenes de las hojas. Lisbeth levanta la vista.

—Son de Maya. He pensado que podríamos enmarcar algunos. —Me ofrece el taco.

—Sí, por supuesto.

Hojeo las páginas, un poco abrumada.

—No sabía que había pintado tanto.

—Los he estado guardando.

La voz sale de la sombra entre la silla y la hamaca. Me sobresalto.

—¡Maraia, no te había visto!

Granitos de arena dorados brillan alrededor de sus ojos marrones.

Hojeo los dibujos y me detengo en uno en el que el pincel ha dejado gotear un mosaico de puntos verdes y marrones.

—¿Qué es?

Maraia estira la mano y señala:

—Este lo pintó para mí. Estábamos jugando al océano. ¿No ves lo que es?

Dos formas ovaladas en medio de la página: caparazones duros y brillantes. Dos tortugas estirando la cabeza hacia la orilla. El mar translúcido por encima del fondo centelleante. Los manglares, de color pardo oscuro, junto a la arena cálida. Las figuras en la playa son diminutas, con el pelo largo y ondulante. La canción se aleja de ellas, hacia el océano, con trazos dorados y rosas envuelve la forma oscura de las criaturas formando una luz extravagante.

—Son las princesas —digo.

Maraia asiente.

—La canción las guía hacia la luz.

Se levanta y se pone frente a mí.

—Voy a ir al colegio —dice—. Pero todavía no. Primero me voy a casa, y luego volveré.

—Sí —digo—. Y luego volverás.

Epílogo

Entre una luna y un mar

—¡Madam Kat! —La voz de Ateca suena fuerte y emocionada—. ¡Está ocurriendo! ¡A Nunia le ha llegado el momento! ¿Puede Vilivo llevarse la furgoneta al hospital?

Me levanto tan rápido que siento una punzada en la espalda. ¡Maldita cadera!

—¡Pues claro! ¡Adelante! ¡Y mucha suerte! —le grito a Ateca mientras la veo bajar hacia la puerta—. ¡Decidme algo cuando ocurra!

Muevo la cadera hasta encontrar una postura confortable en la butaca de mimbre del porche. Por fin está llegando. El sueño de Ateca de convertirse en abuela se está haciendo realidad. La joven que hace seis años acompañaba a su hijo cuando regresó de Drokadroka Valley es delicada y tiene una sonrisa encantadora. Ha trabajado mano a mano con él en la construcción de su casa, en la parcela vacante detrás de la casa dulce, y cultiva un huerto pequeño pero fértil de *cassava* y boniatos. En la pared lateral de la casa ha creado un paraíso de colores: tiernos hibiscos rosas, furiosas flores de flamenco, delicadas orquídeas moradas y enormes y jugosas proteas rojas. Agachadas, trabajando en los parterres de flores, Nunia y Sina no han necesitado demasiadas palabras para conocerse entre almohadillas amarillas y heliconias moteadas; sus manos en la tierra humedecida se han encargado de buena parte de la conversación. Sina la ha asesorado, animado y admirado, y las flores del pequeño jardín de Nunia son actualmente muy solicitadas hasta en Rakiraki, por lo que dice Ateca.

309

Pero no llegaba ningún hijo. Vilivo y Nunia llevaban menos de un año viviendo en Korototoka como marido y mujer cuando Ateca le contó a Sina el problema. Sina, a su vez, me consultó a mí:

—Ateca quiere que lleve a su nuera a ver al médico de mujeres. Por Dios, yo qué sé; solo porque me operaron...

No terminó su frase, pero el significado era claro: «Como me operaron, hay alguien que se cree que puedo ayudar. Alguien que me necesita. Estaré encantada de llevar a Nunia al médico, pero necesito tu aprobación».

—Pues claro, sería estupendo que la llevaras al médico —le dije a Sina—. Eso tranquilizaría mucho a Ateca. Y también a Nunia.

Pero el médico de mujeres no encontró nada anormal, y Nunia esperó. Todas esperamos. En un momento dado, la llama de la esperanza se encendió y su vientre creció, pero algo falló. De modo que, cuando Nunia volvió a quedarse embarazada el pasado otoño, Ateca no dijo nada. Siguió con sus tareas como siempre, pero estoy segura de que aumentó la intensidad de sus plegarias, pidiendo que el bebé viviera. Aún visita a menudo la tumba de la niña que no sobrevivió al último mes en el vientre de su madre. Después del funeral, ella y Vilivo hicieron guardia varias noches en el cementerio. Nadie lo comenta, pero todo el mundo sabe que hay gente que practica la magia negra. ¡Esta vez tenía que salir bien! Nunia y Vilivo serían unos padres excelentes, y Ateca desea con toda su alma ese nieto. Se lo merece. Todas nos lo merecemos. Un bebé, la guinda del pastel.

Si ocurre algo en la maternidad hoy, esta noche tendremos que llamar a Lisbeth, cuando en Gotemburgo sea de mañana. No volverá hasta dentro de dos meses; este estilo de vida compartido, con un largo verano en Escandinavia y el resto del año en Fiyi, le sienta bien. Sigue aparentando diez años menos que el resto de nosotras, pero no por el maquillaje. Es su papel como embajadora del chocolate lo que da resplandor a su piel y un aire primaveral a su andar, estoy segura. Eso, y el tiempo que ahora pasa con Joachim y su familia. Nunca había visto a una abuela tan nerviosa como la vez que vinieron de visita, el año siguiente a la muerte de Maya. Y jamás había visto un comité de bienvenida tan peculiar como el que esperaba al coche con las dos gemelas de pelo casi blanco que venían del otro lado del mundo: una Sina desconfiada en el rincón más sombrío del porche, una ilusionada y preocupada Ateca en la ventana, e Ingrid en las escaleras con su mejor sonrisa. Y Maraia. En el primer peldaño, con un recipiente de agua con una estrella de mar azul brillando encima de una base de arena y conchas y piedras.

Amanda y su novio también nos han visitado. Pasaron fugazmente por *Vale nei Kat* la tarde antes de marcharse al Denarau Hilton en su coche de alquiler. Maraia también formó parte entonces del comité de bienvenida, y se acercó a saludarlos cuando Lisbeth la llamó con la mano: «¡Maraia, esta es mi hija! Se llama Amanda. Significa "la que merece ser amada"». El sol reflejado en la cadena de oro en el cuello de Maraia, la mirada sorprendida de Amanda a su madre: «¿Esto no es...?». Y la tranquilidad de Lisbeth: «Maraia es la Estrella del Mar. Brilla para todas nosotras en *Vale nei Kat.*» Y la expresión de Amanda, suavizada por una sonrisa.

Lisbeth y su hija han construido la mejor relación que podían tener: lo bastante personal para disfrutar cuando se ven, lo bastante profesional para asegurarse el respeto mutuo. Amanda es competente; es en buena parte gracias a ella que nuestro chocolate se vende ahora no solo en la cadena de gimnasios B FIT, sino también en muchas tiendas de alimentación saludable de Noruega y Suecia. A veces escucho desde la puerta como madre e hija se reúnen por Skype: son eficientes y van al grano, pero de vez en cuando las oigo distraerse con conversaciones frívolas, e incluso soltar carcajadas del nivel de los fiyianos. ¿Tal vez en algo liberó a Amanda la muerte de Harald, hace unos años? ¿Un juego complicado de lealtades en el que ahora ya no está obligada a participar? Lisbeth regresó a casa para asistir al funeral como viuda, puesto que nunca llegaron a divorciarse. Y a favor de Harald hay que decir que todo el dinero fue para ella, no para ninguna de la serie de acompañantes más jóvenes que entraron y salieron en los años previos a que el colesterol y las arterias endurecidas le esquilmaran la salud. Y no hubo nada para Armand. A su regreso, Lisbeth anunció, sin dirigirse a nadie en particular, que no había dejado testamento y que su legado se dividiría entre los herederos conocidos. Sina ni siquiera parpadeó. Armand y Harald nunca se relacionaron entre ellos. El único hilo que los vinculaba había surgido aquí, en *Vale nei Kat,* y nunca pasó de aquella puerta.

Sina no ha vuelto a viajar a Noruega. Armand tampoco ha vuelto a visitarla. Pero mantienen el contacto, y lo último que Sina nos contó de él fue que se había embarcado en un proyecto de *catering* que ha montado en la cocina de una mujer con la que sale. Sina ha mencionado su nombre varias veces con voz esperanzada: ¿podría tratarse finalmente de alguien decente y con los pies en la tierra? ¿Alguien que pudiera amar al Armand que hay detrás de su sonrisa sedosa, y que se supiera defender? ¿Alguien que pudiera controlar el dinero que sacó de la venta del piso de Sina, que ella confió a un agente de la propiedad? Una parte de la herencia de Armand se la dio en vida, y las arrugas de la frente de Sina se suavizaron cuando transfirió también una cantidad a mi cuenta. «Alquiler vencido», decía la referencia del banco.

Ahora tiene el título de capataz y se encarga de la supervisión diaria de la casa dulce, donde trabajan cuatro mujeres del pueblo ataviadas con delantales verdes, amasando, concheando, poniendo el chocolate en los moldes. Dos de ellas pertenecen al clan familiar de Mosese. Me encanta verlo de vez en cuando bajar cojeando a su ronda meticulosa de la parcela donde se secan las semillas, y echar un vistazo a las fabricantes de chocolate, para finalmente volver a su casa. Sigue quedándose en las escaleras y se niega a entrar en casa; Ateca todavía me llama cada vez que lo ve acercarse a través de la ventana. Pero ahora Vilivo suele ir por allí y le hace compañía a su predecesor, responde a sus preguntas, tomándose el tiempo necesario. Ahora, nuestro nuevo supervisor de la plantación tiene un «despacho»: Vilivo se construyó un pequeño anexo a la cabaña de las herramientas, donde tiene una mesa, una silla y un surtido de tuberías, poleas, sellos y herramientas que utiliza para mejorar y reparar nuestra maquinaria. «Mi hijo ha estudiado», dice Ateca siempre que tiene ocasión. «Por eso tiene un buen trabajo y se puede mantener.» Y luego se ríe con tantas ganas que el sol rebota en el cristal de la cocina y le brilla el hueco de la muela que le falta.

Si el bebé nace hoy, sé que Ingrid vendrá de inmediato. Madam Ingrid, que incluso a los ojos de Ateca no necesita ningún anillo para que la consideren la señora Mattson, llama casi cada día cuando está en Labasa. Johnny tiene un teléfono por satélite en el barco, y soy capaz de percibir la brisa en su rostro cuando Ingrid me informa desde cubierta: «¡Tres atunes enormes! ¡Más de treinta kilos cada uno! No tenemos espacio suficiente para congelarlos a bordo, o sea que esta noche tendremos que volver a puerto para que no se estropeen».

Las risas, las frases entrecortadas; me imagino sus grandes pies embutidos en las botas de goma, entre algas y escamas de pescado. El *sulu* ha sido remplazado por unos *shorts,* su pelo gris ha crecido y lo lleva recogido en una coleta bajo la gorra de visera desgastada. Lo más lejos de la Ingrid contable aburrida que te puedas imaginar. Es como si un alter ego interno se hubiera liberado y ahora bailara su propio *meke* en la cubierta del barco en Labasa. Cuando Simon y Petter vinieron a visitarla el verano pasado, fue bastante emocionante. Como una pareja de abuelos cariñosos, pero sin ninguna preocupación, Ingrid y Johnny los llevaron de excursión en el barco nada más llegar, y luego nos pasamos toda la velada mirando las fotos que había hecho Petter. Puesta de sol, peces, un plano de una serpiente de mar que había captado asomándose por la borda... Había tanta felicidad en los rostros de aquellos muchachos del país del norte cuando hablaban entusiasmados sobre las cañas y los anzuelos, sobre las olas y el tiempo. Y la cara de Ingrid, resplandeciente de orgullo por esa pasión que ha descubierto y que está transmitiendo.

Ella es una maestra haciendo equilibrios, tanto en cubierta como con los libros de contabilidad, y periódicamente cambia su vida de marinera por una visita de inspección a las cuentas de *El cacao de Kat* y *El chocolate de Kat* con los ojos bien abiertos. Al menos una vez al mes se instala en la habitación que conserva en *Vale nei Kat* y repasa el debe y el haber línea a línea. Vilivo se sienta frente a ella, lo cual representa un paso de gigante respecto de su predecesor. Yo también intervengo, por supuesto, pero resulta agradable saber que el negocio está en buenas manos en cuanto a gestión y presupuesto. Estos días nos centramos más en el chocolate y en la sólida marca que hemos creado, aunque seguimos haciendo algunos envíos de semillas de cacao a algunos de mis clientes de toda la vida. Utilizamos la mayor parte de la cosecha para producir *Maya,* el producto estrella de *El chocolate de Kat.* Una porción de felicidad. El sabor de Fiyi envuelto en impecable celofán, con dos tortugas brillantes en la etiqueta.

A veces tengo la sensación de que Ingrid ha heredado la libertad que yo tenía. Que tenía y que daba por sentada hasta el ridículo y desafortunado accidente. ¿Caerme por las escaleras... yo? Después de haber viajado en el techo de autobuses por mareantes carreteras de montaña en Paquistán, de navegar por corrientes increíbles a bordo de barquitos en la selva de Malasia, ¡caerme por las escaleras de casa! Cuatro peldaños que mis pies eran capaces de sortear de una sola zancada en sueños, hasta que una mañana, hace tres años, tropecé, dejando que un pie cayera sobre el otro, y perdí el equilibrio. Fractura de fémur, semanas de sábanas pegajosas y una mesilla de noche llena de ramos de flores. La intervención en Suva, semanas y meses de lenta recuperación, dolores y molestias, para finalmente resignarme al hecho de que mi cadera será siempre un poco quebradiza. Supongo que no me puedo quejar, mucha gente está peor a los sesenta y cuatro años. Pero no seré nunca la mejor amiga de mi bastón, un inestimable pero en absoluto amado apéndice.

Los primeros meses Ateca me seguía siempre a unos pocos pasos, dentro y fuera, hasta que le pedí que dejara de hacerlo. «Madam Kat se ha ganado un accesorio extra», le dije, pero, por lo demás, soy la misma de siempre. Ella no me cree del todo, e insiste en seguirme cuando salgo a pasear por la playa; a veces tengo que ponerme seria para decirle que no quiero que venga. Hay paseos que tengo que dar sola. Avanzar por la arena blanda me cuesta más que antes, voy lenta, pero tengo tiempo. Tiempo y la felicidad por las cosas que no han cambiado: la luz del sol que se suaviza y se apaga. Las barcas que unen un día al siguiente. Las olas que no existen por separado, sino que siempre forman parte del mar rugiente. La luz que perdona, una y otra vez.

¿Qué significa mirar atrás? ¿Es lo mismo que mirar adelante? Me digo que debe de serlo. Porque ella es lo que está por venir, pero al mismo tiempo es lo que vino antes. Se queda en la entrada, una joven belleza de quince años. El pelo largo, con sus ondas más fantasiosas que las olas del mar; la mirada siempre paciente y sabia. Libre como el viento que la llevó hasta aquí, fiel como la tierra que la mantiene anclada. Maraia vive aquí siempre que quiere, viene y va como quiere, regresa cuando nuestros corazones la añoran. Sus huellas en la arena son ahora tan grandes como las mías: impresiones claras y deliberadas, con los dedos fuertes que señalan hacia delante.

No la seguiré todo el camino, su ritmo es distinto del mío. Ahora me quedaré a escuchar, sentiré las olas debajo de la barca. Pensaré en la esperanza que nació aquella noche, entre una luna blanca de *balolo* y un mar, que esperaba y vigilaba.

El teléfono suena dentro de casa. Los pasos que cruzan el salón. La luz en sus ojos cuando regresa.
—Era Ateca. Es un niño. Se llamará Niklas.

Glosario

Las definiciones de las palabras en fiyiano que aparecen más a menudo en el libro tienen relación con el contexto en que se utilizan en el relato, aunque muchas de ellas pueden tener también varios significados más.

balolo: pequeña serpiente de mar que vive en el fondo marino, que sube a la superficie una noche al año; se considera una exquisitez.

bilo: taza hecha de cáscara de coco que se utiliza para beber *kava*.

bosso: jefe, patrón.

bula: hola; se usa también combinado con otras palabras para indicar algo típico de Fiyi, colorido y floreado: camisa *bula,* estampado *bula,* etcétera.

bulubulu: ceremonia tradicional, normalmente celebrada entre familias o clanes, para pedir perdón por un insulto o un crimen que se ha cometido.

bure: casa o cabaña tradicional de Fiyi.

cassava: yuca, mandioca.

dalo: tubérculo del que existen más de cien variedades, al menos setenta se utilizan y consumen en Fiyi.

emeni: amén.

isa: expresión de pena, lamento o tristeza.

iTaukei: principal pueblo indígena de Fiyi.

kaivalagi: extranjero, forastero.

kava: bebida ligeramente sedante hecha con la raíz de una planta de la familia del pimiento, la *yaqona*, secada y molida, mezclada con agua. La *kava* es la sustancia recreativa más popular en Fiyi, y se toma tanto en privado como en ceremonias oficiales, donde se acompaña de un elaborado ritual.

loloma: saludo cariñoso.

lovo: horno enterrado que se calienta mediante una base de brasa y piedras ardientes.

masi: tela hecha de corcho secado, que se utiliza para piezas decorativas. En Fiyi se pinta a menudo con diseños geométricos.

meke: danza tradicional de Fiyi.

sulu: prenda parecida a una falda que llevan tanto las mujeres como los hombres. Puede ser también un trozo largo de tela con el que se envuelven las caderas, tipo pareo.

tanoa: cuenco grande de madera, a menudo con una decoración elaborada, que se utiliza para mezclar y servir *kava*.

tevutevu: conjunto de estores tejidos que se ofrecen en ocasiones especiales, como los nacimientos, las bodas o los funerales.

tivoli: maíz tradicional, como una especie de nabo silvestre.

tulou: perdóname.

vale: hogar.

Vale nei Kat: casa de Kat, hogar de Kat.

vanua: literalmente «tierra»; se utiliza para describir el vínculo tanto emocional como familiar o tradicional a un lugar o zona.

vinaka (vakalevu): gracias (muchas).

vosa vaka-Viti: la lengua de Fiyi.

Otros libros que te gustará leer

Un bolso y un destino
Leigh Himes
Una divertida novela sobre el destino, las decisiones y los sueños que pueden convertirse en realidad.

Las chicas de la buena suerte
Kelly Harms
Un delicioso debut sobre dos mujeres con el mismo nombre y apellido que no se conocen, pero a las que el destino les reserva una sorpresa.

El club de los viernes
Kate Jacobs
Ocho mujeres, ocho maneras de tejer la vida.

Las amigas de ojos oscuros
Judith Lennox
Tres amigas inseparables en las turbulentas décadas de los sesenta, setenta y ochenta.